Sorry!

We're Sorry!

Sorry!

世界忘了給你一顆糖

小川未明／著・袁蒙／譯

小川未明的恐怖童話選集

九韵文化

目次

逝去的春日記憶

《 1 》

正一喜歡玩捉迷藏。小時候他經常和許多玩伴一起，在廢棄的舊房子附近玩捉迷藏。到了傍晚，可以看到有牛虻在茂密的樹叢中飛來飛去，腳邊也偶爾會滾落幾塊大石頭。五、六個孩子就在那裡圍成圈，嘴裡說著「石頭剪刀布」猜拳，輸了的孩子就要扮鬼。扮鬼的孩子用手絹蒙住眼睛，站在石堆裡不能動。其他孩子便躡手躡腳地藏了起來。

「好了嗎？」扮鬼的孩子問。從某處傳來藏起來的孩子的笑聲。

「好了。」有人回答。

於是扮鬼的孩子就自己動手摘下綁在頭上的手絹，在原地站了一會，思考著大家都藏在了哪裡，然後朝那個方向走去。

藏起來的孩子們十分害怕被鬼抓住，嚇得縮成一團。鬼東張西望地把茂密的竹林和堤壩的後面都找了個遍，要是有人稍微露個頭，或是露出衣服邊，鬼就心裡有數了，但還是要裝出沒注意到的樣子，說：

「去哪了呢……都藏哪了？也不在這裡啊。」

這樣說著，故意裝作看其他地方，其實卻斜著眼偷瞄著這邊。

而這邊被發現的那個，就想著幸好躲在這裡了，不過心裡還是撲通撲通地，氣息也急促起來。

剛剛往那邊去的鬼，這時又漫不經心地來到了這邊，立刻停在了那個露出頭的孩子附近。

被發現的孩子像是被迎頭潑了一盆冷水，恨不得地上有個洞可以鑽進去，正在這時，「找到啦！」鬼大叫著，馬上抓住了他。

《2》

正一在孩子們中算膽小的。比起扮鬼，他更喜歡藏起來，當有人在他頭頂大喊「找到啦」的時候，正一總是像打寒顫一樣渾身哆嗦的。躲在草叢裡的時候，鬼走過來時會發出沙沙的聲音，正一就渾身毛髮聳立，耳朵發燙，心臟也撲通撲通的。

有時候，他常常自己待不住了，就呀——地一聲，發瘋似的大叫著從草叢裡跳出來。

那是一個秋日的傍晚，白色的暮靄淡淡地籠罩著大地，一片朦朧，橘紅色的夕陽灑進了那邊黑漆的杉樹林裡。村裡的孩子們像往常一樣聚集在廢屋子附近。這所房子在村子的盡頭，過去住著一些俸祿五百石的武士，後來因為某些緣由，漸漸衰敗變舊，終於成了現在這副模樣。被拆除後，廢屋子裡還留著一個破舊的空井。地上的石頭還是那樣，房頂的石頭不時滾落下來。背後是一片杉樹林，堤壩上有茂密的竹林。

孩子們望著落下的橘紅色夕陽。

「喂，你們有人見過鬼嗎？」有人問。

然後有一個人回答：「我見過。」

「在哪？」

「就在那片杉樹林裡。」少年說著，用手指向了橘紅色夕陽落入的杉樹林。

「長什麼樣的？」一個人問道。

「穿著黑和服，而且頭上蓋著個什麼。」

「然後呢，那個黑衣和尚[1]怎麼了？」

「我用石頭扔了他。」

「他說什麼了嗎？」

「消失了，不知跑哪去了。」

「什麼嘛，那不是鬼啦，肯定是來撿杉樹枝的什麼人。你呀，這世界上是沒有鬼的。」

「嗯，沒有鬼，學校的老師也說世界上沒有鬼。」旁邊一個人也贊同地說道。

孩子們都沒說話。過了一會，又開始熱鬧起來。

「我們玩捉迷藏吧。」一個人提議說。

「好呀！」在場的每個孩子都表示同意。於是，大家又在滾落著石頭的空地上圍成一個圈玩起石頭剪刀布，猜拳輸的就扮鬼。

這時，膽小的正一說道：「來規定一下藏的範圍吧。」因為已經天色漸晚，所以他們決定不去那邊的桑田裡了，只藏在屋子周圍。

「那，那片杉樹林……」正一說。

「什麼？要是杉樹林也不讓去，那不就沒地方可藏了嘛。」一個人不同意他的想法。

1. 日本的和尚多身著僧袍，頭戴斗笠。此處可能是由扮相推測是和尚。

《3》

果然不是正一扮鬼。

大家成群地跑向杉樹林裡，至於扮鬼的孩子，還是被矇著眼，站在滾落著石頭的空地上，面向著另一邊站著。

大家來到了杉樹林裡。

「喂，我們不能藏在一起，太容易暴露了，大家分開藏吧。」有一個人提議道。

大家也都表示贊同，「是啊，我們分開藏吧。」說著，有的去了杉樹林裡，有的藏在草叢裡，各自找不同的地方藏了起來。

暮靄已經完全落下，杉樹林裡變得十分昏暗，什麼都看不清。橘紅色的夕陽只在遙遠的地平線上留下微弱的餘暉。有個黑影像人一樣站著，那是聚在一起的樹枝。正一踽踽獨行，不知所措地尋找著大家。正一平日裡就很膽小，剛才聽了有關鬼的故事，更不敢一個人藏起來了。

正一心想：如果是我扮鬼的話就不能默不作聲地回去了，不然明天肯定要被大家笑話的，所以趁現在還不是鬼快逃回家吧。可是，現在這時候，就算想回去，也會被鬼捉到的……正一一邊想著，一邊在杉樹林裡走來走去。黑色大杉樹的樹幹上長滿了青苔，看過去白白的一片。有的地方長滿了爬山虎，好像女人亂糟糟的頭髮一般。還有的地方掛著紅色的土瓜。

正一總覺得，漆黑的頭頂上似乎有人正在偷看他。他獨自一人，嚇得不敢躲進草叢裡。

正在這時候，扮鬼的孩子說話了。「好了嗎？」他喊道。正一回過頭去，可以隱約地看到矇著眼睛的玩伴站在暮靄裡。

「還—沒—有！」正一用盡全力大喊著，聲音十分痛苦。

從那邊的草叢裡傳來聲音：「你在幹麼！快藏起來啊！」

正一十分焦急，一時不知該怎麼藏哪邊才好。他慌張失措地徘徊著，可這樣也不是辦法，只好四處張望，看有沒有藏身之處。於是，他走出了杉樹林，去尋找其他地方。

無論哪裡都沒有什麼遮擋的東西，只有廢棄的房屋被白色的暮靄籠罩在一片朦朧之中。正一想不到其他辦法，又覺得不能躺在地上，正心急如焚的時候，忽然想到了空井，於是便立刻跑去那裡。

︽4︾

正一朝井裡看了看，裡面一片漆黑。不過他知道，井裡不知什麼時候埋下了很多東西，所以並不那麼深。

井裡沒有水，積滿了落葉，微微有些潮濕。井壁上長滿了青苔，夜晚的霧靄彷彿是從井裡升起一般，使天空一片灰濛濛的。

秋風中落葉的氣息冷冷地襲來。正一抬起頭，從圓圓的井口望出去，深藍的夜空也只剩下一個小小的圓形，就好像是夜空恰好蓋住了井口，其他什麼都看不到。

正一又向上望去。如果鬼來了，不知會不會朝這裡面看呢？正一仰頭想著。不過誰也沒來往裡看。

漸漸地，夜空中繁星開始閃爍。正一心想，就算有誰來了，從上看下來，井裡這麼黑，什麼都看不到，也不會被發現的，所以不用擔心。

正一豎起耳朵，可還是什麼聲音也聽不到。他覺得這時候差不多該有人被捉住了，可卻一點也沒聽見大家的喊聲。不過他還是屏住呼吸不說話，心想說不定這時候鬼正好從邊上走過呢。

深藍的夜色漸漸明亮起來，天空一片晴朗，星光閃閃。正一不知怎麼開始有點擔心。

「喂，我藏好了！」他從井裡大喊道。

其實他的聲音像是撞在井口周圍一樣，上面根本聽不到。但他心想這樣喊一聲或許就會有人來朝井裡看了，心裡撲通撲通地怕得不行。

一些自然掉落的土塊掉到枯樹葉上。正一打算出去看看外面的情況。

他用腳蹬著井壁，可是手卻沒有地方可抓，難以爬上去。他用手弄碎土塊，把腳踩上去，終於一隻手從井口伸了上來。

這期間耽誤了很長時間，他好幾次往上爬卻又掉回井裡，摔了一屁股灰。當他終於滿身是泥土地從井裡爬上來的時候，空地上已經沒了人影。

四周像是睡著了一樣安靜。他感到一種難以形容的、無依無靠又十分悲傷的感覺。他忽然想起不知是四歲還是五歲的時候，媽媽外出辦事不在身邊時的情形。他現在也恰好和當時一樣既滿腹委屈又悶悶不樂。

他心裡懷疑夥伴們不知何時都已經回去了。能看到的地方都被白霧籠罩，漆黑的杉樹林在其中若隱若現。那邊的田地裡，一顆枯樹晃晃悠悠地佇立著。

正一心想會不會還有誰在那邊，正朝那裡看的時候，發現有個人隔著十五六步遠的距離，安靜地佇立在白霧中。

「喂，你是誰？」正一喊了一聲，朝那邊走去。

《 5 》

月亮鑽出樹林，爬上了天空。周圍突然亮了起來。

「喂，你是誰？」正一說著，走到了那個站著的人身邊，看著他的臉。這個人頭上蒙著一塊黑布，一言不發。正一嚇了一跳，但他又覺得是有人故意模仿，其他玩伴們一定都藏了起來準備嚇唬他。

「喂，你是誰？」他又問了一句，站在了這個一身黑的人的面前。但這個人還是不說話，也沒有任何回應。周圍非常安靜，因為太安靜了反而讓人覺得身上一陣發冷，心裡升起一些不好的感覺。

這時，站著的人竟然摘下了頭上的黑布。

正一借著月光一看，是個白髮的和尚。身上則穿著灰色的和服。

正一猛地一看，心裡生出一種奇妙的感覺，總覺得什麼時候在哪裡見過這個人。

和尚說：「你不記得我了嗎？」

他這麼一說，正一忽然想了起來，回憶起很多過去的事。

「去年春天的時候我見過你。」和尚說。

正一完全想起來了。那正是櫻花盛開的時節，一天傍晚，他站在家門口，看到從遠處走來了一個僧人。那天，從早上開始天就一直陰著，一整天都是淡雲密佈，好像黃昏一般，十分平靜。遠處寺院傳來了悠長的鐘聲。正一剛想起已經去世的祖母，就有一個穿著草鞋的僧人沙沙地走了過來。路過正一家門口時，他看著正一的臉，忽然就笑了。

正一看著他的滿頭白髮和滿是皺紋的臉，不知怎麼總覺得好像見到了死去的祖母一般，十分親切。正一心裡這樣想著，也沒有說話，只是一臉不可思議的表情，抬頭看著僧人的臉。

「你長大了。我還會來的。」僧人說完便走了。正一回到家，把剛才的事情和母親說了。

母親說，怕是認錯人了吧，怎麼能對你說這種事……覺得你可愛才這麼說的吧？以後要是有陌生人對你說「好孩子和我一起走吧」這樣的話，可千萬不能跟他走。

現在，站在眼前的和尚，就是那時的和尚。

「我記得。」正一在心裡說。

星光灑下來，渲染著秋日寒冷的空氣。身穿灰色和服的和尚，雙眼像水晶一樣發著光亮。

「我是想見你才來的。」和尚說。

正一想起了母親的話，心想我可不能和他走。回去時，和尚把正一送到了家附近。

正一病了，躺在床上。現在，他終於從夢裡醒了過來。睜開眼的時候，母親和其他親戚都坐在枕邊，十分擔心地看著自己。

——春天的傍晚，他們來到櫻花盛開的寺廟裡參拜。來參拜的人很多，那其中，還有已經不在人世，些許眼熟的祖母。祖母拉著自己的手，走上佛堂，對面有蠟燭的火苗搖搖晃晃。在那裡一個高高的華蓋下面，站著一個穿著紅色袈裟的和尚。人們念經的聲音和鐘聲混雜在一起，聽不清和尚在說什麼。

總感覺這個和尚有些眼熟。

醫生來了又走。根據診查，正一再也不能玩捉迷藏了。

——原刊於《朱欒》一九一二年（明治四十五年）1月號

百合之花

太郎最怕對面荻原家的老婆婆。

太郎今年八歲了，是村裡最淘氣的孩子，還是同齡人中的老大。荻原家的小勇是這群孩子中最弱小的一個，經常被太郎嘲笑是膽小鬼而哭著回家。每當這時，荻原家的老婆婆就會雙眼放光，像正塚鬼婆婆一樣晃著她那長滿亂髮的花白腦袋，用盡全力地大喊：「你這個太郎，跑哪裡去了！你又把我們家小勇弄哭了吧！太郎！我也讓你嘗嘗被欺負的滋味，給我出來！」每到這時太郎都會嚇得一身冷汗，而老婆婆就掐他的臉蛋，或是拽他的衣領。所以，太郎經常弄哭小勇後立刻就逃走，消失得無影無蹤。

有一次正值夏天，烈日當空，太郎帶著一個陀螺出去玩。太郎的陀螺裡摻著五分之一的鐵，軸很粗，是個很大的陀螺。在陀螺比賽中，可以砰砰地把其他木制小陀螺撞飛，撞成兩三瓣。因此，太郎在陀螺比賽中一直是佼佼者，大家都不敢和太郎比賽。這天，太郎走到大路上，四周卻見不到夥伴們的蹤影。

他一個人拿著陀螺走著，想找玩伴一起玩。銀蜻蜓在太郎的頭頂盤旋著。

「銀蜻蜓來了！銀蜻蜓來了！」對面的田地裡傳來歡呼聲。沒錯，是小勇的聲音。太郎心中大喜，快步走到小勇身邊，用前所未有的溫柔聲音說：「小勇，來玩陀螺吧。」小勇擔心陀螺又會被太郎的大陀螺撞壞，不說話，搖了搖頭。不過太郎還是極力邀請著小勇，把手放在他肩膀上，說：「下次我幫你捉銀蜻蜓，今天就和我一起玩陀螺吧。」

小勇問：「真的幫我捉嗎？」

「當然啦。」

「什麼時候呢？」

「明天。」

「幾點？」

「明天早上。」

「可是，陀螺又要弄壞了，真討厭……」小勇一臉憂愁，又渴望地看著天上飛翔的銀蜻蜓。太郎的聲音有些顫抖地說：「小勇，之前弄壞你的陀螺，你就原諒我吧，今天肯定不給你弄壞了。」

「可是，你那麼使勁地打……」

「我不這麼使勁了。」

「那可是奶奶給我買的呢……」

「啊？是你奶奶給你買的啊……」

「她說不許我再弄壞了，要是再弄壞就要罵我了……」

「是鐵皮的陀螺嗎？」

「不是，是木頭的。」

「大嗎……」

「嗯，很大的。」

「我不會再給你弄壞的……」太郎歎了口氣。

「太郎，你可以給我那張畫紙嗎？如果你給我那張畫紙我就和你玩陀螺……」「是畫著一個騎牛小孩的那張嗎？」

「是另外那張，能給我就好了……我也不知道能向誰要。」

「是月亮掛在天上，有人吹著笛子的那張嗎？」

「嗯。」小勇點點頭。

「那如果我給你那張，你就玩陀螺嗎？」

「玩，可是不要給我弄壞。」

「我不會的。」

「那，你會給我畫紙嗎？」

「嗯，給你。」

「明天早上給我銀蜻蜓？」

「嗯，明天早上給你抓……」

「不能弄壞陀螺哦，一定不能！」

「哎，都說不會弄壞了。你陀螺放家裡了吧……快回去拿，我等著你。」

小勇拿來了一個嶄新的木陀螺，看起來很輕。和他的陀螺相比，太郎的陀螺上還嵌著鐵，真是個沉甸甸的大陀螺。

「太郎，你先打。」

「我先？」

「輕輕地打哦。」

「好。」

「不能撞壞哦。來，伸出手來。」小勇和太郎互相握住手約定著。小勇這下放心了，等著太郎先打陀螺。

太郎盡可能輕地打陀螺。小勇用力地抽打著自己的陀螺去撞擊太郎的陀螺，因此太郎總是輸。

「太郎，我的陀螺很厲害吧。」

「一點也不厲害。」

「你輕點，我這可是木陀螺。」這樣一說，太郎就立刻輕輕地抽打陀螺。小勇很用力，結果把太郎的陀螺打飛到了溝裡。

「哎呀，太郎的大陀螺掉進溝裡啦。」周圍的人開始起哄。太郎心疼得不行，用草葉子擦去沾上泥的地方，開始用力打陀螺。小勇沒打好，他的陀螺蹭了下地面，打了個空轉兒。這次小勇不得不先打了。

這時太郎已經忘了剛才的約定，瞄準小勇的白色木陀螺，用盡全力地抽打。不偏不斜，小勇的陀螺被打成兩瓣飛了出去。

小勇一下子愣住了，望著陀螺飛出去的方向，終於一臉悲傷地哭了起來。這時正好荻原家的老婆婆站在家門口朝這邊看過來。太郎什麼也沒說，拔腿就跑。

太郎藏在了桑田裡，覺得這裡應該比較安全了。清涼的微風拂過青翠的桑田，桑葉沙沙作響，嚇了太郎一跳。不過在這裡不用擔心有誰會過來，所以他在一片陰涼的草地上一骨碌躺下了。

成熟的桑葚成串地掛在枝頭，一片紫色，伸手就能夠到，那味道像甘露一般甜美。太郎無意中聽到遠處傳來潺潺的水聲。仔細聽了一會，他竟漸漸變得睏倦起來。他覺得很奇怪，印象中這附近沒有哪裡有水湧出來呀。於是他順著水聲的方向走了過去。

太郎穿過桑田，沒走多遠，就在田野裡一顆大栗子樹的底下發現了湧出的水流，像水晶一般，十分美麗。太郎把陀螺抱在懷裡，佇立在那裡，看得入了迷。正在這時傳來了腳步聲。梳著垂髮的小花一臉微笑，高興地從後面走來。

太郎嚇了一跳，但發現是和自己十分要好的小花，便立刻和她打招呼：「小花你也常來呀，我一個人很寂寞的。」

「太郎你什麼時候到這裡來的？」

「就剛才。」

「哦，這裡的水真是又清又美啊。」

「小花，你見到荻原家的老婆婆了嗎？」

「啊，見到了，可生氣了呢。」

「很生氣？」

「她在找你呢。」

「就荻原家那個像梅乾似的婆婆，我才不怕她。」太郎雖然嘴上這樣說，但嚇得都不敢回家，心裡十分著急。

「呀，太郎，你看，這水裡有個發光的東西呢。」

「是呢，讓我來把它拿出來。」太郎把手伸進水裡，水很淺，一下就能摸到底。可不管怎麼撈，都撈不到那個發光的東西。只要手一伸進去水就變混了，拿出來過一會又變清了，清得可以看到那個發光的東西。

小花也伸手去撈，不管兩個人怎麼努力，最後還是沒能撈到。

「小花，這到底是什麼呀？」

「真是讓人著急呢。」

「是啊，要不用陀螺扔它試試！」太郎把陀螺扔進了那一汪清水裡。忽然，水裡浮起三個美麗的五彩毛線球。

小花高興地撿起線球，說：「啊，原來是漂亮的毛線球呀，太郎，可以把這個給我嗎？」

「都給你。可我的陀螺哪裡去了？」

「哎呀，看不到了。」

「啊，我的陀螺去哪裡了……」太郎一臉憂傷。

時間一分一秒地過去了，小花想回家了。她對太郎說：「太郎，我去向荻原家的婆婆道個歉，我們回家去吧。」

「你來替我道歉嗎？」

「嗯，我替你道歉吧。」

「老婆婆能原諒我就最好了……小花，能不能在天黑前和我待在這裡？我想等天黑再走。」

「可是，媽媽會擔心我的。」

「小花，求你了，天一黑馬上就回去。」

「回去晚了媽媽會說我的。」

「你不願意嗎？」

「……」小花不說話，點了點頭。

「你要是不願意，那就把毛線球都還給我吧。看我怎麼欺負你。」

小花一臉憂愁，眼淚像斷了線的珠子。可她還是低著頭，把毛線球緊緊地抱在胸前。

兩個人爭論著，不知不覺太陽下山了。天空中星星閃爍著光芒，彷彿珍珠一樣亮晶晶的。星星的影子落在那汪清水裡，發出寶石般的光亮。兩個人目不轉睛地盯著清水，水裡呈現出小花媽媽的樣子。不一會，太郎的倒影變成了荻原家的老婆婆，小花的倒影則變成了她親切溫柔的嬸嬸。緊接著太郎又變成了哭泣的小勇。小花看得太過入迷和留戀，甚至忘記了離開。太郎則太過發愁和害怕，甚至忘記了回家。兩個人一動不動，各自凝視著那片光亮。不知從哪裡傳來了攝人心魄的音樂聲。忽然，小花眼裡閃爍著奇異的光，映出太郎的笑臉，太郎眼中也映出小花的笑臉。

「哎！」兩個人不自覺地大叫著緊握住對方的手。他們依舊久久地凝視著。這一次，水中呈現出了太郎和小花。這時兩個人還是無意識地向前走著，向水中看去。

「小花！」「太郎！」

「哎，我的陀螺！」

「哎，在這裡面能聽到音樂聲呢。」

「還能看到那個發光的東西嗎？」

「上面映滿了星星的倒影。」

「咦，你看，還映著兩個人呢。」

「小花，進去看看吧。」

「嗯，太郎我們一起進去吧。」小花拿著毛線球，兩個人牽著手，走進了水裡。忽然，原本淺淺的泉水眨眼間變得越來越深，水面也越來越大。太郎和小花的身影漸漸模糊不見了，不知沉到了什麼地方。

——原刊於《趣味》一九〇六年（明治三十九年）7月號

稚子之淵

已經到了暮春初夏的時節徐徐和風吹動著樹士的綠葉，整個人也不知不覺沉醉在這暖風裡。二郎一個人離開村莊去砍柴，累得揮身是汗。他想休息一下，於是走出樹林，向四周張望，發現了一個大水池，不由自主地走到了水池邊。

陽光照在青綠色的水面上，波光瓶剿，池邊一顆高大的合歡樹從水池上方垂了下來。

「這個水池叫什麼名字呢？」

二郎來到合歡樹的樹蔭下，把鐮刀和劈柴刀扔到一邊，躺在草地上，漫不經心地思考著，向下看著水面。清風習習，拂過水面，吹得合歡樹的樹葉左右搖擺。這時，寂靜的水池對面傳來鵜鶘的叫聲。周圍既有新葉的淡綠，還有常青樹的蒼綠……不過卻不見一個人影，真是一個靜謐的初夏日。

二郎的腦海中浮現出許許多多的想像……合歡樹下茂盛的蔓草中傳來陣陣蟲鳴。二郎仔細聽了一會，不由得站起身，攝手攝腳地撥開蔓草搜尋著，卻什麼也找不到。於是他又回到剛才那片草地躺下眺望水池，結果蟲鳴聲又傳入耳中……如果能抓住它，就把它放進那個竹籠裡，再往竹籠裡放點草，噴點水，掛在院南邊的樹枝上。這樣他它一定能叫得像現在一樣響亮吧……二郎這樣想著，然而他還是一動不動地看著樹葉凝視著樹葉間那沉悶的太陽光。

剛才的鶺鴒又在水面上叫了一聲，然後飛向了對岸。二郎的目光轉移到了鶺鴒落下的樹林裡，又陷入了沉思。

「啊，姐姐去世了啊。」

二郎突然像自言自語一般，歎了口氣，流下淚水。周圍也沒有人看到，二郎就任眼淚順著臉頰滴滴答答地滑落到膝蓋上。

突然，二郎似乎想起了什麼，抬起頭仰望著合歡樹。

「真是棵大合歡樹呀，不知道長了有幾百年了……快開花吧，開花的時候村裡總會有祭祀活動……不過姐姐不在了，真是遺憾啊……盂蘭盆節的時候姐姐好像會跳舞的吧……村裡人都說姐姐漂亮，記得每次被人這麼說的時候姐姐都會臉紅呢……啊，沒意思沒意思。姐姐已經去世了啊。」

二郎不經意地回憶著，不知不覺想姐姐的事想得淚流滿面，然後又想起些別的什麼，笑了起來。

透明的白霧輕輕飄起，掠過水池，在水面上映出了倒影。原本金光閃閃的太陽光暗了下去，天地間微微暗了下來。不知從何處吹來一陣芬芳的涼風，讓人總覺得有些寂寞和感傷。緊接著又發生了一件令人不可思議的事，二郎聽到了一種從沒聽過的美妙樂聲。開始感覺是從某個遙遠的地方傳來的，後來聲音越來越近，最後聽起來好像是從水池裡冒出來的一般。

這樂聲中時而還夾雜著姐姐的聲音，聽起來就像是她的歌聲。二郎很快就困了，他躺在那片草地上，舒適地進入了夢鄉。

想必二郎做了個有意思的夢。冷風像舔過臉頰一般緊緊包圍著二郎的身體，他忽然睜開眼，嚇了一跳。

星光閃爍，太陽早已落山。水池一片漆黑，吹過合歡樹的夜風聲音格外響，山中靜謐的夜晚非常沉寂……側耳傾聽，又傳來蟲鳴聲。草叢裡沙沙作響，大概是某隻小鳥在尋找自己的窩吧。二郎用手在地上摸到了鐮刀和砍柴刀，別在腰裡，一步一步地爬上一個緩緩的斜坡。二郎有印象，來水池邊的時候爬過這個斜坡。終於，他回到了白天砍柴的地方，一看，卻不記得接下來的路該怎麼走了。就算記得，這大晚上的也找不到路了。

二郎想回家卻又回不去，一想到家裡人肯定在為自己擔心，再也不像剛剛那樣迷迷糊糊了。漸漸地他開始心虛害怕，哭了出來。二郎哭了一會，終於停下來，坐在剛剛扔在地上的青柴上，一臉憂傷地仰望著星空。

這時，從天邊不知什麼地方傳來了熟悉的聲音，樹葉沙沙作響，二郎日思夜想的姐姐從茂密的樹葉裡走了出來。

了。

「姐姐！」

二郎高興地撲了過去。已經死了的人怎麼會又出現呢？二郎心裡這樣想著，非常害怕，可再怎麼看都確實是自己的姐姐。而且二郎根本來不及害怕，更顧不上思考這些事了。

「姐姐！姐姐！我太高興了！」

姐姐沒有說話，她只是微笑著，用那雙滿是憐愛的眼睛凝視著二郎。二郎緊緊地抓著姐姐的衣袖，下定決心，一定一定，絕不放手。

「來，二郎，我們走吧，我來給你帶路。以前我回來晚了都是你來接我，今天我也來給你指路吧。」

二郎聽了，不由得感到悲傷，他被姐姐牽著手，離開了樹林。

二郎一邊走著，一邊感到詫異：為什麼姐姐對山路這麼熟悉呢……天這麼黑怎麼都不會迷路呢？不過姐姐與以往不同，看起來無精打采的，二郎也就閉上嘴，儘量不說話，默默地走著。走過了一大片沼澤，又越過幾個山谷，眼前出現了細細的山路，這時月光已經高懸空中，映滿溪水。姐弟二人默默地趕著路……

這時，姐姐突然轉過頭，一臉不捨地看著弟弟。二郎也就著月光，全神貫注地凝視著姐姐慘白的臉。

「順著這條路直走，很快就能到那片遼闊的田野了，再往對面就能看見家了。別哭了，快回去吧！正好月亮也出來了……我就送你到這裡了。」

二郎抽抽搭搭地哭著：「姐姐，你還是不回去嗎……我想和你一起走，帶上我吧！我不想一個人回去。」姐姐的樣子到底還是猶豫了。兩個人潸然淚下，十分傷心地俯視著山谷中的月影。二郎滿懷悲傷，小小的胸膛像是要爆裂開一般，擔心地看著姐姐。

「這樣的話，那你明天再來那個水池邊吧！我等著你，我們可以一起開開心心地聊天。」

「只要姐姐明天來，我就一定也來水池邊等你。」

「嗯，我一定會等你的。」

「那，還是我先來等著你吧。」

「哈哈，你真是可愛呢。」

姐姐一臉落寞地笑了笑。

「那明天再見了，今天先回去吧。」

二郎點點頭，哭著下了斜坡。姐姐踮著腳尖目送他回去。二郎一次又一次地回過頭，兩人都目送著對方，直到彼此的身影在月光下如霧靄般漸漸模糊，消失不見。

二郎的父母見兒子這麼晚回家，覺得不尋常，於是仔細盤問二郎。一開始二郎什麼也不說，但禁不住父母追問，終於瞞不住了，把事情從頭到尾講了出來。二郎請求父母，請他們一定要把姐姐帶回家來。二郎的父母聽後臉色大變。

「二郎呀，那是妖怪盯上你了。可千萬不能再去水池那邊了。」

第二天，二郎一如既往去了山上，但突然想起昨天父母說的話，就沒有再去水池邊。終於到了中午，二郎幹活累了，剛想要休息一下，忽然聽到遠處有人喊自己的名字。他把手裡緊握著的綠色的小樹枝扔在地上，仔細一聽，又聽見了剛才的聲音。確實，那就是姐姐的聲音。

二郎很害怕，嚇得在樹林裡不敢亂動，那個聲音越來越近了。突然，一個臉色發青的女人擋住了二郎。二郎大吃一驚，抬頭一看，女人的頭髮淩亂地蓋在臉上，一言不發，她抓著自己，一陣冷笑，然後又十分高興地盯著二郎說：「來吧來吧，小二郎！我可等你好久了。」說著，就強行推著二郎，不知把他帶到什麼地方去了。

二郎究竟去了哪裡呢？那天晚上他沒有回家。他的父母很擔心，心想要是今天沒讓他去山裡就好了。傍晚時分，響起了猛烈的雷鳴聲，天空像潑了墨般漆黑。大雨傾盆，一瞬間閃電四射，映在隔扇上，令人目眩，這時天空又響起翻天覆地的轟鳴聲。二郎的父母擔心得哭了一晚。等到天亮，去水池邊一看，二郎的草帽可憐兮兮地漂在水面上。父親在水池邊哭得倒下了。他們回到村裡喊人幫忙，一起回到水池裡尋找，但最終也是白費心思，沒能找到二郎的屍體。

村裡的人們聚集在水池邊，議論著這裡是不是有什麼不乾淨的東西，決定在大合歡樹下建一座廟，祈禱神明保佑村裡沒有鬼神作祟、乾旱時村裡的田不會乾、小孩能倖免於水災，並給這水池裡的神明取名為稚子之淵。

每年初夏的時候，合歡樹就會開出淡粉色的花。到這個時候，廟裡就要舉行祭祀活動。和村裡的祭祀一樣，家家戶戶都停了農活。這時可以在空寂的山中聽到太鼓的聲音，還有清澈的笛聲。

春天、夏天、秋天、冬天，池子裡的水始終青中泛黑，如此深遠、幽靜，大山、林子和廟裡的樹都倒映在水中。無論是綠葉茂密的夏日，還是紅葉如火的秋季，這景致都令人懷念、令人眷戀。

——原刊於《早稻田學報》一九〇六年（明治三十九年）3月號

暴風雨之夜

在一個晴好的秋日，爸爸和媽媽分別去了海邊和山上工作，只剩下一個八歲的小女孩看家。

這是個建在山腳下小坡上的小屋，家裡比以前更窮了。小女孩和一隻叫作球球的花貓一起邊玩邊等父母回家。放眼望去，田地裡一片金黃。院子裡種的柿子和栗子樹的葉子也黃了，在秋風中搖曳。陽光透過淡潑的雲層微微照射在稻草屋頂上，真是靜謐而又悠閒的一天，幾乎見不到一丁點暴風雨的徵兆。栗子林裡能聽到有人說話的聲音，大概是來捉山雀的。鳥籠裡關著兩三隻山雀，撲騰著翅膀。兩三個男人把鳥籠掛起來，單手拿著黏鳥竿，吹著口哨，沙沙地踩著落葉朝那邊走去。那邊的松林裡，有幾個採蘑菇的人，披著白手巾交談著，身影若隱若現。遠處的田地裡，可以看到割早稻的村民，一揮舞鐮刀，就閃閃地反著光。女孩將用鐵漿染過般的紫栗子和紅彤彤的柿子胡亂扔在草席上，和球球一起漫不經心地玩耍著。女孩名叫阿金，她在等著爸爸媽媽回家。午後微風習習，吹得荻草和柿子葉沙沙作響。這是個萬里無雲的晴天。

女孩玩膩了，抱起球球，踏著家裡院子的小路走了出去。走過兩三條街，遇到一片草叢，土堤兩邊是個緩坡，坡上八角成串，芒草繁茂，白色的芒穗微微搖晃。下了緩坡就來到了沙灘土，日本海碧波蕩漾，令人眼前一亮，海浪「嘩，嘩嘩，嘩嘩嘩」地拍打著岸邊口女孩抱著花貓，來到了海邊。她漫無目的地走著，走到了一個村莊，這裡居住著許多漁夫。一個曬得黝黑的男人認識她，向她微笑。因為她幾乎每天都像這樣，來這一帶玩耍。周圍有幾個小破屋，沙灘上有正在曝曬的沙丁魚、青花魚，還有許多其他種類的小魚。球球嗅到了魚腥味，不斷抽動著鼻子，嘀咕地叫著。女孩抱緊了小貓說：「球球可不許下去哦。」她拖著腳上的破草鞋，向廣闊的沙灘走去。遠處的海面上白帆來來往往。

海上高高低低的波浪翻滾著，喧捧著，像是在大喊：「阿金！阿金！呀——」湛藍的天空！碧藍的大海！白色的海鷗在空中輕飄飄地飛翔。啊，天氣一片晴朗，心情也格外舒暢。阿金瞪大她那雙清澈的眸子，向今天早上父親遠去的那片海面眺望著。

「啊，我好想爸爸啊。」眼淚順著她的臉頰滑落。海邊的風嘩嘩地吹動著阿金破舊的衣擺，也吹透了阿金的身體，她感到陣陣寒意。小貓被阿金抱在懷裡，喵喵地叫著。

阿金回到家，可媽媽還沒回來。柿子樹下鋪開的草席被栗子樹的樹蔭遮蓋著，這時陽光也暗了下來，樹葉、草葉都被風吹得沙沙直響。不知什麼時候，天空中烏雲密佈。天地一片昏暗，猛烈的大風吹得栗子樹、柿子樹和松林大聲呻吟，狂風蹂躪著荻草，放眼望去，田地一片白茫茫，稻子和薯葉都嘩嘩地飄搖著。

阿金透過小窗往外望，想看看媽媽回來沒有。樹葉被吹上天，飛舞著飄落。

這時又下起了雨。樹枝被吹斷的聲音和海上的風浪聲夾雜在一起，像嗚嗚的吼叫聲，彷彿連自己家也要被吹走了。

阿金哭了起來：「爸爸，爸爸快回來呀——嗚嗚……」正哭著，一個人迎著風雨，小跑著穿過田裡的小路，像落湯雞一樣進了屋。是媽媽回來了。

「阿金阿金，媽媽回來了。」

一推開門，風就呼地吹了進來，連房間裡都吹進了樹葉。

「哎呀，好大的風啊。」媽媽說著，把哭泣的阿金拉到身邊，用溫暖的嘴唇親了親阿金淺紅色的臉頰，說：「我身上都濕了呢。不知道你爸爸怎麼樣了……我去海邊看看，你在家好好的，很快的，我傍晚前就回來……好了好了，不要哭了，好好看家。啊，別擔心。海面上現在一定起了風浪吧……去了海邊也許會有消息……你爸爸他……阿金，阿金……你在家看著。」

媽媽把哭泣的阿金留在家裡，又衝進了狂風暴雨裡。小破窗的隔扇被風吹得哐啷哐啷響。夜幕突然降臨，可爸爸和媽媽還是沒回來……阿金抱著球球，在黑暗裡抽抽搭搭哭個不停，而球球不知什麼時候睡著了。屋裡只能聽到劇烈的風聲和樹葉嘩啦嘩啦打在窗戶和牆板上四處散落的聲音，誰都沒有來。阿金哭累了，有些疲憊，把可愛的小臉埋進球球毛茸茸的身體裡，在沒點火的火爐邊打起了盹。

這時，有人咚咚地敲門。阿金不知什麼時候睡著了。又傳來咚咚的敲門聲，阿金終於睜開了眼，看到一個白鬍子老爺爺點著燈籠走了進來。老爺爺也不說話，只是招招手，阿金抱著貓，十分害怕地來到了老爺爺身邊。老爺爺露出和藹的笑容，依舊沒說話，招招手讓她跟過來。阿金不知什麼時候就被老爺爺帶到了夢境裡，走了一會，不知不覺就來到了海邊 在黑暗中還能聽到海浪轟轟作響地拍打著海岸。

阿金跟在老爺爺身後走了很久。漸漸地，老爺爺彷彿加快了腳步，阿金拼命想趕上他，跑了起來，老爺爺卻漸行漸遠，燈籠的火光也越發微弱。不一會，阿金終於忍不住，大哭了起來。這時，老爺爺身邊燃燒起一個像鬼火一樣的東西，很快又消失了，周圍回到一片黑暗中。阿金又累又疲倦，終於睡了過去。

第二天早上，阿金睜開眼，發現自己躺在破船裡，球球也在枕邊喵喵地叫著。爸爸和媽媽都平安無事地在一旁看著自己，眼角帶著笑意，說：「你醒啦。」

碧藍的海面上，白帆點點，淺紅色的朝陽升上天空，照耀得海面上熠熠生輝。

——原刊於《宗教界》一九〇六年（明治三十九年）11月號

越後之冬

小屋坐落在越後國[2]的一座山上，不知經歷了多少年的風吹雨打，牆板已經有了窟窿，窗戶也壞了，露出了紅色的牆面。屋頂的板子朽掉了，蓋著好幾處草席，上面壓著石頭。這山上風很大口化雪的時候正迎著南風，冬天又會有海上來的風，時常吹得小屋搖搖欲墜。因此小屋四周都種滿了杉樹、松樹和榛子樹，保護著這裡。不過連這些樹的樹根也都有些腐爛，在風中搖搖晃晃。

水田和旱田的收割都結束了。太吉的爸爸丟下有病在身的妻子和自己的孩子，去上州幹活去了。等到明年，這北國的山野披上綠裝，早開的山櫻凋零，遠處田野上自煙裊裊，桃花盛開的時候，他才會回來。

太吉坐在爐邊，削著青竹做笛子。他用手把杉樹葉和枯枝折斷，點上火，燒著水等媽媽回家。天花板的樑柱經過長年煙熏已經變黑，上面掛著煤。那裡吊著一根鐵杆，上面掛著一個黑色的大鐵壺。易燃的杉樹葉啪地被點燃，紅色的火焰幾乎要吞噬掉樑上掛著的煤，太吉的臉也被映得通紅。太吉是個卷髮、大眼睛的孩子。火堆高漲起來，他添了點柴，守著火堆。紅色的火苗像在舔舐鐵壺一般，纏在周圍，晃來晃去。然後又哧溜哧溜地攀上細鐵杆，彷彿馬上要竄上天花板的樑柱，卻忽然斷撚兒似的，收住了火焰，安安穩穩地燃燒著。

太吉看到柴火都點燃了，又拿起一旁的竹子，開始用小刀鑿孔。白色的粉末嘩啦嘩啦地落滿了他穿著破褲子的膝蓋。太吉認真地做了一會笛子，忽然停下來，眺望窗外的天氣。雲朵好像凍住了一般，白茫茫的，一動不動。天空很混沌，無精打采的，連一絲日光也見不到。遠處完全黑了下來。隔著山谷，可以看到長滿松樹的山林，好像是從暗淡的天空中浮現出來一般。太吉覺得眼熟，原來就是附近的那座山。如果是完全沒印象的山，據說那就都在十里[3]開外的地方了，真是遠得令人難以置信。太吉停止眺望，閉上了眼。他感到有一種難以名狀的悲傷湧上心頭。

「媽媽快回來了。她去哪邊了呢？」

太吉自言自語著，歪著頭思考，又好像想起了什麼，拿起了笛子。

看到笛子，太吉心裡又激動得不行。我要吹這笛子，我要帶到山腳下的村子裡吹。即使下了雪不能出去玩，有了這支笛子，也可以在家開心地吹笛子。到明年春天，小鳥飛來之前，一定要小心保管。

2. 越後國，日本舊國名，位於今日的新潟縣。

3. 日里，日本的長度單位。1日里為36町，近4公里。

「不知道爸爸什麼時候回來呢。在他回來前一定要保管好，等他回來拿給他看。」

太吉這樣想著，覺得這支笛子格外親切，格外可愛，一時竟不知如何是好。他拿起笛子，歡欣雀躍著。然後又小心翼翼地開始鑿一個還沒打開的孔，生怕鑿壞了笛子。

「等這個孔鑿好，媽媽大概就該回來了吧。」

太吉說著，歪著嘴，瞪大了眼睛，握著小刀用力。因為在越後偏僻的鄉村經常下雪，所以一到冬天外面就沒什麼可玩的。出去打獵的大多是以此為生的獵人，或是無所事事的有錢人家的孩子。一般的老百姓無論老少，都終日圍坐在地爐邊，燒著火，悠閒度日。音色較好的人會唱些松前[4]或是鄉下特有的甚句民歌[5]，還有海濱調[6]給剛好路過的人聽，每個人都會聽得入迷。屋外雪花紛紛，前面小河潺潺的流水聲打破了寧靜，還有村子盡頭的水車聲穿越靜謐的樹林和田野，無論在哪裡都能聽得到。但坐在屋裡的人們，既聽不到小河的流水聲，也聽不到水車聲，只是沉浸在歌者的歌聲中，聽得出了神。有的兩手揣在懷裡，有的托著雙頰，有的伸著手烤火，被煙熏得直眨眼。此外還有比較活躍的人，溫著酒打著拍子。實際上在北國的冬天，無論是吹笛子還是唱歌，亦或是喝酒調戲女人，這些娛樂方式都很原始，其中透露出不可言喻的哀傷。這笛聲、歌聲，穿過這嚴寒而澄澈的空氣，在山林裡迴響，變得更加淒涼。

風嗖地掠過樹梢，哐哐吹進窗戶，打在隔扇上。突然間天色大變。太吉眺望著窗外，目光停在山崖邊一顆榛子樹的樹頂上。

一些會在秋天吐出黃粉的乾枯的小花和發黑的小果實，以及在那邊樹枝掛著兩片，這邊樹枝掛著一片的零星的樹葉都沒能留下。光禿禿的小樹可憐兮兮地悄然矗立著，樹枝伸向四面八方。寒風刀割般掠過細小的樹枝，刮在臉上一陣生疼。

太吉盯著細樹枝的枝頭，突然想媽媽了。鐵壺裡的水開了，火不知什麼時候已經滅了。太吉放下笛子和小刀，走出了家門。之前下了一次雪，還沒有完全化掉，山上、水田、旱田裡都還有殘留。山腳的村莊清晰可見，還能看見村子盡頭的水車場的屋頂和旁邊通過的道路，可是卻不見一個人影。還有樹林間鄰村最近新建的白色的小學和去鎮裡時必經的野地裡那條長長的，長滿松樹的街道也模糊可見。

朝北邊大海的方向看去，只見白色的浪頭狂舞。天空陰沉，讓人覺得彷彿住著惡魔。昏暗的天空和鉛灰色的大海被樹林頂部遮住，躲在山脊裡，只能看到一部分。頸城的山嶺

4. 新潟農村喝酒時唱的民歌。
5. 日本鄉土民謠的一種形式，曲調因地區而不同。
6. 日本茨城縣太平洋沿岸地區的一種（藝妓等唱的）陪宴歌曲。曲調完成於明治二十年（1887）前後。

綿延擋在眼前，翻過這座高山就是別國了。只要下了雪，什麼山的山頭都是一片白。雲霧落了下來，山腰以上的地方都彷彿塗了墨一般。

太吉依舊看著那片黑暗的大海。

「媽媽幹麼去了……快下雪了呢……」

太吉的媽媽有病在身。她總是臉色蒼白，咳個不停。

疼愛太吉的爸爸在外打工，所以太吉就格外依戀媽媽。

媽媽前幾天一直臥床不起，今天早上天氣不錯，她打算去賣東西，於是就背了點豆子去了鎮上。出發前，她對太吉說：

「太吉呀，我今天感覺不錯，天氣也挺好，我去趟鎮上。過了中午我就回來，你在家等著哦。」

說完，媽媽像平時出去做生意那樣，穿著草鞋出去了。這個村子離高田有三里遠，離直江津有二里遠，媽媽兩邊都常去。太吉想問媽媽這次去哪個地方，但既然媽媽說很快就回來，所以他想不問也罷，於是就只說了句：

「那，可要快點回來呀。下了雪可就糟了，快點回來。」說著，一臉落寞地目送著媽媽出了門。太吉今年十四歲了。這山裡就他們一戶人家，離山腳下的村子大約有兩三町[7]遠。太吉有時沿著紅土的山路下山玩，有時因為家裡有事下去，一天能去好幾趟。

山路自然是細小的坡路，而且必須要穿過一片杉樹林。天氣好的時候還好，要是趕上颳風下雨，下山時就會有雨滴滴下來，杉樹枝也沙沙地晃動，讓人感到脖子裡一陣寒意。或者趕上下雪的時候，杉樹枝被雪壓彎了，有時會碰到頭，很是討厭。

太吉站在家門前，眺望著水車場旁邊的大路，看有沒有人經過——他心想，也許媽媽此時正經過那條路呢。但等了很久也不見媽媽的身影。

「媽媽，快回來呀……」太吉一個人嘟囔著。彷彿一個悲傷的影子矇住了他的視線，太吉感到心情十分沉悶。太吉依舊朝水車場那邊眺望著，後面的深山裡飛出一隻老鷹，從他的頭頂掠過，匆忙地微微展翅，飛向低處的山谷，停在了水車場附近的枯樹上。剛一停下，又很快匆匆展翅飛向了高處，穿過對面長滿杉樹林的大山，向遙遠的海邊飛去。太吉一直看著這隻飛翔的老鷹。

這時吹來一陣冷風。

回過頭，只見身後的大山和傍晚的天空交融在一起。大山與天空的邊際聳立著不知道是松樹還是杉樹——兩棵——只有三棵——北風吹得樹頂搖搖晃晃。

7. 日本度量衡的長度單位。1町等於60間，約合109公尺。

「啊，已經到傍晚了。媽媽怎麼還沒回來呀……」

太吉下了坡，走進杉樹林裡，可還是沒有發現媽媽的身影。山裡的樹林黑得早——山的陰坡已經暗了下來。山雀，白臉山雀，還有許多其他小鳥，在樹林裡黑暗又茂密的地方嘰嘰喳喳地叫著。

「媽媽！」太吉大喊了一聲。

可聲音只是在山林裡迴響著。鳥兒們大概是受到了驚嚇，可以聽到它們撲騰撲騰拍打翅膀的聲音。太吉豎起耳朵，這裡也可以聽見水車的聲音。他只覺得心中難過，再仔細一聽，那水車聲彷彿像歌聲一般：

「媽媽——生了病——快不行了——倒在了路——邊。」

好像是有誰在唱著這樣一首歌。那個唱歌的其實是太吉自己，這是他心裡傳來的歌聲。剛這麼覺得，又感到聽起來確實是水車的歌聲——太吉是在擔心，媽媽是不是因為生病倒在了路邊。

這樣一想，太吉的心裡頓時忐忑不安起來。他一刻也等不了了。太吉跑回家做準備。一進家門，屋裡一片漆黑，只有窗戶還能透進一點光亮。這悲傷的黃昏夜色，彷彿也在不經意地訴說著這一家人的不幸。地爐的火都滅了，鐵壺裡的開水也涼了。笛子和小刀被扔在那裡，從窗戶透進來的微光照在上面，小刀的刀刃反出了白光。

太吉一看到笛子，突然回想起還沒鑿這個孔的時候媽媽還在。如果媽媽現在能回來，就算回到孔還沒鑿開的時候也不可惜，我才不需要什麼笛子，我只要媽媽回來，太吉急得跺著腳。

「我去鎮上接媽媽回來——」太吉自言自語地說著，突然胸口發悶，熱淚嘩嘩地湧了出來。他在心裡大喊著：

「等找到媽媽，我要狠狠地向她抱怨！等找到媽媽，我要痛痛快快地哭一場，向她發牢騷！」

太吉像著了魔，一溜煙地跑下山口，跑到下面的村子裡，突然看到了其他人。可他心裡緊繃著，即使遇到認識的人也不想說話。他盡可能躲著人走，不知什麼時候，他走到了水車場附近。

媽媽是去高田了？還是去直江津了？太吉為難起來。太吉的腳步放慢了。

「大概是去直江津了吧？到底是哪裡，還是問問吧……」

村子盡頭有一間修桶的人家，媽媽進出鎮裡的時候經常順路來這裡。不知什麼時候，太吉走到了修桶的屋前。屋前站著一個頭上長著五個膿包的小孩，還有一棵柳樹。柳樹上拉著一條繩子掛到牆上，上面掛著小孩的髒衣服。這是個草屋，店裡扔著還沒切割好的紅色木板，看起來沒有誰來過。

太吉站在屋外，打了個招呼。

「你好！」

「哦！是太吉啊！」

「我媽媽今天來過嗎？」

「沒啊，沒來過。是去鎮上了嗎？」

「還沒回來呢，我來接她。」

「還沒回來啊？」

「到底去哪邊了呢？」

「我不清楚啊，是不是去了直江津？」

修桶店的老闆娘在屋裡回答著。

太吉朝直江津走去。

層層相疊的厚雲縫隙中透出了糖漿色的微弱陽光，淡淡地照射著田埂旁成排樹木的一側。水田裡結了冰，到處都是殘雪。走在街上，時不時可以看到有路人走過。電線杆延伸到很遠的地方。冬季落葉的樹木一直迎著風，樹枝直響，頭頂的電線也跟著發出呻吟，還可以看見那邊的沙丘。太吉加快了步子，終於到達了沙丘。翻過沙丘就是鎮上了。

走到鎮上，天已經黑了，落日剛好掛在這海邊的小鎮。乾燥的風十分猛烈，揚起了黃沙。下雪前總是這麼乾燥，路上有些地方乾得都裂開了。小小高丘上的海運店的竹竿頂上掛著紅色的旗子，在風裡飄來飄去，鎮上三層樓小旅館的玻璃窗也閃爍著金黃色的光。太吉在鎮上徘徊著。馬拉著貨車走過，人力車也從他身邊走過。畢竟天已經黑了，夜裡寒風刺骨，但太吉很害怕，所以焦急地趕著路。街上還有些匆匆忙忙趕路的男人和女人，但都不是太吉的媽媽。太吉去了幾家媽媽可能去的店，卻沒有任何消息。

他拖著疲憊的雙足走出小鎮，來到了廣闊的沙灘邊。這一帶全都是在海上不幸遇難的死難者的墳墓。也不知是從哪裡來的航海的人、坐船的人，遇到了風暴，船壞了，變成了海裡的垃圾，被沖到了岸邊，海邊捕魚的漁夫就把他們埋葬在此。過去建的墓也都在這裡，總之是用一塊不足三尺的木板建的，年久腐朽，兩三年前的木板上的墨蹟經歷風吹雨打已經消失殆盡，根部也朽得搖搖晃晃了。一些比較新的，木板上的字還清晰可見，因為沒辦法知道他們的姓名，所以上面只寫著「遇難者之墓」。旁邊，四處都有墓上的塔形木牌和綠竹，那枯得發紅的竹子上還有當時綁上去的白紙和紅紙，在風中寂寥地搖曳著。太吉就在這片墓地上休息。

還有一些白色日式酒瓶的碎片和石菩薩的頭掉落在地上。太吉在石頭上坐了一會，這裡看海很不錯。大海一片漆黑，天空一片昏暗。相比天空，還是大海更黑。太吉忽然想，這深黑的大海裡會不會有恐怖的鱷魚和鯊魚。

「媽媽——你怎麼了？」太吉有氣無力地喊著，又漫無目的地蹣跚著走了。直江津和高田之間只隔著二里有餘。直江津在北，高田在南。

太陽完全下山了。太吉拖著疲憊的雙足，走上了過去的今町街道（從直江津通往高田的路）。北風凜冽，吹散了烏雲，露出了星星。天空和大海一般深藍，星光像凍住了一般，清晰明亮，就像是把金銀、水晶、瑪瑙搗碎了似的。太吉走到看鐵路道口的小屋前，心想如果沿著鐵路走應該很快就能到高田了。小屋在野地裡，周圍都是樹，森林如沉睡般寂靜。小屋的窗子透出明亮的火光，裡面有兩三個人邊喝酒邊說笑。太吉慶幸沒被看守人發現，踮著腳進了鐵道，拼命向鐵軌跑去。一陣夜風襲來，掠過天空，星星都在發抖。

河流在黑暗裡轟轟地流淌著，那裡有座黑色的鐵橋，太吉抓著冰涼的鐵橋，腳踏在細小的木板上，戰戰兢兢地過河。底下一片漆黑，水很深，河水拍打著岩石高喊著。木板上一片白色，結滿了粉末般的白霜，星星也發出白色的光芒。終於，太吉度過了難關。遠處傳來狗吠聲。

又一陣夜風襲過天空。

太吉不禁打起寒顫。北方的黑雲追著太吉也跟了過來，轉眼間，剛剛還星光閃爍的晴空像被擦拭過一般陰了天，星光也越發微弱。

又是一陣夜風襲過天空，有什麼東西嘩嘩地打到臉上。

太吉摸了摸，發現是雪花。啊，下雪了！太吉加快了步伐。這附近沒有人煙，一片廣袤的原野裡，也沒有能遮住視線的大樹。雪漸漸下了起來。

剛才走過的那條岔路也看不見了，鐵軌的枕木也看不見了。太吉的草帽和衣服擠滿了雪，越來越重。暴風越來越大，太吉的眼睛、耳朵還有脖子裡都被吹進了雪花，他已經感覺不到指尖和腳尖了。四處都是一片雪白，太吉還沒到一步都走不了的時候，可周圍已經找不到路了。

「媽媽！」太吉哭喊著。

這聲音太小，太弱了。就連那邊田埂邊悄然矗立的成排的大樹也聽不到吧。漸漸地，烏雲湧上了頭頂，南方微亮的天空也變得昏暗了，烏雲吞噬了整片天空，黑暗中，只有狂風依舊肆虐。雪嘩嘩地下著，呼嘯的雪在地上不斷堆積。

太吉一動不動地站著，手腳麻木，漸漸沒有了知覺。最後他已經不知道自己在哪裡，在做什麼了。他看到了很多東西，開始聽到很多聲音——晌午前做的笛子，還那樣扔在那裡，水車唱著歌——他覺得唱歌的不是水車，而是自己。修桶店門前有小孩在玩耍，那片深黑的大海裡住著鱷魚，自色的酒瓶碎片掉了下來，竹竿上的白紙和紅紙都被風吹得嘩嘩飄動——

嗖——嗖——那是風的聲音！緊接著，響起了車的轟鳴聲！

距離天濛濛亮已經過去四個小時了。烏鴉停在田埂邊的樹上，發出淒慘的叫聲。這正是雪停的間隙，周圍陰沉沉的，天空看起來似乎不久還要下雪。

鐵軌上五、六個人圍在一起，看著什麼。其實不是在看，而是在收拾。鮮血染紅了白雪，一個孩子的屍體已經不成樣子了。聚在那裡的其中一個人，頭上披著黑布，臉色如蠟一般慘白，是個十分憔悴的女人。她的眼睛已經哭腫，嘴上乾得起了厚厚的皮，緊緊抱著屍體，一動不動。

那就是太吉的媽媽。

——原刊於《新小說》一九一〇年（明治四十三年）1月號

迷路

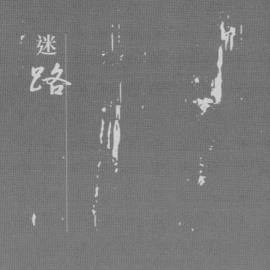

二郎昨晚做了一個非常奇怪的夢，他打算講給哥哥太郎聽，但還沒有找到合適的機會。午後，媽媽和妹妹在前面的旱田上聊天，二郎走出後院去找哥哥，發現哥哥在一片大合歡樹清涼的樹蔭下默不作聲地沉思著。二郎很擔心，他走到哥哥身邊。

「哥哥，你在想什麼呢？哪裡不舒服嗎？哎，哥哥，我昨晚做了個奇怪的夢，想來跟你說說呢。」

哥哥一臉吃驚，焦急地問：「你夢到了什麼？」

哥哥驚慌失措的樣子令二郎十分意外。不過他還是壓低聲音，把昨晚夢到的情形大體說了一遍。

「哥哥！我們的親生媽媽還活著！她就住在鄰村的杉樹林裡，夢裡我在那邊見到她了。她特別高興，特別疼愛我。我雖然很喜歡現在的媽媽，可我也喜歡死去的親生媽媽啊。」二郎說道。哥哥聽完臉變得通紅。

「二郎，我也做了同樣的夢。剛碰到媽媽的時候沒認出來，只覺得很像，後來靠近了一看，原來是媽媽……」

「嗯，是這樣的呢。那哥哥也夢到了啊？」

「是啊，我也夢到了。」

「那，那可真是不得了！」二郎像瘋了一般跳了起來。

「你發什麼神經，傻瓜！」

「什麼傻瓜？」二郎既高興，又想媽媽，又覺得不可思議，突然瘋癲了似的，抄起一根棍子打起哥哥來。

「好疼！好疼！啊好疼啊……」太郎哭了起來：「媽媽……二郎他打我……哎喲、哎喲……」太郎哭喊著。

媽媽看了看家裡的兩個人，立刻順著哭聲跑了過來。他們現在的媽媽是後母，但對他們，比親生媽媽都要疼愛有加。所以，兩個人對現在這個媽媽的感情也不亞於之前的媽媽。

媽媽溫柔地說：「好了二郎，你這是幹麼呀，哥哥又沒招惹你，你幹麼打他，爸爸回來知道了罵你可怎麼辦？快給哥哥道個歉。」

二郎被媽媽這樣溫柔地教育了幾句，覺得心裡稍微平靜了些，終於意識到自己的錯誤，對太郎低下了頭：「哥哥，請原諒我吧」。太郎不說話，依舊抽泣著。媽媽溫柔地說：「太郎沒受傷吧？不疼了哦。」

媽媽對他們如此溫柔，無論是太郎還是二郎都不禁覺得，既然已經有了這樣好的媽媽，還惦念之前的媽媽真是太不應該了，於是他們沒有把昨晚的夢告訴媽媽。媽媽說要去準備晚飯了，又進了屋。

「哥哥，還疼嗎……」二郎垂著頭說，視線又移到了被扔在腳邊的那根棍子上。哥哥沒說話，搖了搖頭，有點難過地強裝出笑容，像是在說「已經不疼了哦」。

太郎今年十二歲，二郎十歲了。那天晚上，兩個人上床以後，偷偷說好明天早上要去三里外鄰村的杉樹林裡尋找自己的親生媽媽。天一亮，太郎和二郎就把便當掛在腰上，拿著拐杖，穿著草鞋，打扮得一模一樣出門了。

他們過了橋，穿過田間的小路，來到了目的地——鄰村的盡頭，發現廣闊的原野裡有一條路。這正是昨晚兩人夢裡夢到的路，他們倆十分吃驚。

「二郎，你也夢到這條路了吧？」

「是啊，看來就是要走這條路。」

「過了這片杉樹林，還要向裡面走好久呢。」

「我也……哎？哥哥，這條路在這裡分成兩條了。」

兩人走過來的這條路，在這裡分成了兩條。一條路又寬又平，而相比之下另一條則滾落著小石塊，藏在草叢裡，十分險峻，似乎沒什麼人走過。

「二郎，我們走這條寬敞的大路吧。」

「不，哥哥，走這條小路。」

「我夢裡可是夢到走這條路的。」

「那我走這條。」

「這條路才對。」

「不，這條路才對。」

「我走這條路。」

「我想走這條路。」

「二郎，這條路更好走呢。」

「哥哥，來這邊嘛。」

「不！」

「那我可自己走了。」

哥哥生氣了，快步走上了寬敞的大路。二郎賭氣，決定走這邊，在小路上摸索著前進，走了一町路，想找哥哥的背影，卻不知什麼時候被山嶺擋住了視線，路也十分曲折，根本看不到哥哥的身影。又走了一兩町路，小路越發險峻了。

旁邊的雜樹林裡白臉山雀和小山雀都在啼叫，周圍十分安靜，時常有風吹得樹葉沙沙作響，山谷裡傳來蟬鳴。

二郎感到非常不安，想要轉身回去找哥哥。這時，埋在路邊草叢裡的石菩薩突然說道：「快向前直走，向前直走！」二郎心想，這一定是神明在引路，順著這條路直行，一定就能看到日夜思念的媽媽了。於是他鼓起勇氣繼續走了下去。又走了二三町，似乎不太對，周圍草原綿延，根本不見夢中的杉樹林，也沒有人煙。二郎很失望，停下腳步思考著，想原路返回。這時不知從哪裡飛出一隻山鴿，正好停在他頭頂的樹梢上，鼓勵著二郎：「二郎二郎快出發吧，嘰嘰咕咕，不要猶豫快出發，嘰嘰咕咕！」然後又不知飛到什麼地方去了。

二郎好不容易到了平坦的地方，眼前出現了一片寬闊的原野。

二郎發現了一個過去大名[8]之類人物的府邸，很是漂亮，還殘留著許多大塊的石頭、屋瓦的碎片和石牆。在這廢址之上，雜草叢生，有一個瘦瘦的乞丐望著傍晚的天空，拉著胡琴，唱著憂傷的歌曲。二郎開始覺得有些害怕，想趁乞丐不注意趕緊過去，拔腿跑了起來。乞丐並沒有朝這邊看，依舊疲憊地拉著胡琴，發出哭泣般的聲音。二郎中午把便當吃完了，想找個地方買點吃的，正琢磨著，遠處傳來了太鼓的聲音，他便又朝那邊加快了步伐。

不出所料，那裡果然有一大片杉樹林。二郎回想起昨晚的夢，十分肯定這裡和夢中的景色一模一樣。「啊，哥哥去哪裡了呢？」二郎擔心著哥哥的處境，但又一心想快點見到媽媽。他看到杉樹林裡有燈光，心想一定是那裡，就跑了過去。杉樹林裡越來越黑，二郎跑進杉樹林，裡面見不到一絲月光，只能聽到呼嘯的風聲。一開始二郎還以為自己是被狐狸騙了，但一瞬間眼前出現了一派熱熱鬧鬧的節日景象。

紅、藍、紫色的燈火像星星般閃耀，道路兩邊整齊地排滿了各種雜耍和小吃攤，就像九段的招魂社[9]的祭祀一樣，來來往往的小姐們、孩子們都觸手可及。但離遠些，就什麼聲音都聽不到，漸漸地，只能朦朦朧朧地看他們漂亮衣服上的花紋和人們的表情。不時還聽到有太鼓的咚咚聲傳來，像快要睡著似的。二郎在心裡琢磨著，媽媽大概就在這裡了吧，好想快過去看看這祭祀活動。於是他跑了過去，突然媽媽的笑臉像幻影般閃現，又很快不知消失到何處去了。

二郎像丟了魂一般呆呆地站在那裡，大風吹過頭上的杉樹林發出巨大的聲響。月光一閃一閃地從樹間落下，有貓頭鷹的叫聲傳來。正當二郎忍不住想哭的時候，眼前出現了

8. 日本佔有許多名田的名主。
9. 日本幕府末期以後祭祀為國殉職人員靈魂的神社。靖國神社位於東京都千代田區九段北，前身是「東京招魂社」。

剛才那個衣衫襤褸的乞丐，說：「我帶你回家吧。」他站在前面，拉著剛才那憂傷的胡琴，走回之前來的路上。

二郎很害怕，問乞丐：「我想見我媽媽，你知道我媽媽在哪裡嗎？」

乞丐說：「我帶你去你媽媽那裡。」可他還是走上了剛才來的那條路。

二郎再也忍不住了：叔叔，我的親生媽媽在哪裡呀，我是來找我親生媽媽的。」

乞丐聽了，停住腳，一臉懷疑，全神貫注地盯著二郎：「你說什麼親生媽媽呀……二郎，你怎麼啦？你肯定是被狐狸騙到這裡來的。」說完，他嘴裡嘟嘟囔囔地自言自語著，扒開草叢走了。

二郎十分難過，含著淚，跟在乞丐後面。夜風吹過杉樹梢，沙沙作響，斷斷續續還能聽到胡琴那哭泣般悲傷的聲音。

「二郎！」不知從什麼地方傳來喊聲。

二郎停下腳步，站在那裡，正覺得有人在喊自己的名字，之後又聽不到了。走了很久，又從杉樹林深處傳來了太鼓的聲音。二郎回過頭，又見到紅、藍、紫色的燈火閃爍，十分美麗。二郎看到祭祀的熱鬧場景，大路上擁擠的人群中有個女人正朝這邊招手。那正是自己死去的媽媽。

「媽媽！」二郎用盡全力大叫著。那聲音迴響在山林裡，也傳到了媽媽那裡。

乞丐突然回過頭來，說：「吵死啦」，並用手裡的胡琴使勁打二郎。

嘎巴，胡琴的把手斷成了三截。這時，呼嘯的風聲、生氣的乞丐，還有那美妙的祭祀場景都消失殆盡。不知什麼時候，二郎已經站在月光下，佇立在自己家門前。

太郎中途就停了下來，因此比二郎早到家，正一邊等著二郎，一邊和妹妹焦慮地吃著水果。只有媽媽，也不吃水果，一臉難過的表情。

從那以後，兄弟二人都很聽現在這個媽媽的話，對她也十分孝順。媽媽也越發疼愛兩個孩子了。

——原刊於《讀賣新聞》一九〇九年（明治三十九年）8月12日號

奇怪的小鳥

《 1 》

車匠夫婦住在一個冷冷清清、毫無生機的小鎮上。小鎮基本已經衰敗，一片灰色。

鎮上立著一個觀火用的舊樓塔，樓塔頂上是鐵皮做的旗子。因為這裡常年吹西北風，所以旗子總是飄向東南方向。這裡還有間澡堂，冒出黑色的煙，升上小鎮傍晚淡綠色的天空。車匠旁邊是家小蠟燭店，屋簷向下傾斜著。天一黑，車匠家就很快關了門，老夫婦想儘量不被傍晚的寒風吹到。他們十分注意自己枯木一般的身體，雖說反正離死也不遠了，但他們似乎也不願因傷風感冒來加速自己死亡的步伐。以前，他們還時常會在夜裡拉車，但近四五年都把車借給別人，每天看著掛在屋簷柱子上的小鳥啼唱來度日，或是忙著在院子裡捉蜘蛛。老婆婆戴著大眼鏡，開始忙活冬天的事情，縫補著破衣服。屋頂上射下溫暖的陽光，落在鳥籠上，小鳥也歪著頭，透過鳥籠的竹籤眺望著澄澈的天空，小聲地啼唱起來。鬍子花白的老人瞇起眼看著這一切，不知何時也回想起了自己年輕的時候……

「啊，我也有過那樣的時候呢。」他沉浸在自己的空想裡。漸漸地，太陽落了下去，小鳥也停止了啼唱。

「天黑了，傍晚的風這麼冷，還是快點進屋吧。」老人自言自語著，把鳥籠從柱子上拿下來，小心翼翼地捧著，拿進了自己的臥室。這時，小鳥歪著頭，一臉奇怪地看著老人和黑暗的屋裡……小鳥劇烈的心跳帶動了胸口淡紅色的毛，像波浪般起伏著。

老人看到它那副可憐的樣子，說：「噢噢，別怕。」

這對老夫婦既沒有兒子，更沒有孫子。晚飯時，桌上的飯菜微微冒起白色的熱氣。靜靜地吃完晚飯，昏暗的燈光照亮了早已被熏黑的房間。小鳥被放在房間的一角，它被這燈光嚇到了，瞪大了又黑又圓的小眼睛，開始在棲木上踱來踱去。

「到晚上了，休息吧。」老人說著，拿來一個布罩子蓋在鳥籠上。一蓋上罩子，籠子裡突然變得昏暗起來，小鳥也漸漸沒了動靜。

因為害怕會有老鼠出來，老人睡覺的時候都把鳥籠放在枕邊。老人躺在枕頭上還沒睡著，聽到外面有人走動的腳步聲。旁邊的蠟燭店也傳來說話聲，混雜著笑聲。過了一會，外面的腳步聲消失了，周圍也安靜了下來，可馬上門口又響起了草鞋的聲音，有人唱著歌走過。

「這裡和出雲崎啊……用竿子就搆得著……用竿子……」

老人聽到歌聲，心想這個人應該是要回海邊——這樣想著，他又回想起自己年輕的時候，眺望著春天的大海，走過紅色的山崖下。他轉過身去，聽到了熟睡中的老婆婆發出的微弱的呼吸聲……

《2》

最開始，這隻小鳥是黑色的，樣子長得和麻雀一樣，但比麻雀還黑，誰見了它都叫它：「小黑鳥。」

我是在一個寒冬天得到這隻小鳥的，而且是暴風雪肆虐的時候。山裡的小鳥們都沒了食餌，就連村子裡的麻雀也落在屋簷下的界繩[10]上快要凍僵了。家裡一片黑暗，雪和雪珠打在糊著舊紙的高窗戶上發出聲響。我每次抬起頭來仰望那高高的窗戶，都會因每天這樣無聊度日而感到憂愁。我很想玩點什麼，可是根本沒人來。時鐘打了三下。

「啊，天都快黑了啊……」

黑柱子上掛著一個古老的大八角時鐘，我抬頭看了看它。時鐘的金邊在灰色混沌的空氣中發出淡淡的光芒。我目不轉睛地盯著白色的圓形錶盤，長長的時針緩緩地移動著，又過去了五分鐘。時間在不知不覺中流逝著，這令人沒有緣由地變得焦躁。

10. 界繩，一種用稻草編織的繩線，日本指為阻止惡神入內而在神前或在舉行神道儀式場所周圍圈起的繩。表示神域的界線。

「出去看看吧，在家裡實在無聊。」我在心裡這樣決定著。無論有什麼困難，即便冒著暴風雪，我也想出去看看。這好奇心就像箭一般在心裡飛馳。於是我趕快穿上編好的高高的稻草靴，打開被暴風雪吹得關上了的門，走了出去。一片大雪花被風從田地那邊吹了過來，我站在那裡，胸前忽然就變得雪白，好像一座白牆。幸運的是暴風雪停了，之後有片刻間隙。天空總是一片灰色，讓人感覺好像在頭頂以上三尺左右的地方覆蓋著一張灰色的厚布一般。我出來倒也沒打算找誰。這時從那邊寺院的栗子林裡來了許多白頭翁，可以聽到它們的啼叫聲。於是我立刻回家，拿上了那二連發的獵槍，趕到了栗子林。

大雪埋住了路，四處都沒有人影。小樹林壓滿了雪，枯壕也被雪埋住了。我繞過這充滿陰氣的枯壕，走進寺院的墓地。不斷有積雪從杉樹上崩塌落下，這時原本被壓得透不過氣的樹枝才會動一動。放眼望去，四處都是墓地，只露出個五、六寸的頂。白頭翁落在栗子林裡，傍晚的天空下，栗子樹整齊地矗立著，附近的空氣都變得沉悶起來，那真是一片寂靜而又令人憂傷的景色。

我在那裡佇立了一會，眺望著這悲傷而又寂寥的景色，突然覺得打鳥太過殘忍，於是就空手離開了墓地，來到平時人們常走的村間小路上。

「要在這樣寂寥的地方待到什麼時候呢？快讓我去快活的地方吧——好想去南方溫暖的地方生活啊。」

……這樣想著，我走了下來，突然遇到了獵人的兒子吉太。吉太頭上戴著一頂稻草編的帽子，這帽子很長，一直垂到後面，樣子十分奇特。吉太的大眼睛像貓頭鷹一樣又圓又黑，頭髮濃密且捲曲。他今年差不多十五、六歲，品行不太好，小學上到一半就被責令退學了。他在村裡欺負小孩，搶孩子們的錢，還去鎮上趁老闆不注意偷人家東西，因此沒人說他好。

「喂，吉太，這大雪天，你要去哪裡啊？」我問道。

吉太用一隻手向上推了推稻草帽子，使視線不受阻擋。他看看我，不懷好意又嘲弄般地笑了。

「打到什麼了嗎？」他問。

「沒，沒開槍就回來了。」

「你去哪裡？」我又問。

「去鎮上。」他看著我獵槍的槍口：「我啊，要去鎮上賣小鳥。」

他說著，從懷裡小心翼翼地掏出一隻小鳥，好像是拿出什麼易碎品似的。那小鳥被包著翅膀，頭從小洞裡露出來，身上穿著紙衣服，一副不會逃跑的樣子。

「是隻黑鳥啊……這是什麼鳥？」我問道。

吉太小心翼翼地，凍傷的髒手顫抖著，彷彿手裡捧著的是自己的心臟一般，所以他根本沒注意聽我在說什麼。說話間，吉太還好幾次把嘴唇湊近手掌，給小鳥吹去溫暖的氣息。

「能把這小鳥賣給我嗎？」我覺得這小鳥實在少見，於是這樣問道。但其實我見到這隻小鳥的時候並沒什麼好感，總覺得這個東西的影像在眼前揮之不去，心境有些低沉。但要是就這樣把這小鳥給了別人又覺得可惜，因此想自己養它。

吉太看著我說：「如果是你的話，我不想賣。」

他分明是去鎮上賣鳥的，為什麼賣給我就不行了？這不正說明吉太這人性格扭曲嗎？或者是因為到鎮上賣可以盡情賣個高價，而賣給認識的人就不行了，所以不願賣給我吧。

因此我說：「我出高價買，我出比鎮上還高的價錢買……」

「要是給你的話，我就不要錢了。但請給我我想要的東西。」吉太說。

「你想要的東西是什麼？」

「能給我我想要的東西嗎？」吉太的聲音顫抖著，眼睛裡發出光芒。

「是什麼呀？如果我能辦到一定給……」我覺得有些奇怪。

吉太拿著那隻黑鳥，沉思著，那眼神似乎像在追趕什麼遙遠的東西。不知何時，他兩眼湧出熱淚，流過雙頰。他一改之前猙獰的嘴臉，忽然變得柔和起來，這讓我覺得實在是不可思議……我真的要養這讓他如此鍾情的小鳥嗎？我在心裡發誓：如果小鳥有了什麼事，我一定要還給吉太。

「快說吧，我幫你就是了。」我乾脆地說道。

吉太聲音顫抖著說：「請給我之前看到的畫具盤。」

我突然想不起那畫具盤的樣子，只好問道：「是什麼形狀的？」

「是花形的。」吉太哭著說。

我第一次見到吉太哭，心裡很納悶，這樣一個圓滑世故的惡魔之子，到底為什麼哭呢？然而，他又立刻擺出一副可憐兮兮的樣子。

「那我回去找找，明天早上見。」說著，我們兩個人道了別。

《3》

整片積雪反射出微弱的光，天空漸漸暗了下去，每時每刻都感覺天空好像在一點一點壓下來。四處都是被大雪覆蓋的樹叢，像幽靈一般，還有像黑惡魔一樣的杉樹林。自從遇到了吉太，見到了那隻黑色的鳥，我的心情就變得很陰鬱。

但是，不知為何，我總覺得吉太很可憐。

「要了那個壞孩子的鳥，這樣好嗎？」

我心裡總有這種感覺。而且，那隻黑鳥不是一般的鳥，我心裡猜想，會不會這隻鳥來了，自己家就會發生不幸的事呢？

「對了，這隻黑鳥來了，家裡人會不會生病去世呢？」這樣想著，我感到一陣寒意。而且，我並不是第一次見這隻黑鳥，總覺得之前也見過一次，是在一個很恐怖的地方，一個紅色和灰色混雜的地方見到的……是在哪裡呢？這麼一想，我的眼前浮現出一間河邊的紅磚房，是監獄的房子。河水裡漂來成塊的雪和冰……一片傍晚的景色。

「好像是在監獄裡見過那隻黑鳥。」我停下腳步，佇立在雪地上。是我出生後進監獄見到過的嗎……還是什麼時候去過一次見到的呢？「我是做過什麼壞事嗎？」「是偷過別人的東西嗎？」「我完全不記得了！」

但我好像是見過這隻黑鳥的……那是小時候的事。記憶中，日蝕那天有很多這樣的黑鳥盤旋在天空中。天空一片昏黃，這些黑鳥受了驚，在天空中轉來轉去畫著圈兒，發出奇怪的叫聲。太陽生病了，看了就不好了——就是說那一天太陽會釋放一些危及人命的毒——因此外面沒有一個人。據說樹也悲痛，草也悲痛，就連天真無邪的小鳥也十分悲痛。

站在家門口仰望天空的時候，雲朵變成了發高燒時煮的那種藥的顏色。聽說如果老發燒，就要在立秋前十八天的丑日那一天，把事先採摘曬乾的蕺菜煎成藥。天空就是變成了這種顏色。如果還有口氣的人喝了這藥湯，發燒就會痊癒；已經斷了氣的人喝了，身體就會變得和蕺菜一個顏色然後死去——這時，幾隻黑鳥在天空中盤旋著。這黑鳥並不大，當然不是烏鴉。那叫聲既像受了驚，又像眼睛失了明，又像是忘了自己的窩在哪裡；既像在呻吟，又像在掙扎，聽起來十分痛苦。我聽到那黑鳥的叫聲，甚至都懷疑是不是太陽再也不會出現，世界就這樣永遠是黑夜了。如果真是如此會怎麼樣呢？人們也不用外出工作，在那片昏暗的、糖漿色的天空下，樹和草都憂傷地矗立著，遠處的房屋也在那片黑暗又令人生厭的黃色的天空下一動不動地浮現出來。

在這片黃色的天空下，一切都像啞巴一樣不出聲音地沉默著……一直一直地沉默著。眼裡看到的，只有形狀不定、像噩夢一般的雲朵，在糖漿色的天空中時而出現，時而消失，微微地移動著。那黑鳥大概還在令人生厭地啼叫著。不過不知何時，這些黑鳥也會飛累了，落在地面上；也會叫累了，那討厭的叫聲也會漸漸啞去吧。這樣一來，這個世界就再也沒有聲音了。狗也死了，雞也死了，所有生物的聲音都消失了……但總感覺最後的最後，還在啼叫的仍是這黑鳥。到那時，地球上還會有風嗎？……也許還有，但應該是冰一樣的冷風，一吹到那些悲傷的草木身上，就會發出令人痛心的聲音吧。這樣一來，還會下雨嗎……也許雨這種東西就不會再下了。

「這日蝕要到什麼時候啊……」我開始擔心了。我想，如果這樣的狀況持續好幾天，那人們就要一直點燈，總有一天燈油會用完的吧……這時家裡正好點起了燈。天空中，黑鳥還在啼叫著。

「請問，這是什麼鳥呢？」旁邊有個聲音問。

「是燕子嗎？」有人回答。

「燕子不是這麼叫的呀。」這次是個孩子的聲音。

「來了些奇怪的鳥呢。」一個老人說。

「已經黑得不得了了呢。」一個女人的聲音說道。

「這叫聲真討厭。」「那些黑鳥。」「有多少隻啊……」各種各樣的聲音說著。

天空漸漸暗了下來，似乎又要下雪了，我扛著槍急忙往家趕。

「要了那隻黑鳥到底合適不合適呀？」我心裡又開始覺得吉太很可憐。

那天晚上不知不覺回想了很多不開心的事，第二天早上開始找畫具盤。

土。

《4》

「是這個嗎？」我說著，從架子上把佈滿煤灰的畫具盤拿了下來，那上面積滿了塵土。

冬日的陽光從視窗射進來，我對著畫具盤吹一口氣，陽光裡彷彿跳動起了金黃色的火焰。無數的小灰塵一個個發著光，像是在明亮的大海裡遊泳。吉太急忙奪過畫具盤藏在懷裡，哪怕會弄髒了衣服。黑鳥的鳥籠掛在了屋簷的柱子上，我注視著鳥籠，說道：「真是隻黑鳥啊。」

吉太正急著趕回家，這時回過頭說：「它會漸漸褪掉黑毛，然後變成紅色的。」我心裡把這當作一個無關緊要的謊話來聽，連一句「是嗎」都沒說。

這是個很粗糙的鳥籠，裡面放著一個藍色的裝食餌的小酒杯和一個灰色的裝水的小酒杯，想來是吉太連同鳥一起送我的。我用了這個籠子和那個裝食餌的小酒杯好久。

不知為何，當下我便覺得，這黑鳥身上滿是陰氣。無論是頭還是眼神，與其說它是可愛，不如說更讓人覺得有一種非常迷惑人的力量在其中。

不過，總掛在同一間屋門口的柱子上，它大概也習慣了，不知什麼時候開始，這小鳥也和我親近了起來。終於，冬天過去了，北國昏暗的天空像剝去一層皮似的明朗起來。到了春雨漸漸瀝瀝的季節，海棠花豔麗地綻放，八重櫻的花苞也微微染紅。天空中的雲朵如白棉花一般，和春花盛開的村莊接連在一起，低低地、平穩地飄過。這時，我把小鳥拿到了院子裡，放在能看到花的地方。在雨後初晴的清晨，樹木下方的枝條上，有水滴從紅色的花蕾上滴落，我便把鳥籠掛在上面。可能就是這個時候，黑鳥胸前的絨毛開始漸漸變成淡紅色。

小鳥在鳥籠裡欣賞著春天美麗的景色。它歪著頭，抱怨自己沒有自由，欣羨地看著在樹梢上啼叫的其他鳥兒。

要不要放了這隻鳥呢？我不知這樣想過多少次，但又覺得失去它很可惜。如果放了它，它就再也不會回來；要是放生，什麼時候都可以，今天就暫且先不放了吧。就這樣，我便斷了念頭。

有一年，祖母去世了。那時家裡來了很多親戚，親戚中那些老婆婆都勸我把鳥放了。那時，我站在鳥籠前全神貫注地盯著這隻小鳥思考著。從它來我家已經三年了。不知從什麼時候開始，黑色的小鳥變了樣子，胸前的絨毛也已變紅。它全身的毛色都帶著些微的紅，唯一沒變的只有它的小腦袋，還是漆黑發亮，上面還交織長出了兩三條從沒見過的白毛。

「原來如此，那時候吉太說毛色會變，看來是真的。」我回想了起來，又記起了吉太慌忙地奪走畫具盤的事情。

「吉太要那畫具盤幹什麼用呢？」我回想著當時的事。我心想，那個少年無論看到別人拿著什麼都想要，尤其是以他的品行，一旦想要就會特別想要，想要得不行吧。而且那畫具盤裡還有紅、紫、藍、黃各種顏色的畫料，他大概覺得是個非常好的東西吧……

這時，屋裡吵吵嚷嚷地嘈雜了起來，正好要往外抬祖母的靈柩了。靈柩上纏著白布，迎著風雨，搖搖晃晃地行走在泥濘的田間小路上。初夏的大自然到處都是陰鬱的綠色，可以看見山陵，暗綠的樹林一望無際地蔓延著。

嬸嬸在葬禮上做隨從，回來後又勸我把小鳥放了。她站在鳥籠旁盯著我，說放生是為了佛祖。嬸嬸頭髮都白了，眼睛也凹陷了下去，臉上長滿皺紋，像纏在一起的線。我想，這怕是離歸天也不遠了。這樣的老者說的話，如果再不聽，實在過意不去，於是我什麼也沒想，一言不發地打開了鳥籠的門。

「喂，快逃走吧。」嬸嬸說著，那樣子像快要哭出來似的。

小鳥用嘴啄啄鳥籠的竹籤，又在棲木上磨磨嘴，小聲啼唱著。它走到鳥籠門口，歪著頭看了一會外面的風景，又斷了念頭，回到了籠子裡。嬸嬸說了好幾次「快逃走呀」，可小鳥再也不從鳥籠門口出來了。嬸嬸見狀，一邊思考一邊說道：「它的翅膀已經不靈活了，還是讓它這樣在鳥籠裡比較好。」說完便走了。

人不也是一樣嗎？女子嫁了人就被束縛住了，大家都變得像嬸嬸這樣。而且她們這時再回想過去，也沒有感到特別遺憾，堅信著這一切都是理所當然的事……

黃昏的月亮出來了，朦朦朧朧地照在鳥籠上方。家裡的佛堂上也點起了燈，響起了敲鉦聲。

《 5 》

有一天，我走進圖書館，找了本鳥禽圖解四處查找，因為我無法判斷這黑鳥到底是什麼鳥……在西方的鳥禽圈裡有大體類似的鳥。名字很難念，書上寫著，那邊都通稱它為「奇怪的鳥」。再一查它的習性，發現它原來是肉食鳥，和鷲、老鷹歸為一類，雖然兇猛，但十分親人。

……原來是隻肉食鳥，我卻一直餵它麻種子，居然養到了現在，這真是不可思議……

而且，那書上還寫了這種鳥的樣子，和這隻黑鳥很像，但書上並沒有寫它的毛會變紅。我心想，也許不是這種鳥，我養的鳥其實是另一種鳥，於是又查了很多，但沒有找到和它相似的……

後來我出國的時候，車匠老夫婦答應會悉心照料這隻小鳥，我就送給了他們……

——原刊於《趣味》一九一〇年（明治四十三年）2月號

黃色的夜晚

到牆根的楓樹發芽的時節了。

在遠處的大路上——杉樹林的下面，孩子們正躲在暗處玩捉迷藏，歡快的嬉戲聲在耳邊迴響。從北邊到西邊，天空一片黃色——黑雲覆蓋著天空，將黃色越壓越低，好像要壓得沉下來一般。黃色的天空不時變窄，最終只剩下一條分明的線，在地平線處望著這邊，讓人覺得好像有人眯起眼，令人生厭地笑著。

北方的海面吹來極其寒冷的風。周藏關上熏黑的隔扇，面對著灰牆，用毛巾包著頭從床上坐起，沉思起來。隔扇一下子都變黃了，然後漸漸暗淡下來，孩子們玩捉迷藏的聲音也漸漸遠去。遠處傳來輪船隆隆的汽笛聲，那是有輪船從三裡外直江津的港口出發要開往新瀉去的吧。

這時，我來到了周藏家。

周藏是個二十二、三歲左右的年輕人，嘴巴尖尖，膚色黝黑，是個結實的男子，他是村裡育澤家的二兒子，前一陣子自己搬到這裡獨居，是個單身男人。他從家裡分到了一點錢，於是每天什麼都不做地混日子，即使是大白天也躺在床上。無論什麼時候去，他都懶洋洋地躺在床上，嘴裡吧唧吧唧地吃著東西。

深處的杉樹林裡來了好多金翅雀。

「周藏，來了好多鳥，你來幫我捉幾隻嘛。」我去拜託他。

「不要。」他拒絕了。

他住的是一個有三間屋子的大雜院。去年為止，這裡一直住著天理教[11]的行者。這個所謂的行者，是個眼角下垂的禿頭男人，樣子十分滑稽。他不斷召集一些信徒來做保佑祈禱[12]，因此現在周藏住的就是以前祭神的地方。行者當時住在西邊的屋子裡，院裡的另一間則一直住了個小學老師。

周藏現在住的屋子前面和大路之間的田地裡，曾有著一條小路，小路兩側種著橡樹、榛子樹、櫻花樹和山茶樹，樹根處還種著麥冬。我那時經常來樹下，和其他孩子一起爭搶麥冬「龍鬚」上長著的青色果實。盛夏的時候，橡樹的葉子在陽光下閃著一點一點的光，而綠葉後結著一顆顆紅色果實，蜻蜓在頭頂盤旋起舞。我也時常一個人佇立在樹下，仰望著樹上那一顆顆的紅色橡子。

但如今一切都和以前不一樣了。屋前的格子門關著，屋裡一片昏暗，只有鏡子會反射一點光亮。屋前有一個大鼓和楊桐樹，上面有綁著白紙的鮮花、御幣[13]，還有白色的酒壺。格子門旁邊還放著一個賽錢箱。賽錢箱上垂著紅、白、紫交織的繩結，上面掛著一個生了青鏽的鈴鐺。那些繩結被太多人摸過，因此變得很髒，下面都黑了。屋裡還掛著五六幅別人捐的畫——據說，每月陰曆十五的夜晚，附近的信徒就會聚集在這狹小的神堂裡做保佑祈禱，在那天禿頭行者都會表演踩火或者踩刀——不過只過了一年，這位行者就出門了，之後音訊全無。為了方便大路上來參拜的人，以前的櫻花樹和橡樹也被移植到其他地方，小路也被耕成了農田，神堂也被改造了，還新添了廚房和廁所，完全變成了一個普通的大雜院，在那之後住進來的就是周藏了。

大家都說周藏是單身，即便住進了曾經祭神的地方也不會玷污了神明，所以不會受到神明的懲罰。不過他住進來不久卻生了病，似乎是嚴重的感冒。他直到昨天都一直滿不在乎地躺在床上，心想明天應該就會好，但今天他看起來似乎更難受。我常來他家，因此也不會打招呼，開門就來到他枕邊。周藏雙眼渾濁發黃，看著我默不作聲。灰色的牆壁上貼著今年的年曆，火盆上的陶壺裡煎的藥咕嚕咕嚕地沸騰著，屋裡彌漫著一種令人頭暈目眩的味道。周藏才坐起身，卻在我進屋那一霎那他又一骨碌躺下了。

「周藏，頭還在痛嗎？」

11. 日本教派神道十三派之一。
12. 密教等的祈禱方法。將印契系到手上，口念咒文，以祈禱病癒災除。
13. 供神幣帛的敬語。將紙或布成串插在神木枝上的祭神用具。

我剛說完，他便回答說：「啊，頭要炸了。大概是發燒了。」

「這藥喝了嗎？」我的目光落──在了煎藥的陶壺上，裡面的藥湯沸騰著，咕嚕咕嚕泛起了黃色的泡沫。

周藏朝後躺著，沒答應我的問題，只是呻吟著：「啊──好難受啊，難受啊。」

「啊，周藏，藥開了，都溢出來了。」他用他尖尖的唇朝我這邊努了努嘴，請求道：「啊，我好難受。幫我拿下來吧，我過不去。」

我隔著衣袖，把煮開的藥壺端了下來，照著周藏說的把藥倒進茶碗裡，給他端到了枕邊。

周藏便坐了起來，對著熱藥碗呼呼地吹著。我不作聲，坐在枕邊看著他。

過了一會，藥湯涼了，周藏端起了藥碗，碗裡的藥湯呈醬油色，氣味刺鼻。他閉上眼睛，開始用尖嘴吸藥湯，好像在喝什麼甜美的東西。喝了兩三口，他的臉色突然變得很難看，嘴巴開得像是要裂到耳根，一排發黑的牙齒便露了出來。他張開嘴，目露凶光，不像是我平日裡認識的那個周藏，我頓時感到一陣恐懼。周藏喝了口藥，又痛苦地呻吟起來。我其實想回家去，但又不忍心對周藏的痛苦視而不見就這樣離開。

「周藏，有多難受啊？」我問道。

「難受得要死了。」他連回答的聲音都很沉重。

屋裡又熱又熏人，都是藥味，總覺得自己頭也開始暈了起來。

「我要回家了。」我一邊擔心著周藏一邊用顫抖聲音說——總覺得周藏這樣痛苦，我卻棄他而去有點不近人情，因此心裡有些過意不去。

「正雄！」周藏喊了一聲我的名字：「能去我家裡把我母親叫來嗎……我今晚快不行了。」

周藏突然看似十分痛苦，但我卻覺得他口中的快不行了只是開玩笑。但我確實聽說過，不管是感冒還是其他病，到了傍晚的時候會變得更加嚴重。

「如果我母親不在也沒辦法。那你能去鎮上幫我把針灸醫生請來嗎？」周藏的樣子看起來越來越難受，但他卻用十分溫柔的語氣請求著我。

這時天色已經黑得快看不清他的臉了。我想把燈點上，可又不知道燈放在哪裡，我於是走出屋子，去通知他的母親，再去找鎮上的針灸醫生來。

一出了周藏的屋子，剛才還是黃色的天空不知何時變成了灰黑色，厚重的烏雲佈滿了村子的上空，而最暗的那片烏雲正好在周藏家屋頂上方。我想在天還沒全黑的時候趕回來，於是拼命地跑向村子盡頭的周藏父母家。我走過楓樹旁圍著矮樹籬笆的小路，走進了黑暗的杉樹林。剛剛還在樹林裡玩捉迷藏的那些孩子們全都已經不見蹤影。一陣詭譎感襲上心頭，我便閉上眼，一面喊著號子：一！二！給自己壯膽跑了進去。我腳上的木屐用力踩踏的聲音打破了四周的寂靜。我跑得汗流浹背，臉也變得滾燙，但我身上肩負著重任，必須要先去通知他父母，然後還要去鎮上請針灸醫生來——我母親若是知道我會這麼晚回家，恐怕也會很擔心，到外面來喊我了吧。

想到這裡，我又加快了速度，朝著周藏父母家跑去。遠處是一片綿延的桑田。在桑田的深處，隱約可見一個稻草屋，我在心裡自言自語著：快到了！

「一！二！」我喊著號子，終於跑到了周藏父母家的門口。

這時剛好是晚飯時間，燈下擺著飯菜，周藏的親哥哥和嫂子正在開心地吃著晚飯。他哥哥將近四十歲，有些胖，下巴上有很多鬍子，是個矮個子的木匠，平日一直滿臉笑容，但據說和周藏感情沒有非常好——屋裡並沒有周藏母親的身影。

「周藏病了他說讓阿姨快點去。」我因為跑得太急太快，喘到連話都說不清了，上氣不接下氣地對他哥哥說著。

但周藏的哥哥連屁股都沒抬起來，只是拿著筷子回答：「嗯，你告訴他，母親泡溫泉去了，回來就去看他。辛苦你啦。」嫂子則是微微轉向這邊，也只是說了句：「辛苦你啦。」對於他們冷淡的態度，我感到一陣惱怒，更多的是沮喪。

「他一直喊難受呢，快來吧。」我只能丟下一句話就轉身出了屋。

我突然覺得周藏很可憐，也覺得他哥哥很可恨，我又激昂又憤怒地唱起了軍歌，像是在罵人一般發洩著胸口的那股怒氣。

「啊正成呀正成呀……」我大聲喊唱著，想讓這憤慨的聲音穿透村莊吧！震破他哥哥和嫂子的耳膜吧！

於是不知什麼時候，我已穿過了黑暗的杉樹林，朝鎮上快步走去。我停下軍歌，卻又一邊陷入了沉思。這麼晚回家，現在母親一定正在等我，還在為我擔心吧……但是我也是為了周藏才晚回家的……我這樣做應該可以被接受的。

想著想著，忽然眼前又浮現出了周藏的哥哥坐在燈下吃飯的情景；倏地，又浮現出周藏瞪著他濁黃的雙眼，在那間又黑、又熱、又充滿藥味的屋子裡難受的樣子，耳邊似乎還傳來他的呻吟聲……想到著，我不禁加快腳步，跑了起來。

「一！二！」我嘴裡喊著號子，使出全身力氣奔向鎮上。

鎮上的一幢幢屋子的房檐低低地隨路蜿蜒著，大多數人家都已點上了燈。一些早出晚歸的拉車人把貨車停在屋門口，正從車上卸下各種工具，恰好鎮上的木匠正扛著工具箱準備進家門。

我這樣一間一間地走過鎮上的屋子，來到了鎮中央按摩師的家——他家有九尺二間[14]，裡面一片漆黑——我道了聲「晚上好」便走了進去。

黑暗中，我聽到了一陣咣當咣當的聲音，卻沒有任何人回應我。

「按摩師在嗎？」我問。

「啊……」一個有氣無力的老人回答道。

「請您跟我來吧，有個重病人需要您的幫忙。」我記得好像誰曾經說過若不說是重病，按摩師或醫生是不會立刻去的，因此去請他們的時候這樣說會比較管用。

「是哪位啊？」黑暗中傳來老人的詢問。

「最前面的雜院裡的，快來吧。」

「是神堂附近嗎？」

「是的，就是那裡。」

「有誰進到那裡了嗎？」

「周藏住進去了。」

「啊，是吉澤家的二兒子啊，那人可真不好。好吧，我立刻去。」

「請快來吧。」

「我和你一起去。」按摩師說罷便開始準備工具，我在門口等著，而屋裡傳來趿著木屐，吃力地尋找拐杖的腳步聲。我原以為屋裡沒其他人，但黑暗中還是傳來其他聲響，我猜可能是老人的妻子。

這老人既是按摩師，也是針灸醫生。他眼睛看不清楚，手裡還提著個大箱子，只能用竹拐杖戳著地面吧嗒吧嗒跟在我後面，走到半路還問我能不能牽著他走。我於是牽著按摩師的手，走過小鎮那又低又暗、綿延曲折的屋簷，終於靠近我們的村子了。

這真是個可怕的夜空，西邊的山在黑暗中漸漸浮現，十分陰森，和稍早有著彩霞的美麗黃昏根本是天壤之別，只有烏雲的縫隙邊可以勉強看到一點點星光。按摩師身形瘦弱，步伐衰老，他駝著背，一身黑色的和服外褂，手上青筋分明。據說他是個盲人，一點也看不見。雖然我很想早點回家，但我因為牽著他的手，也只能慢慢隨著他的步子。在走的同時，他那木制的四角黑箱子就發出啡噠啡噠的聲音，我猜裡面放著針啊、藥啊等等各種工具。

於是我問他：「這箱子裡裝著針嗎？」

「嗯，是的，這可是我做生意的工具。」按摩師回答道。

14. 尺，日本度量衡長度的基本單位，約合30公分。間，日本長度單位，一間等於6日尺，約180公分。

「扎針不會痛嗎？」我想像著那尖尖的針閃著光，插進肉裡的情景。

「會有一點痛。針這東西效果驚人，可是關係生死的東西。」他回答說。

「扎針會死嗎？」我一聽到關係生死，嚇了一跳。

「這針一扎下去，要麼好了，要麼死了。一般是不扎針的，只有在不知道他還有沒有救的時候才扎。」聽他這麼一說，我心想周藏的病怕是必須要挨這不知死活的一針了吧，心裡開始替他擔心起來。這樣想著，再看看這個又瘦又老的盲人，突然感覺他其實有些嚇人。接下來我們便再沒說話，但我牽著他的那隻手卻不時地顫抖。

我們走過黑暗的杉樹林，又穿過桑田，終於來到了周藏家附近。

按摩師突然問我說：「神堂前面的路還在嗎？」

「不，已經沒了。」

按摩師又問：「變成田地了？」

「是啊，變成田地了。」我回答。

按摩師沉默了一陣，又說：「應該有棵大榛子樹的，被砍掉了嗎？」

「那棵樹去年就枯死了，然後今年春天被砍了。」我回答。

按摩師說：「那棵樹的位置，剛好是村子的鬼門，從好久以前就種著了。」

我聽了覺得一陣毛骨悚然，又問：「把針扎到樹上能治好嗎？」

「哈哈哈哈哈。」按摩師張開沒牙的嘴冷笑著，我也不知道他為什麼笑。我的目光落在那黑色的箱子上，心裡覺得非常不可思議。

終於，我們進到周藏的屋子裡。屋裡依舊沒點燈，一片漆黑，我原先還想或許他母親來看他了，但一點都沒有任何人來過的跡象。我不自覺地佇立在屋前，西邊曾住著行者的那間屋子空空蕩蕩，而東邊住著的小學老師也已經關上了門窗，偌大的雜院裡只能聽見周藏痛苦的呻吟聲。

盲人按摩師一定會給他扎針吧——但也不一定能救回周藏的命。

啊，怎麼辦呢？我突然好想逃走，想立刻甩開按摩師的手拔腿離開。但他緊緊握著我的手，力氣很大，我不斷地扭動著身體想跑開，卻掙脫不了，而他正以那雙看不見的眼睛，直直注視著我。

——原刊於《早稻田文學》一九〇九年（明治四十二年）4月號

梳子

在離集市不遠的地方，有一個屋子十分密集的村落。在這天色異常的陰暗一日，一個名叫阿島的病婦正織著布。她家門前開著顏色豔麗的繡球花，繡球花的另一邊，可以看見低矮的窗戶，而一旁的道路上站著兩個婦人，正在聊天。

「最近好像流行一種特別嚴重的感冒。」

「是啊是啊，據說得了那病會渾身關節疼痛。」

這天一點風也沒有，只有陰沉無力的織布機聲音，嘎吱，眶！陰暗的天空，翻滾著陣陣烏雲，似乎就要下起大雨了。

「阿島的臉色不太好啊。」一個婦人皺眉說道。

「可能快生了吧。」另一個人說道。

「也許吧，不過臉色那麼差……」

「好像是因為上吐下瀉才……」

兩個婦人正說著，旁邊走來一個頭髮濃密、看起來就像頂著一口大鍋的女人。她個子很矮，穿著藏青色的棉布和服，眼睛細小一如鯰魚[15]，眼角下垂遮去大半目光。兩人

15. 鯰魚眼睛十分細小。

一見這個女人，頓時嚇得說不出話來。

「又要下雨了。」頂著大鍋濃髮的女人語重心長地說道，聲調陰沉。

「天氣不好真讓人心煩啊。」一個婦人說道。

兩三隻不知名的黑色小鳥在頭頂盤旋、啼叫；旁邊的竹籬笆上，蛞蝓正拖著銀線。

「也不能洗衣服了。」一個婦人說著往自家方向走去了。

「我也還有事要忙。」另一個婦人也轉身走進沙地裡，木屐的兩齒之間塞滿了沙子。

兩個婦人回到了各自家裡，路上只剩下那個頂著大鍋的女人。這個黑衣女人一臉陰鬱，細小的眼睛空洞著，跟石頭似的站著一動不動。不知何時，阿島織布的聲音也停止了。

有點起風了，天色也黑得更陰森了。這時阿島十二歲的孩子從集市上回來了，他手上拿著從藥鋪買來的裝著金雞納鹼[16]的藥包，進了家門。

過了一下子，阿島家那矮矮的窗戶開始升起青煙。而頂著大鍋髮的女人邁著沉重的步伐開始往回走，回到了自己的家裡，她家門口的柱子上掛著鮑魚貝殼，柱子上面寫著「簓三八宿」[17]，旁邊還貼著一張白紙，上面用類似梵字的奇怪文字寫著咒語。頂著大鍋髮的女人貌似沒有牙齒，大概都蛀掉了，嘴一張就像是個黑洞。女人停下腳步，抬頭看著家門前那棵開著白花的柿子樹。

這時，阿島的兒子跑了過來：「這個是大嬸您的吧，掉在路上了。」說著將一把黃楊木的梳子交到了頂著大鍋髮的女人手裡，頭也沒回一溜煙跑掉了。

「唉。」女人睜大了鯰魚似的眼睛，盯著孩子跑去的背影。

「梳子！梳子！」她說著開始吐唾沫，張開了黑色的嘴，細小的眼睛放出異樣的光芒，一邊迅速地將那把黃楊梳子丟向西邊鄰居家，唸了三遍一樣的咒語「啊咕姆洽咕……唔咦唔咦」[18]，又向西邊呸一聲地吐著唾沫。

「阿島身上的魔鬼啊！你就知道作惡，你給我記住。」她說著，搖晃著那一頭大鍋般的腦袋，關上大門進屋去了。灰暗的天空中刮著潮濕的風，天的那邊烏鴉不斷嘎嘎地叫著。

——原刊於《文章世界》一九〇八年（明治四十一年）7月號

16. 即奎寧，治療瘧疾。
17. 簓三八宿，ささらさんぱち，用以預防瘟疫或天花的咒語，多寫在木板或紙上掛在門口。
18. 原文為「あくむちゃく……うい、うい」，此為咒語，無實意。

脫落的頭髮

雨點像米糠一樣落在鐵皮屋頂上。

五月的山丘土透出淡淡的綠色，把西邊和東邊的天空完全遮去。鐵皮屋頂被塗成了黑色，就連屋子的牆板也是黑色的，雖然這是間新房子，但是卻很簡陋。屋旁有兩棵只剩下樹幹的青桐樹，新長出來的葉子在濕潤的風中搖曳。樹下是一口井，也沒有轆轤[19]，冷冷清清的。

雨還在下。

雖然已經是暮春了，但還是有些寒意，

從窗戶探出頭，我就可以看見這間黑色的屋子。一旁的青桐樹搖搖晃晃的，看起來根本不像樹，倒像是有人站在那裡。對著這邊的黑牆板上一扇窗戶也沒有，或許另一邊有窗戶，但我並沒有繞過去看過，我只聽說這裡住著個年輕女人。

「這女人為什麼會在這裡呢？」我心裡琢磨著。這女人也不彈琴，也不唱歌，她這間小黑屋裡一點聲響都沒有。我不時注意著窗外，希望能看到她從井裡打水的樣子，不過始終沒有見過。

19. 設於井口支架橫軸上，轉動捲筒的曲柄，絞放井繩以升降水罐的汲水工具。

我不斷想像著這個女人。有時我想她是個臉色蒼白的瘦弱的女人，有時我又把她想成一個毫無姿色、頭髮稀少、又很神經質的寡婦。

想著想著，天就黑了。

雨還在下。

如果這樣一直下雨所有東西都要腐爛了吧。

「是啊，所有的東西要是都腐爛了……」我心裡想。黑夜來臨了，好像萬物腐爛毒化一般的黑夜。夜色昏暗，無止盡的暗。我覺得這夜晚並不陰鬱，只是漆黑而已，這黑色之中也蘊藏著力量。我感覺自己好像在窺視一個深洞，但一片漆黑中，已經看不到那黑屋子了，雖然它還在那裡，但完全看不見。風吹過來，好像冰冷的舌頭舔過一般，我感到一陣不安，但還是從窗戶探出了頭。

明天也是雨天，我也胡思亂想得累了。

從早上就有烏鴉飛來，停在青桐樹上。我無所事事地靠在窗邊，抬頭一看，天空好像貼在那裡一樣，烏鴉時不時歪著頭凝視著什麼。我抬起手想把它們趕走，不過最後還是懶洋洋地想等它們自己飛走，可烏鴉們卻停在那裡，一動不動。

我關上窗戶，屋裡一下暗了下來，充滿了陰森的氣氛。過了一會，我打開窗發現烏鴉們還停在青桐樹上……漸漸地，天就黑了。

有天晚上，我忽然醒來，發現窗子的隔扇十分明亮。打開門一看，天空晴朗，一片深藍色。古老的池沼像鏡子一般映出了藍色的月亮，銀色的月光在水裡顫抖湧動著。周圍幾公里的範圍內沒有任何聲音，淡藍的天空一片寂靜，那兩棵青桐樹也像醒了似的站在那裡。黑屋子還是那樣，藍色的月光落在淋濕的鐵皮房頂上，東邊和西邊的山林裡也撒上泛藍的流光。

我靠在床邊，借著這藍色的月光注視著那黑色的屋子，一種難以言喻的悲傷湧上心頭。

「那年輕的女人！我還沒見過的年輕女人！」啊，我愛那年輕女人。為什麼我至今都沒見過她呢？我想得太多了，想得太多，就連春天都過去了。這藍色的月光啊！已經不是春天了。已是淡淡的初夏了吧。夏天？是啊，到夏天了。病懨懨的、多愁善感的春天過去了，白色恬淡的夏天來了！可是，已經晚了。春天過去了。我咒罵過去的那些胡思亂想和疑神疑鬼，還有那無用的空想！我後悔了！我第一次開始覺得，那是個有著紅唇綠髮，美麗眼睛的處女……她只是害羞，所以才藏起來不露出身影吧。

月光淡了下來，好像在說：醒醒吧，春天已經過去了！接連幾日的雨水，恐怕就是我那心愛的、朝思暮想的女子感傷春日流逝的淚水吧……那天晚上，我因自己的後悔和慚愧而苦悶著，苦悶著。

陽光照射下來，綠葉閃閃發光，白雲從上面飄過。一夜的工夫，綠葉都變成了墨色。青桐的樹葉長大了許多，樹影落在地上，光影分明。水井上掛吊桶的繩子不知什麼時候斷了，已經不能用來挑水了。鐵皮房頂也露出了紅鏽，黑色的牆板上交織著蛞蝓爬過的痕跡。我圍著黑屋子轉了一圈，果然有扇窗戶。朝東的窗戶緊閉著。我走到窗戶邊，打開窗向裡頭看去。

一股腐爛的惡臭味迎面而來。

屋內十分陰暗，根本不像有人在住的樣子。借著微微照進的一線陽光，狹小的屋內鋪著一塊草席，席上落著一把脫落的女人頭髮……

那年輕女人早就不在這屋裡住了。

——原刊於《讀賣新聞》一九〇九年（明治四十二年）6月6日號

老太太

老太太好像睡著了似的。

她眼神茫然，一臉呆呆愣愣，看起來像個老實人，一整天都坐在古舊的長火爐旁邊，一動也不動。這間舊屋子被爐火熏得焦黑，一到夜晚，天花板上就有老鼠竄來竄去的聲音。隔扇也很老舊，上面的紙也褪成了紅褐色，火爐旁也沒有任何生活用具。我幾乎整天都在外面，不怎麼在家，因此也沒見過老太太吃飯。目前我只租了二樓六張榻榻米大的地方，通常都是在外面吃了再回來。晚上回家時，老太太還是愣愣地坐在昏暗的燈光下，和早上我出門時看到的一樣，朝著同一個方向，樣子一點都沒變。

我租的二樓這六張榻榻米大小的房間牆上貼著藍色的壁紙。天窗雖是向外打開著，但太陽光卻照不進來。我原本並沒想要租下這麼髒的地方，但因為那時經濟比較拮据，這裡租金又便宜，因而就租下了。我來看房子的時候，那個老太太也是這樣坐著。我問她是不是一個人住，她說是的。她似乎也沒有子孫，每天什麼也不做，只是坐在那裡，真不知道她是怎麼活的。

因為我只是租客，上班又早出晚歸，也不在家吃飯，因此也沒什麼和她說話的機會。儘管如此，我還是覺得有種說不出的擔心，便從工廠拿了根兩尺長的鐵棍回來，藏在櫥櫃的角落裡。不過，老太太從不上二樓來，我也沒下樓去和她搭過話。偶爾下去上廁所的時候，可以看到她坐在昏暗的燈光下一言不發地盯著某一個方向。我不理她，她也不會理我。瞥一眼老太太的側臉，她還是一臉呆愣的表情，看著有些親切，這讓我覺得她應該並不是個壞人，因此覺得自己平時把她想得那麼不好有點太過分了。

「好安靜的夜晚呀。」我不知不覺開始跟她搭話。

老太太聽了，小聲連咳了三聲，回答說：「是呀，好安靜的夜晚呀。」

那聲音我總覺得好像在哪裡聽過，跟什麼人很像，但我並沒有想起是誰。我沒再作聲，歪著頭去了廁所，然後便上樓去了。上樓以後，又不禁覺得老太太的聲音和什麼人很像，總覺得是一個曾和我當面說過話的人——我心裡思索著，是誰呢？可最終還是沒想起來，心想可能是多心了吧，便睡去了。樓下的老太太幾點睡呢……也有可能她就整晚這樣坐著，一直坐到天亮。第二天一早下樓一看，她一定還是和平時一樣，朝著同一個方向坐在那裡。

不過我夜裡從來不敢下樓——即便是個慈眉善目的老太太，在黑暗中也讓人覺得有些恐怖。老太太頭髮花白，平時總紮著塊髒頭巾，身上穿著兩層藏藍色手織絲綿棉襖。

我是在秋末初冬的時候租下這房子的。那時已經到了雨雪交加的季節，可老太太旁邊的火爐裡卻一直沒有火，我猜她根本從不生火的。因為下班回來再生火太麻煩了，所以我都裹著毛毯直接睡，早上早點出門，工廠裡就有石炭生的火爐可以取暖。

這種簡陋的住處我可待不長，心裡總想著趕緊逃走，趕緊逃走。可因為房租很便宜，又覺得老太太應該不是壞人，所以也沒著急，至今住進來兩周了。但我還是想換個地方住，不時會去鎮上找找有沒有更合適的地方。

於是有一天我便到處閒逛，來到了寂靜的鎮上。那天是個陰天，天空一片灰色，寒風凜冽，路上沒幾個行人，北風不時捲起落葉，不久後便開始下起了夾著霜雪的雨。我尋找著出租房屋的告示，找得有些疲累，拖著疲憊的雙足來到了一家大醫院的石牆下。

突然有個行人從我面前匆匆走過，背影很像我租屋處的老太太。

太不可思議了，我至今為止從沒見過老太太出門，今天她這是要到哪裡去呢？是剛回來，還是有什麼事要出去呢？也許我不在家時，她每天都像這樣出來走路吧……我心裡有許許多多的猜想。但我又覺得這老太太不可能出門，心想自己一定是認錯人了。

老太太拄著拐杖，腳步沉重地走著，我追了上去。走近一看，果然就是屋裡的老太太。花白的頭上戴著塊布頭巾，正是平時的那副樣子。那是醫院旁邊，一座長長的石牆那裡。這一帶寒風凜冽，因此在這樣的天氣裡一般都人跡罕至。我剛想跟她打招呼，卻又放棄了，朝反方向跑了起來。我突然好奇心湧動——趁她不在趕快回家，探索一下屋裡是否有什麼秘密，於是我立刻闊步向家裡走去。但也不知是什麼時候，當我一回到家，老太太早已到了，比我還快。她還是朝著同個方向一言不發地坐著。我心裡一驚，也沒有勇氣開口問她，只能上了二樓，關起門來，手抱著胸思索著。

這老太太到底是什麼人？——可她那呆愣又老實的表情，似乎越看越讓人覺得意味深長。我頓時一刻也待不下去了，於是我把我待的這間屋子裡能想到的地方檢查了一遍，不放過任何角落，但看到的只有那藍色的牆紙，和不知什麼時候被換上的陳舊隔扇。櫥櫃角落滿是灰塵，還被老鼠咬開了個洞，蜘蛛在天花板上織的網恣意地垂掛著……接著我甚至翻開了榻榻米來檢查，一股濕氣霉味撲鼻而來，那些平時踩不到的地方已經長出黴菌，一片白色。不過我好在沒發現任何血跡——我自己胡思亂想擔心了很久。這榻榻米也不知用了幾十年了，非常陳舊，那些霉斑也延伸長到沒有貼藍色牆紙的黃色牆面上，像是開出一朵優曇花。聽說，只要優曇花一開，就會發生奇怪的事……

傍晚，我去廁所的時候下了樓，對老太太說：「今天變得更冷呀。」她又像以前一樣，咳嗽了三聲，用乾枯的手揉了揉她深深凹陷下去的雙眼，只是回答了一句：「啊，變冷好多。」

這時，我除了覺得她只是個普通的老太太之外，別無他想。怎麼會是什麼惡魔呢……她就是個普通的和善老太太。

但第二天，我去製鐵工廠的時候，還是對同事說：「我想找個便宜地方搬走，能幫我找找嗎……也不用今天明天就找，不著急。」

當天晚上回到家，我就開始發燒，腦袋昏昏沉沉，只能躺在床上，我下樓上廁所的時候便對老太太說自己感冒了，明天不去上班了。她還是「嘿嘿嘿嘿」地笑著，一臉無辜呆愣，依舊用乾枯的手揉著凹陷的雙眼，也沒有說些關心或安慰的話。

白天我又一次下樓的時候，對老太太說：「我昨晚睡覺的時候忘記關隔雨窗，今天喉嚨腫起來了。」老太太聽完卻一臉高興和喜悅，發出了比以前更加和善的「嘿嘿嘿嘿嘿嘿嘿嘿」的笑聲，還是用乾枯的手揉著凹陷的雙眼。

「這可真是個冷血的老太太啊！」我低低咒罵，惱怒地瞪了她一眼。

回到了二樓，腦袋更是昏沉，我十分地難受但也只能躺在那間藍色的屋子裡輾轉反側。也可能是因為發燒的緣故，我覺得眼睛也很痠痛，感覺藍色的屋子一下子變得發黃。昏暗的房間裡又臭又悶。但我為了讓感冒早點好，於是把毯子從頭上披下來，努力忽略發熱的耳垂，讓身體出汗，不久枕頭上睡衣上到處都是濕淋淋的汗漬，看起來明天感冒應該就會好了。

但屋裡像是有東西腐爛的一般，空氣非常不好，為了通風我撐起身子打開了天窗，最後踉蹌地倒在床上。外頭天色還沒暗下來，但我的身體越來越疲倦，便在這腐壞的空氣中沉沉地睡了兩、三個小時。待睜開眼的時候，周圍已經一片漆黑了。

這時外面飄著霜霰，而泛著藍色的月光從天窗照射進來，還看起來更加寒冷。但耳邊可以清晰地聽到有人踩著木屐從大路上走過的聲音，我猜一定是才入夜不久。我想點上燈，但手在周圍摸了半天也沒找到，只好下樓問問老太太。

下了樓，暗糖漿色的燈光下，那個頭髮花白的老太太又像平時一樣朝著同一個方向呆呆地坐著。當然，那長火爐裡沒有一丁點火光，空氣冷得刺骨。但老太太仍交叉那雙乾枯的手爪，端端正正地擺在膝蓋上——這時，我突然想到，在她看的那個方向是不是有些什麼？但我順著那方向看過去卻什麼都沒有。只不過那是鬼門關的方向[20]，正對著歲破神[21]。而在昏暗角落那被熏黑的柱子上還掛著一隻舊掃帚。我猜想老太太也許是在盯著那掃帚看。

「我好難受，難受得要死了。」我突然說道，希望儘量引起老太太注意，想從她嘴

20. 艮方，丑寅（艮）的方向。東北方向。也指位於東北的場所。在陰陽五行說中所謂為鬼出入的方向，不能在這一方向開門或修廁所。

21. 為日本陰陽道的神祇，屬於八將神之一，也是九曜之一的「土曜」。歲破神乃土星（又稱鎮星）之精，佛教裡的本地佛為河伯大水神。太歲神若在十二地支的某方位，則歲破神在相對位置的方位角。歲破神所在的方位角最忌移轉、旅行（尤其是以船舶旅行）、建築、婚姻，不過與家畜相關者則為吉。

裡聽到些有人情味的話。但老太太還是一臉無辜（至少在我看起來是這樣的）地笑了起來，「嘿嘿嘿嘿嘿嘿嘿嘿」，又用她那乾枯而沒有血色的手摸了摸自己長滿皺紋的臉和凹陷下去的眼睛周圍。

「我發高燒，感覺快死了。」我十分誇張地說道，無論如何想聽聽老太太會怎麼說。可她看起來一點也不慌張，還是嘿嘿嘿嘿地笑著，不停地摸著臉。如果她笑得很惡毒，表情很猙獰的話，也許我這時就會氣得猛打她一頓。可無論看起來怎麼嚇人，她至多也就是個上年紀的老太太。她那笑容看起來實在是又無辜又天真。她還和我死去的祖母有幾分相似之處，還有些安靜。或許她就是個無辜的老太太吧，也可能她看起來很無辜但實際上內心卻很可怕呢，但這我便無從得知了。

總而言之，她的笑容很詭異！我心裡暗暗下了個結論。

「去看醫生很花錢，可看樣子到明天也好不了。」我說。

可即便這樣說，老太太還是沒什麼反應，嘿嘿嘿嘿地笑得人毛骨悚然，繼續用乾枯的手摸著自己的臉。

我感覺自己好像在和死去的祖母交談——一個像佛一般的老太太。

但事實絕不是如此！昨天在醫院石牆下遇到她，家裡一樣生活用具都沒有，還經常這樣坐著——而且這老太太沒有兒子也沒有孫子，一個人生活著。想到這些，我不禁感到自己似乎已經被這老太太擒住了，之後怎麼也不能從這屋裡逃出去了。

怎麼會呢？我只是租了二樓的屋子而已啊，想要逃跑還是能逃出去的。

但下一刻我又改變了想法，總覺得無法斬斷和這老太太之間的聯繫，即便還是不由得感到隱隱的不安。

不對，我們之間並沒什麼關係——我住在那裡，也沒和她親切地聊過天，也沒受到過她的什麼照顧。即使有一點點，那也算不上有什麼關係。

但為什麼會這樣呢？我現在完全沒法把老太太的事拋到腦後。我怎麼也忘不掉老太太，她一定是控制了我的心，所以我才會常常擔心她、想起她。

火爐裡沒有一點火星，我坐在爐旁看著老太太，一陣情緒翻攪，我漸漸地打心眼裡十分憎恨她。

這時我心裡突然萌生個念頭——我想給她製造些麻煩。

「老太太，你有沒有藥呀？我難受得不行了，請給我點藥吧。」我明知道她才不會有藥，卻還是故意這麼說，想聽聽她會怎麼回答。

老太太的臉色一點沒變化，嘿嘿嘿嘿地笑著，伸出乾枯的手，拉開膝上火爐的小抽屜。我嚇得直發抖，感到一陣寒意。她把手伸高，借著昏暗的燈光仔細地盯著小抽屜。老太太從抽屜裡拿出一個淡藍色的小紙包，冷冷地說：

「我老毛病犯的時候就吃這個，吃了關節就不疼了。這是住院的人給我的。吃了這藥就舒服了，快吃吧。」說著遞到了我手裡。

我仔細一看，是鴉片。

我立刻嚇得打了個冷顫，好像有盆冷水迎頭澆來一樣。我心想，就看現在了，於是壯起膽子，用顫抖的手指拈起那個皺皺巴巴的淡藍色小紙包，打開一看裡面有些白色的粉末，大約有一截小拇指大小。我盯著那白色的粉末，也不知說什麼好。這時老太太那凹陷的雙眼不再盯著那邊的掃帚了，而是朝我看了過來。

對了，我不是在櫥櫃角落裡藏了根鐵棍嘛！去拿吧！我在心裡不斷大叫著，可卻沒有勇氣把視線從藥粉上轉移到老太太臉上。

這樣凝視著這白色的藥粉，意識卻漸漸變得模糊了，我甚至懷疑這樣下去會不會就把這藥粉吃下去了——但我仍沒敢抬起頭看她——

然而，我卻能清楚地感覺到她用她冰霜般的目光看透我的心。

夜已經非常深了。

——原刊於《新天地》一九〇八年（明治四十一年）11月號

點

在小鎮盡頭過去曾有一座教堂，教堂的屋頂又高又尖，是西洋風格，自色的牆壁上有了許多裂紋周圍，長滿了紅色的爬山虎。當西下的夕陽照著小鎮時，那一片片爬山虎紅色的葉子上，更是映出奪目的光彩。

即便到了星期天，這裡也少有教徒出入。教堂裡住著一個老頭，人們給他起外號叫算術翁。算術翁其實是個牧師，已經六十多歲了，他肩膀寬寬的，長得很結實，經常穿著一件灰色的衣服，下巴上半白的鬍子亂蓬蓬地散著。

教堂兩側都是玻璃窗，打開門走進去，可以看到大概五十把左右的椅子整整齊齊地擺在那裡。椅子對面有個半圓形的高臺，上面擺著一張桌子。牆壁都被塗成了白色。算術翁每週日；就在這裡向聚集而來的人們傳教。但每週都堅持前來的教徒也就兩三個，大多數人是抱著玩玩的心態來的。每次的人數都不足二十人，不過算術翁卻很受鎮上孩子們的尊敬。

算術翁頭腦冷靜，對數學很拿手，他每天晚上六點到八點、和禮拜日的下午兩點到六點，都會給鎮上的孩子們教算術。因此，即便不是教徒，鎮上的孩子們也會常常出入教堂，並且喊他算術老師！於是，不知從什麼時候起大家就開始管這老頭叫算術翁了。

算術翁摸著頭，上面的頭髮都半白了，站在講桌前，正在教授加、減、乘。他時不時地抬起皺紋滿布的臉，用簡單易懂的方式向面前長椅上的孩子們講授哲學或是神話。幾乎沒人知道算術翁的過去——他是個流浪者，來到這家教堂做牧師已經三年了。在那之前他妻子應該是去世了，他來這裡的時候就是一個人了。

每當算術翁站在講臺上，捧著聖詩，那聲音高亢而渾厚，但又帶著些憂傷和悲痛，總覺得有些催人淚下——還有人稱他為「失戀的人」。

算術翁並不是一個愛說話的人，也不是一個殷勤的人。他有時極度深沉而憂鬱，額頭皺成個「八」字，還用手抓著亂蓬蓬的半白頭髮，一副悶悶不樂的樣子；有時又十分開朗，宛如看到了莊嚴的天光一樣興奮。但要說他究竟是什麼樣的人，應該算是個不太親近人、對什麼都不太介意的人。事實上他有時看起來也有點冷酷。

這座被爬山虎纏繞的教堂裡，還有一對無家可歸的打工夫妻住在旁邊的屋子裡。每到周日，教堂裡都會有禮拜活動，到了下午還要教孩子們數學。而到了這時，那個無家可歸而住在這裡的妻子就會打開後門出來，往火爐裡放些木柴。她的丈夫白天在外工作，總是早出晚歸，她便留下看家，也為教堂看門，順道照顧算術翁。話雖這麼說，但算術翁其實也無須她照顧，從吃到穿他都是自己解決，頂多也就委託她給爐子添點柴火，或是留意門窗上鎖。

這個妻子是個瞎了一隻眼的殘疾人，她滿頭盡是卷曲的紅髮，還是個瘸子，最特別的是她僅存的一隻眼睛也是紅色，讓人不忍看第二眼。而她的丈夫又懶惰又酗酒，也不是什麼好人。即便如此，算術翁還是讓他們住在這，一點也不介意。

教堂沒人的時候，算術翁就一個人在講臺上打開書，看得入迷，一直看到夕陽的餘暉照在彩色玻璃上。教堂位於小鎮深處，遠離馬路，即使是白天也聽不到什麼聲音，十分安靜。

突然後門吱地一聲開了，紅眼睛紅卷髮又跛著腳的獨眼龍妻子腋下夾著柴火，用奇怪的姿勢走了進來。她賊眉鼠眼地瞪著算術翁，把柴火添進了爐子裡，又用奇怪的姿勢走進裡屋去了。他們對算術翁連句話也不說，一點禮貌都沒有。算術翁低頭認真地讀書，也沒有朝這邊看一眼。

不久，周圍變得很安靜，很遠很遠的地方傳來了賣東西的叫聲，已經是黃昏時分了。這時，算術翁終於抬起頭，看向旁邊鑲著彩色玻璃的窗戶，緊繃的胸口突然鬆懈下來，他感覺那聲音很是遙遠。不知不覺間，他的眼眶湧出了熱淚，「啊——」地歎了口氣。

啊，他也只有這一瞬間會想起故鄉。

算術翁把書放在桌上，雙手手指交叉，舉過頭頂，低頭俯視著，向上帝祈禱著什麼……

起初的五六年裡，算術翁一直都是這樣子，但從某一年開始，算術翁的裝扮和信仰都變了，還會對紅髮瘸腳的獨眼龍妻子拳腳相加，以前的算術翁是絕對不會這樣做的。他脫下了平時穿的灰色衣服，換上了一件下擺很長的漆黑的喪衣。他還剃了頭髮，頭上披了塊黑頭巾。之前那思念親人的溫和眼神也變得銳利起來，對學生們的行為舉止也越發粗魯。

算術翁之前教學生們數學都是慢條斯理、十分溫柔的，現在講起課來卻語速極快，也不知他在說什麼。時不時還會自己生起氣來，嘴裡自言自語地在屋裡走來走去——他的裝扮也完全變成了一個僧人的樣子。即使是到了周日，算術翁也站在講臺上，嘴裡不乾不淨地謾罵著黑暗或是罪惡之類的話。

刮西北風的時候，天氣很冷，算術翁還是穿著那件黑衣服，衣擺拖在地上，頭上披著黑頭巾，手裡拿著《聖經》在鎮上晃蕩。然後他走到鎮上盡頭的寺院裡，站在落葉飄落的墓地中，撫摸著腳下不知名的冰冷墓碑陷入沉思。

然後他開始快速地讀著《聖經》裡的一節，又走到下一個墓碑前，撫摸著冰冷的墓碑，嘴裡念念有詞。緊接著又看似十分擔心地走到下一個墓碑前，撫摸著冰冷的墓碑表面，歪著頭。他就這樣一會站在這個墓碑前，一會站在那個墓碑前，做著同樣的動作，不知過了多久，他看起來平靜了很多，又拖著他的黑衣服，在肆虐的西北風中朝那白牆上長滿爬山虎的教堂走去。

鎮上的人們都謠傳算術翁瘋了。不過也有人說他沒瘋，說他那是在模仿向上天祈禱的樣子，幫他解圍。可由於他上課總說些讓人聽不懂的話，還常常生氣，臉色通紅，揮著手在屋裡走來走去，發出很大的腳步聲，嚇得很多上數學課的孩子們都不敢再來了。不過，倒是沒聽說過他像打紅眼睛卷髮瘸子一樣打學生們。有時他會發脾氣，把手裡的石筆扔向火爐。白色的石筆被摔得粉碎，碎片有的打到玻璃窗上，有的飛到長椅上。

算術翁一天比一天不正常了。漸漸地，不管是誰，也不管人家聽不聽得懂，他一看到人就會對人家說一堆什麼神啊、死啊、生命啊、時間啊這種哲學問題——有時那紅髮獨眼龍的妻子來給爐子添柴，也會被他叫住，聽他說一些什麼靈魂不滅之類的。她終於也覺得算術翁很可怕，當算術翁一個人對著講臺冥想的時候，即便她知道爐子冷掉了也不敢再拿柴火進來了。可是算術翁卻再也沒對她那個懶鬼丈夫說過什麼神之類的話。

要說為什麼，那是大概是因為算術翁覺得對這酗酒的懶鬼說了也是白說，神是無論如何不會拯救這種人的，因此一開始就沒把他放在眼裡……他甚至至今都沒仔細看過這個男人，覺得他就像路邊滾落的一塊石頭一樣。

據說，算術翁在自己臥室裡吃飯、睡覺時都會緊緊地關上門，因此，那紅眼睛卷髮瘸子也從沒見過他的臥房，他吃飯和睡覺時都關緊門，把自己的一切都保密。只是每天早上，算術翁都會早早出門來到鎮上，自己去買菜。這已經成了慣例——肉和麵包就讓前面的夥計拉車送來——而那些碧綠的蔬菜和紅彤彤的水果他每天都自己去買。有時他用塊布包著，有時他就用手拿著，一隻手裡握個蘋果，一隻手拿著青菜，一甩一甩地回家了。

不知從什麼時候起開始流行一種說法，說這算術翁是外國人；也有人說，不，是混血兒；還有人說，不，他根本就是個日本人。但這老翁終究是個不明來路的怪人。

不知道衛斯理全國教會花名冊上，算術翁的名字寫的是什麼呢？如果問他的名字，他會搖搖頭，絕不會告訴你。再問他有沒有父母、兄弟，他也只回答「沒」，其他的絕不多說……

之後，在某個暴風雨肆虐的可怕夜晚，紅眼睛卷髮的瘸子在寂靜的深夜偷偷把算術翁的房門打開了一個縫，偷看裡頭的樣子。大屋裡老翁穿著黑衣服，長著半白的鬍子，頭上披著黑頭巾，臉色蒼白，像幽靈一樣憔悴無神，正對著講臺，一動不動地盯著什麼東西。冷風從門縫裡吹進來，算術翁前方的桌子上攤著本書，大圓桌的中間，只點著一根蠟燭。火光凝結在寒氣中，焰尖尖細，焰心通紅，不時自然地搖擺閃爍，照得老翁模模糊糊的。火光照到四周，隱約映出了灰色的牆壁。火爐裡的火也不知什麼時候熄滅了。落葉落到玻璃窗上沙沙作響，北風嗚嗚地呼嘯著，吹得屋子直搖晃。每當這時，隔窗都會被吹得哐當哐當響——紅眼睛女人透過門縫看了一會，又回自己屋裡睡覺去了。

又有一天，天空昏暗，烏雲密佈，鎮上賣牛肉那家的女兒突然病死了，因為她也是個信徒，老翁便受到邀請，出門去主持喪禮了——他還是拖著長長的黑衣服，頭上披著黑頭巾，手裡拿著本小小的《聖經》。

到了那戶人家，少女的父母和親戚們都圍在她枕邊哭泣，老翁卻把女孩的屍身架起，仰面放在準備好的白色大十字架上，接著拿起他命人從鐵匠那買來了五根五寸釘不知要做些什麼。

死去的少女臉色像蠟一樣蒼白，一頭垂下的濃密黑髮，遮住了額頭，兩眼緊閉著，似乎只是睡著罷了。突然，老翁自己拿起一把大鐵錘，把少女的雙臂張開，在曾有動脈跳動的手腕上刺進一根五寸釘，把她釘在了白木頭做的十字架上。

鐺！鐺！長長的釘子穿透了少女白皙柔軟的手腕，打進了白木十字架裡。這時少女周圍的父母和親戚們都看不下去，只能捂上了眼睛。其中，少女的父親還咬牙忍著，背過臉。她的母親則後悔地說：「信什麼基督教呢。」

但算術翁對此毫不在意，把少女的雙手緊緊地釘在了十字架上——緊接著他又把釘子打進腳踝，鐺鐺鐺地把她的雙腳釘在了十字架上。沉重的鐵錘聲響十分讓人不安，那敲打的低沉聲音，在昏暗的天空中大聲迴響著——最後，他冷笑著拿起一根五寸釘，打算從少女的眉間打進去。他一手揮起手裡的鐵錘，一手將釘子瞄準少女那如百合般白皙的額頭。

就在此時，少女的母親跳了起來，緊緊抓住那根鐵釘：「喂！你幹什麼！給我住手！」

「你這瘋子！你要對我女兒做什麼！這太可憐了，怎麼能在人的額頭上釘釘子！」她母親瘋了似的大叫著，用從未有過的表情瞪著老翁。但老翁十分平靜，只冷冷笑著一動不動。

「幹什麼？耶穌大人也是這樣死去的。這孩子是為神而獻身的。」他冷冷說著，接著又把釘子對準少女的額頭，粗壯的手腕握著鐵錘用力地要打進去——即便是對平日裡恨之入骨的惡魔，這種殘忍的一擊似乎都能夠讓人消除仇恨。他便是帶著這種表情，瞪著沉睡的少女那蒼白如百合一樣的額頭。

不知道為什麼，所有的人似乎都折服在這難以抗拒的偉大力量之下，少女的母親、周圍的人們，竟沒有任何人來阻止老翁。少女的母親忍住不出聲，在老翁旁邊哭得死去活來——她一隻手放在女兒胸口，一隻手捂著臉哭泣著。

「是成了神的犧牲品啊。」

「別停。」

人們說著，釘子咚的一聲打碎了額骨，殘忍地打穿了少女的額頭，將她深深地釘在了十字架上——完成之後，老翁還是那樣拖著黑衣服，披著黑頭巾站在那裡，冷冷地環視著所有人。像被澆了盆冷水似的，四周十分安靜，也沒有人抬頭看老翁。老翁舉起青色的楊桐樹枝，蓋住了少女的臉，接著一言不發地安靜地離去了。

突然間，人們好似才回過神來。

「惡魔！」

「殺人犯！」

一陣陣憤怒的吼叫，迴盪在鎮上。

而如此嚴寒又陰沉的天氣，也在傍晚下起了雨。

之後，在某個下著雪的冬夜裡，老翁忽然醒悟了某些事。他一大早就脫去了身上的黑衣服和黑頭巾，換上了白色的衣服，和外面下的雪一樣——他頭上白色的頭巾也繫著在一起，結扣垂到了背上，胸前掛著的金色小十字架閃閃發著光。老翁跪在講臺前面，好像被凍住了一般，在沒有一點暖氣的教堂大屋裡一動不動地禱告著。外面北風呼嘯，雪片像銀粉一般飛舞著，嘩嘩地打在玻璃窗上。

這昏暗的冬天十分陰沉，半天的光景就在暴風雪中度過了。但老翁像是對窗外呼嘯的暴風雪一無所知，彷彿脫離了時間和空間，一動不動地跪在那裡向神靈祈禱著什麼。

直到下午，到了鎮上孩子們來上數學課的時間——但之前總是這次少一個人，下次又少兩個人，到現在每週還堅持來上課的只有一個孩子了。他是鎮上一戶窮人家的孩子，因為算術翁不收學費，所以即便有些辛苦，他還是堅持來上課。無論是下雨，還是颳風、下雪，他都一天不差地來到教堂裡。

教堂的時鐘敲了三下，學校一般是三點放學，那孩子來到這裡大概需要二十分鐘。只是今天下著雪，風還很大，吹得人睜不開眼，那孩子可能會晚點到吧……房間裡沒有一絲生氣，十分寂靜，只有時鐘的滴答聲在屋裡迴響，錶針還是一刻不停地前進著。

已經過了三點二十分了，那孩子還是沒來。

過了一會，已經過了三點三十分了，還是不見他的蹤影。

現在錶針指向了三十分和四十分之間。這時，外面大門口響起了腳踩在雪地上咯吱咯吱的聲音——那孩子來了。嘎吱一聲，沉重的大門被推開了，一個約莫十二、三歲的孩子渾身是雪，手腳通紅地進了教堂。

老翁還是像死了一般跪在講臺前，向神靈祈禱著。

那孩子走近老翁，叫了聲「老師」。但老翁似乎並沒有聽見。於是孩子又喊了聲「老師」。可老翁還是跪在那裡，身體一動不動。「老師！」孩子提高聲音又喊了一次。

突然，老翁像是從冥想中醒了過來，靜靜地起身，在孩子面前端端正正地站了起來。孩子因寒冷和對老翁的敬畏之意而站著發抖，卻看見俯視著他的老翁，眼睛裡噙著淚水，臉上閃爍著莊嚴而又柔和的光芒。

那孩子從未見過老師如此溫柔如此親切。

他從沒想到還能見到老師如此溫柔、如此安詳的一面。

瞬時一股暖流湧上孩子的心頭，他眼裡開始閃爍著希望的光輝。

「老師！」他喊了一聲，接著斷然問道：「人生究竟是什麼？」

他的聲音令人動容，胸中的熱血湧動，他的身體顫抖著，走近老翁身邊，這時站在他面前一身白色的老師像是被神秘的金色佛光籠罩著，十分尊貴。

「聽好！」老翁說。

窗外的雪越下越大，屋裡漸漸暗了下來。細細的雪粒被風吹得打在玻璃窗上啪啪作響。錶針的聲音回蕩在清冷的空氣裡，彷彿每一秒都深深刻進世界的盡頭。

老翁站在黑板前，仰著頭仔細看著被擦得乾乾淨淨的黑板，那黑板高高地掛在牆上。他指著黑板回過頭看那孩子……黑板下面的溝槽裡放著兩根粉筆。

「在那上面按我說的數字畫點……」老翁說。

孩子在老翁的命令下走到了黑板前。但他個子不夠高，手伸直踮起腳也搆不到黑板。他手裡握著粉筆，一次次地踮起腳，想試著用粉筆在黑板上寫字。但也只是能用手觸到，根本寫不了字。

老翁一言不發，站在一旁冷冷地看著孩子。孩子立刻想到了辦法，他從後面拖了一張椅子來放在黑板下，踩著椅子站在上面，握著粉筆做好了準備。老翁抬起頭看著站在椅子上的孩子——這孩子穿著破舊的短和服褲裙，衣服都被雪沾濕了，—腳上也沒穿布襪，腳趾頭凍得像小蝦一樣紅通通的。

老翁嚴肅地命令道：「在黑板上清清楚楚地畫三萬六千個點。」

孩子沒作聲，用顫抖的手指從黑板一角開始一邊小聲數著一二三四，一邊開始畫點。

「盡量畫清楚……」老翁注視著黑板上的點說道，然後便在身邊的椅子上坐了下來，閉上了眼，兩手放在寬闊的額頭上，一動不動，陷入了冥想。從他鼻子裡噴出的氣息凝結成白色，吹得白色的鬍鬚微動。

屋裡又一次陷入了寂靜。外面還在傳來下雪的聲音。在秒針滴答前進的同時，其他錶針也在暗暗前進著。不知不覺四點的鐘聲敲響了。

那孩子還在認真地數著數畫點。老翁還坐在講臺的椅子上低著頭，雙手放在額頭上冥想著。

冬天天黑得早，這時屋裡已經一片昏暗了——那孩子也剛好在黑板上畫完了三萬六千個點。

「老師，我畫完了。」孩子站在椅子上，手裡握著粉筆，回過頭看著老師說道。

老翁站起身注視著黑板，說，啊，不錯。一天就是一個點，所以你以後還能畫好幾萬個點，而且還能確切地知道點數。但至今為止人們都沒能達到三萬個點。你剛剛說的「人生」，也不過是無數點中的三萬六千個而已——總有一天，你會明白這些點的意義了。

一段時間過後，老翁悄然離開了教堂，再也沒有出現過，沒有人知道他去什麼地方了。

時至今日，那座教堂還是那樣矗立著，只是教堂的牆皮脫落了，瓦片也破了，門也壞了。只有一個紅髮、獨眼、瘸腳的老太太還住在那裡。

而白色的牆壁上，紅色的爬山虎依舊被每一個黃昏的夕陽映照得豔紅如火。

——原刊於《新天地》一九〇九年（明治四十二年）1月號

受凍的女人

〈1〉

有傳言說那個阿藍又進村子裡來了。

有人說看到了她，也有人說沒看到。據看到她的人說她梳著鳥窩一樣的髮髻，臉色蒼白，嘴唇被凍成了淡紫色，臉上沒有一點血色。她身後背著個嬰兒快步走了過去，儘量不和別人眼神交會，人們都說她一定是到山林裡的房子那裡去了。

村子北邊是一片山林，山林裡有一座房子。其實以前山林裡是有兩座房子的，但其中一座拆除了，現在只剩一座大房子了。無論是現在這座房子，還是之前那座房子，村裡人都覺得其中暗藏秘密。山林像一扇黑色的大門，關起這兩座房子。

每當夜幕降臨，黑暗籠罩山林時，這山林小屋中就會有人幹起一些壞事。在蠟燭閃爍的燭光下，穿著紅色衣服的女人、穿著深藍色細筒褲的男人，和戴白頭巾的人一起賭博，並且沉溺於一些不道德的快樂中。

那座後來被拆除的房子，原本住著一個胖女人，雖然人叫小倉，但卻很豐滿，最後胖得動都動不了了。可即便動不了，她還是雇了兩個年輕女人，自己坐在厚厚的坐墊上，依舊和各種各樣的男人賭博，做著一些性質不明的事。她原本光滑的臉上堆起笑容，頭上塗滿了厚厚的髮油。始終沒人知道關於這女人私生活的事。

一天晚上，那個叫小倉的女人突然搬家離開，不知要搬到哪裡去。第二天，很多男人都聚集在這家門前，罵小倉是個壞人。後來人群散開了，也不知去了哪裡，後來這房子也就沒人出入了。看起來那裡頭應該也沒有什麼東西，過了一段時間後也還是沒有人來收拾這房子，最後房子開始漏雨，風又吹壞了牆板，一段時間下來，顯得敗落而寂寥。

直到有一天，鎮上來了人，拆除了這房子，然後把一些東西裝車不知運向了什麼地方。至於那些腐壞的榻榻米、發黑的紙隔扇，就那樣被扔在田野裡，過了很多天也沒有人拿走，最後也變成爛成塵泥了。從那之後，就再也沒人來過這裡。

有傳聞說，小倉的房子荒廢的時候有很多人聚集在裡頭賭博。不過自打這房子被拆除後，傳聞也就消失得無影無蹤了。

《 2 》

小倉去了哪裡？她雇的那些年輕貌美又有些古怪的女人們是不是和她在一起？沒有人知道她們的行蹤和消息。

於是在那之後，山林裡的秘密都集中在剩下的那一座大房子裡了。

剩下的那一座房子裡住著個叫柿村屋的，是個嚴肅而寡言的男人，約莫四十五、六歲，陰險而又冷靜，光看外表讓人難以捉摸，村裡的人都是這麼說的。不管怎樣，小倉是個女人，可這柿村屋也不是個能自食其力的男人，他絕不讓小倉過得舒服，據說把小倉從山林小屋裡趕走也是他幹的好事。

柿村屋無論遇到誰說話都很禮貌，很溫和。即便是對小倉，他雖一臉不高興，但態度上依舊沉默而冷靜。無論小倉做什麼，柿村屋都不會說任何干涉她的話，總是從一旁淡淡地看著，毫不在意地冷笑著。但沒人知道他心裡謀劃著什麼。看來村裡人說是他把小倉趕出山林也並不是毫無依據的。

於是，現在柿村屋經常瞞著別人召集一些村裡、鎮上或是鄰村的人一起賭博。他對這些人從沒有露出過親切的表情，總是一臉莊嚴，目光銳利地環視著其他人，那眼神似乎是在沉思，時不時還露出意味深長的笑容。

那阿藍也是時常來往於柿村屋家，後來搞得自己居無定所的。阿藍的丈夫人很善良，很聽老婆話，但遇到不合心意的事還是會發脾氣，大喊大叫，扔東西摔東西。可很快他又變成了很老實，很聽老婆話的丈夫了，村裡有人說他像個佛一樣。但他也不工作，阿藍又有三個孩子，所以家裡十分窮困。

她丈夫有時會在村裡的辦事處打雜，有時又在批發醬油的地方做賬，總之沒有在一個地方工作超過三個月的。其中一個原因就是因為這人做事沒長性。

阿藍家附近住著她的姑姑。她姑姑是個單身女人，沒有孩子，只有阿藍這麼一個親戚。阿藍是個做事爽快又要強的女人，只要是自己能做到的事，她都會竭盡全力為他人服務。

但她卻不是一個愛多想的女人。不管自己想的事之後如何發展，她都十分灑脫。如果有後悔的事情，她也絕不會說出口或是向別人抱怨，十分要強。她常和隔壁的姑姑發生爭執，基本上都是因為她這好強的性格引起的。她姑姑是個明事理的人，而且十分和藹，自己能做的都要自己做，就是死也不願意求助於別人，絕不給別人添麻煩。因此，她經常給阿藍和她的孩子們買衣服，為她們家的事盡心盡力。但她卻並沒有不斷在阿藍家進進出出照顧孩子們，即使在阿藍家有難題時，她也不會來隨便出主意左右阿藍。她的姑姑更是心地善良的人，會拿出自己僅有的來幫助他人，好比家裡困難時，阿藍會去她家請求她借點錢，她二話不說便直接借錢，即便有時手頭不寬裕，她也還是說：「沒法給你那麼多，先拿這些去用吧。」然後，便多少借給她一點錢。

姑姑是在七十歲去世的。她甚至還是自己親手照料自己的身後事。去世的那一天，她對阿藍說：「我活不長了，這房子和不多的錢就留給你了。」姑姑只留下這麼一句話，就閉上了眼睛。

那天，就連一向要強的阿藍也發自內心地慟哭，十分懷念死去的姑姑，悲傷不已。

《 3 》

阿藍的姑姑其實也沒給她留下多少錢。

阿藍為姑姑舉行完葬禮，法事也安排得妥妥當當，她覺得這至少是對死去的姑姑應盡的責任。

姑姑死後不到一年的時間裡，阿藍用她留下的錢還了債，做了該做的事情，不久後那些錢就用光了，最後也不得不把姑姑留下的房子也賣掉了。那天晚上阿藍深思著，她能預想到，這樣賣掉房子之後又會回到過去那種痛苦而又貧困的生活。趁現在還有房子賣時必須想個謀生之計……她心想，自己的丈夫是個沒什麼幹勁的人，這些話對他說也是白說。

阿藍想著自己的三個孩子，又想著今後的去路，徹夜未眠。

在那之後的第二天，她第一次來到了那個山林深處的秘密小屋。

不知從何時起，她經常出入山林小屋的事就在村裡無人不知了。有人在自己家門口看到了阿藍，她也不大介意自己的裝束，背著年幼的孩子穿梭在雪中，向森林小屋走去。後來，她乾脆一點也不怕被人看到，有人看到她公然出入小屋。那正是她賭博賭輸了錢，準備回家的時候。因此，正如村裡人猜測的那樣，不到一年時間她就窮得在這村子待不下去了。於是她從村裡搬了出去，越過大山，搬去了山谷裡一個靠近西邊大海的村子。

那之後又過了三年。到了落葉和雨水混在一起，拍打著屋簷的季節，不知何時起，村裡的草木因霜凍而枯萎，一片黃色。

冬天來了，又到了下雪的季節。

但從沒人談起阿藍的事情，阿藍以前的屋子也住進了別人，田地裡栗子樹上的葉子也被霜凍得枯黃，寒風掃過，吹落了許多，現在樹上也只剩幾片枯葉了。

這天夜裡寒氣很重，似乎要下雪了。就是那天，有人說看到阿藍又回村裡來了。

據看到她的人說，阿藍的頭髮梳成鳥窩狀，臉上沒有一點血色，腳上穿著草鞋，身上背著個嬰兒。她急匆匆地走過，不讓別人看到自己……那樣子，就和她以前還住在村裡時出入山林小屋的樣子一樣。但據說她的打扮看起來比以前更貧窮了，而且她身上背的那個孩子，看起來也像是最近剛生下來的。

「她是要去哪裡呢……」

「大概是要去山林小屋吧……」

「什麼去那裡呢……」

人們議論說，一定是因為她太好強，總想贏回點錢一雪前恥。

村裡邊還住著一對老夫婦，阿藍還住在這裡的時候常常照顧他們。老夫婦不僅很窮，而且還有個叫令一的蠢兒子，生活過得十分清苦。阿藍經濟情況較好的時候，會給老夫婦送去舊衣服、舊傘，年底還送過些年糕、豆子。

黃色的雲縫中露出了藍色的天空。蠢兒子令一砍了根綠竹子，用小刀挖出小孔，滴滴滴地吹著。房間的地板上落滿了白色的竹屑，小刀渾濁的光也被籠罩在一片灰色裡。門前柿子樹上還有些葉子沒落，已經變紅了。有小鳥從遠處的杉樹林飛過來，和著令一的笛聲一起啼唱。這時老奶奶走了進來，老爺爺則坐在屋裡的暖爐旁，老奶奶對他說：「聽說那阿藍回來了……不知會不會來我們家呢……」

兩個人竊竊私語，說起了阿藍的身世。如果她來家裡請求借宿一晚，這麼冷的天實在也不好拒絕，真難辦……兩人這樣商量著。

黃色的雲彩褪去，露出了藍天。雖然冬日的寒風冷得刺骨，放晴的天空可以看見空曠而寂寥的海面，但遠方卻是一片黑暗，村裡人都推測今晚大概是要下雪了吧。

〈 4 〉

第二天，有人看到阿藍從山林裡走出來，身上背著的嬰兒哇哇大哭。她的模樣很慌張，從山林裡出來後沒有來村子這邊，而是抄小路向人煙罕至的田野走去。

寒冷的天空下，身上僅披著黑色號衣的阿藍，看起來十分可憐，阿藍沿著這條路旁種滿樹的蜿蜒小路落荒而逃。草鞋踩上枯草，草上原本成熟後乾枯的果實便掉落在路旁。

路上淡藍色的水窪寧靜而清澈，映出了寂寥依舊的天空。沒有人注意到這片水窪，它倒映出雲朵的影子，雲影無聲無息地流動著。她身上背著的嬰兒不斷大哭，彷彿著了火似的。阿藍越走越急，像是後面有什麼東西在追趕她一樣。

終於當周圍只有她一個人的時候，她便站在田野間的小路上，環視著四周。她曾經居住的村子已經一片漆黑，變得朦朦朧朧了。周圍的村子無論遠近也都一片漆黑，看起來好像是在茂密的森林裡歎氣一樣。原本已經枯萎的、樺木色、褐色和黃色的森林漸漸泛黑。視野內看不到一個人影，只能看到收割殆盡的田野一片模糊，整個大自然都呈現出一副憂鬱的表情。

阿藍在路邊的石頭上坐了下來，把嬰兒從背上放下，給他餵奶。嬰兒緊緊地貼著乳房，吮吸著母乳。可憐阿藍瘦得自己臉上都沒有肉，想必也不會有母乳。因此小嬰兒費力地吮吸著，不時大哭起來。在這殘酷而又寒冷的大自然面前，阿藍可真是走投無路了。

她抬起頭仰望天空，似乎又要下雪了。不時有刺骨的寒風吹過廣闊的田野，枯樹的黃葉飄得到處都是。那小嬰兒的哭聲也因風聲而變得沙啞，從眼裡流到兩頰的淚水似乎也凍住了。他的小手也凍得通紅，像胡蘿蔔一樣腫了起來。而她母親的胸口青筋凸起，冰冷得像塊鐵板一樣。那胸口下流動著熱血，卻流不出富含營養的乳汁。

小嬰兒沒喝夠，哭了起來，阿藍又重新抱起他，把他放在了背上。然後用一條紅色帶花紋的帶子綁好，穿好衣服。小嬰兒只露出個頭。她披上黑色的號衣，又急匆匆地跑上了田野間的小路，向街道的方向走去。遠處能看到鎮上的屋頂，在那邊有許多綿延相連的高山，是國與國的界線。那條寂寥的小路一直向前延伸著，彷彿沒有盡頭。

午後雲潮湧動、寒風凜冽，昏暗的天空變得更加陰沉了。

《5》

令一站在栗子樹下，手裡拿著一根長竹竿，吹著笛子在逗鳥。笛聲被風吹散，時而清楚時而模糊。每次枯樹葉都被吹得嘩嘩作響，從粗壯的樹枝上飛舞著落下來。

「要變天了啊。」家門口有人走過，仰頭看著天空說道。海面上一片漆黑，像潑了墨一般。老奶奶把外面的木屐和木桶都拿進屋，對正在砍柴的老爺爺說，看起來她今晚是不會來了，似乎是從山林小屋出來後哪裡也沒去就走了……呆呆的令一拖著竹竿回來了，告訴他們阿藍已經踏著田間小路回去了。老奶奶一臉喜悅，整個人看起來也輕鬆了許多，她覺得這麼冷的天有人來借宿太不方便了，現在這樣再好不過。老爺爺覺得她那麼要強，肯定不會穿得破破爛爛地來。不過他也說，這女人大概是賭博贏了便回去了。

門外傳來嗖嗖的風聲，像抽鞭子的聲音似的，一吹到樹梢上就會有響聲。有東西打在隔窗上，發出啪啦啪啦的聲音，也和風聲混在了一起。令一站起身，打開了窗戶，大叫：「雨夾雪！下雨夾雪啦！」說著高興地跳起了舞。他馬上跑到外面，一邊跑一邊喊，下雨夾雪了，下雨夾雪了。

那些雪粒落在令一的衣服上，一揮袖子就散落得到處都是。還有些落在頭髮裡，積在領子周圍，一片雪白，在體溫作用下漸漸融化。田野裡那些摘剩的葉子也白了起來。就連地面上木屐留下的鞋印也變白了。

「晚上就該變成雪了。」老爺爺說著，鑽進了暖桌裡。老奶奶起身，下廚房開始準備晚飯。青煙裊裊，從窗戶升起，最後消失在寒風中。三人站在窗邊透過隔扇看著窗外的雪，周圍漸漸暗了下來。

「已經積了有一寸高了……」

「這種天氣，阿藍能爬過山嗎……」

「還走不了那麼遠吧。」不知何時起風停了，天地間一片靜謐。寒氣隨之襲來，雪越下越大，像扯開的棉絮一樣，飄落在靜默的空氣中，嘩嘩作響。

「入夜了……翻那座山的時候……」夜幕降臨，令一看著下著雪的天空說道。汽車的喇叭聲從遠處傳來，因為下雪的緣故，那聲音聽起來有些沙啞。天氣更冷了，連手指頭都凍紅了。玻璃燈罩裡，燈火燃燒著，紅色的火焰像是被凍住一般，看起來比平常更加鮮明澄澈。即便挨著暖桌，後背還是能感到刺骨的寒意，冷得直哆嗦。

「還有點微亮……」

「是因為下雪的緣故……是積雪反射的光。平時的話早就一片漆黑了。」

老奶奶看著窗戶說。

「積雪反射的光，是什麼不好的東西嗎……」令一說道。他已經十六歲了，可還是淌著鼻涕，手裡緊緊握著那隻笛子不放。但他已經不想再把笛子放到嘴邊，站在窗邊對著那邊的森林吹笛子了。

寂寥與黑夜席捲大地。雪越積越厚，天更冷了。

《 6 》

北風呼嘯著穿過了整個田野。不知過了多久，在肆虐的暴風雪中，夜漸漸深了。

小油燈的燈芯漸漸變細，老奶奶躺在枕頭上，感到雙腳冰涼，難以入眠。她輾轉反側，不知不覺已經到了深夜。

暴風雪打在門上發出咣當咣當的聲音，其中還夾雜著什麼別的聲音。第一聲老奶奶沒有聽清，第二次她聽到有人小聲說「晚上好……」老奶奶心裡忐忑不安。

緊接著，暴風雪啪啪地打到煙囪的隔窗上，聲音非常響亮，剛才微弱的聲音也消失了。那之後，彷彿死一般寂靜。老奶奶心裡期盼著剛剛是幻聽了，可她的心裡還是撲通撲通地跳個不停，躺在床上也沒法靜下心來。

「晚上好……」那聲音第三次傳來。隨後還響起了咚咚咚的敲門聲，接著傳來了門外人拍打身上積雪的聲音。老奶奶確定這的確是個女人的聲音，她猜想大概是阿藍來了。她躺在床上，心裡猶豫著，是就這樣不出聲呢，還是要去給她開門呢？那一瞬間，老奶奶心裡突然回想起了之前阿藍給予過他們的幫助，還在心裡默誦著送來的各種東西和數量，一切都在眼前閃現。她心裡覺得出於情理應當去開門。

「晚上好……」那聲音又一次響起，緊接著傳來咚咚咚的敲門聲。老奶奶彷彿能看到阿藍打著寒顫，渾身無力，聲音衰弱的樣子。

「老太婆，起來去開門！」老爺爺不知什麼時候睜開眼，大概也是聽到了這聲音。他故意咳嗽了幾聲，像是要讓外面的人也能聽到。

老奶奶起身，手裡拿著燈，去了廚房。皮膚碰到屋裡的空氣，感覺也像冰一樣寒冷。老奶奶走到安靜的廚房裡，把燈放在架子上，穿上木屐走到大門旁。門外田裡的樹木被暴風吹得嗚嗚作響，雨雪則吹到牆板上發出恐怖的聲音，風雪十分猛烈。

「是哪位？」「快開門，是我……」

老奶奶想問是不是阿藍，但她心裡又有了別的擔心，最終還是沒有說。大門都被凍住了，她只把門拉開了大約五寸，暴風雪如粉末似的，被寒風吹得撲面而來。突然間，老奶奶的身體也沒了熱度，變得和外面一樣冰冷。

外頭一個女人頭上披著一件黑色的號衣，上面的積雪凍住了，像一塊塊白斑，她整個身體縮在裡面，腳上也沒有穿襪子，只有一隻腳上穿了只草鞋，像個幽靈一樣。她一言不發地佇立著，力氣全無，整個人已經筋疲力盡了。老奶奶又冷又怕，自己也抖了起來。

「這是怎麼了。哎呀，這麼大的雪，都這個時間了……」老奶奶說道。這樣下去，這女人恐怕要凍死了，於是老奶奶手忙腳亂地給地爐生上了火。風呼地吹進屋子，把架子上的燈吹滅了。老奶奶慌慌張張地跑到門口，關上門，又掀起廚房的地板，拿了些柴火出來生火。她生了好幾次都滅了，怎麼也生不上。老爺爺也起來了。他把那還剩十分之三的燈芯點著，掛在了廚房，那燈晃來晃去，外面的暴風雪也不斷傳來聲響。

「真冷啊。」老爺爺說道：「夫人，您來這邊，把外衣脫下來給我吧。」可那女人不說話，站在那裡一動不動。

「我本想回去的，可這麼大的雪，天又黑了，實在沒法越過那座山，想折回去又找不到路了……」燈光下，女人的臉上沒有一點血色，一片慘白。她的手和腳還在瑟瑟發抖。老爺爺看到她的樣子，發自內心覺得她可憐。他也走到房間的泥地上，照顧著女人，而老奶奶也終於生起了火。不知何時起，他們心中原本不願在雪夜招待客人的那種心理已經完全消失，取而代之的是一片憐憫之意。柴火旺了起來，火焰映紅了發黑的牆壁和隔窗，屋裡一下子亮了起來。隔著隔窗，旁邊的屋裡令一正睡著，對這一切一無所知。

外面暴風雪的聲音一刻不停，聽起來十分猛烈。

「爺爺，把那號衣拿來。」老奶奶對著那邊說。火苗照著她的白髮和臉頰。

「不知道外頭有多冷呀。」老爺爺說著，慢慢解開了凍得結結實實的號衣扣子。女人頭上的雪化了，雪水從鳥窩一樣的髮髻上滴下來。老爺爺為她脫下那沾滿白色雪斑點、凍得像海帶一樣的黑號衣，露出了後背上背著的嬰兒。老奶奶見狀吃了一驚，覺得女人十分可憐，連眼睛都濕潤了。

「您還背著孩子哪。」老爺爺說著，也走近去看小嬰兒。

「是睡著了啊？」這孩子緊緊地趴在母親背上，也不出聲。老爺爺看著他，覺得很可憐。可是，他忽然覺得有些奇怪。剛好每當燈光照在女人身後時，都看不太清楚。

「很冷吧？快把這孩子放下來吧。」老爺爺說著，用手輕輕觸碰了一下孩子的臉。突然他吃了一驚，要叫出來似的向後退了幾步，瞪大了眼睛。

「夫人……？」之後老爺爺再也沒說別的，只對老奶奶說：「快把燈拿來。」

兩個人用燈照在沉睡中的小嬰兒臉上。他臉色慘白，上面都是雪，還沒有化。兩個人沒說話，互相看了一眼。這孩子不知什麼時候已經被凍死了。

這時，女人還是蓬亂著頭髮，像幽靈一樣站在泥地上，也不說話，哆哆嗦嗦地發著抖。她的雙頰像被削過一樣，十分憔悴，臉色慘白，只有眼睛瞪得極大，看起來既奇怪，又像發瘋了似的，讓人看起來很不舒服。她一動不動地盯著油燈的火光。

——原刊於《三田文學》一九一二年（明治四十五年）1月號

蠟娃娃

在我的記憶裡，一直記得一個做蠟燭的人。他家在北方海濱一個安靜的小鎮，那裡盡是一些老住戶，房子如同被壓塌了一樣，低矮而又秩序混亂，總共有七、八十家，整個鎮上一片灰暗。他的名字叫作兵藏，高個子、濃眉，表情永遠悶悶不樂，又沉默寡言。他的妻子身材矮小，眼角上揚，非常健談，對孩子非常嚴厲。夫妻倆有一個孩子，叫清吉，他與母親迥然不同，卻如父親般身材高大，沉默寡言而略顯遲鈍。

清吉七歲時進了鎮裡的小學，經常被同學欺負，哭著回家。他在學校絕不會主動與人爭吵，也沒有那種勇氣。每當他默默地坐在凳子的邊上，其他孩子就會溜到他身後來一通惡作劇，拽他耳朵，戳他的脊樑骨，最後拍一下他的腦袋就逃跑。他如此默不作聲，其他孩子就更加所欲為，甚至還冷不防抽掉他坐的凳子，讓他跌跤。

其他孩子看著他又疼又傷心還強忍著眼淚的樣子，卻都拍手叫好。不過，就算清吉再怎麼老實也會有受不了的時候，這時他就臉頰通紅，攥緊拳頭瞪著對方。其他孩子就會前擁後簇，一起喧鬧起來，有的用鞋帶斷了的草鞋扔他，有的推擠前面的人來擠他，扔粉筆頭砸他，惹得他最終嚎啕大哭。即使這時班主任老師從旁邊經過，也只是拋下一句「又來了」，就像沒看到一樣若無其事地走開。

孩子們越來越過分，變本加厲欺負清吉。有時也會有上了年紀的清潔工實在看不下去，跑進教室趕走其他孩子護住清吉。因此，清吉在學校沒有一個朋友。有時候他在操場等地方被欺負時，會垂頭喪氣地來到老師的辦公室，等班主任老師出門把整個經過告訴老師。老師胸前掛著發條式的懷錶，穿著掉色的西裝，嘴上留著稀疏的鬍子。這時，老師就會說：「是你先做了什麼壞事吧？如果你沒做，那我過會兒再去查查。」說完立刻走開。清吉踉踉蹌蹌地跟在他後頭等著他查，老師就拐進廁所躲著他。清吉仍然不停地哭，站在門外等著老師從廁所出來，其他學生就會從各個窗戶或樓梯口探出頭來罵他。過一會，門吱地一聲打開了，老師從廁所一走出來，其他學生就會立刻躲了起來。

清吉只能帶著怨氣看著老師的臉，但老師也不看他，只是冷冷地走開。

清吉就如同胸要裂開一般焦急，大喊「老師——」接著抽泣起來。老師回過頭來，問道：「是誰打的你？」

清吉一一報上他們的姓名，說是小山、清水、林等，邊說邊用兩手抹著眼淚。

「好，我稍後調查，跟小山、清水和林說，讓他們放學後留下。你也一起留下。」接著再次扭過頭去，腳蹭著地走開，進了飄著茶香的辦公室。

就像這樣，老師其實也不護著清吉。之後留下學生調查此事時，雖然沒有完全相信那幾個學生的話，但對於清吉的話也沒有給予重視，更沒有相信。

放學後調查了兩個小時，老師盯著清吉說，「你這孩子，肯定是你先動的手，才吵了起來。你要是老老實實的，誰會來打你？」

「不是這樣的。我什麼都沒幹，小山卻來戳我。」

搞惡作劇的小山說：「他騙人，林在旁邊也看到了。小西先戳的我。」小西是清吉的姓。

「林，是這樣嗎？」老師看向姓林的學生。林不說話，低著頭點了幾下。

「他騙人！」清吉還想辯解，老師打斷他，訓斥道：「大家都這麼說，果然還是因為你不對。」他認定就是清吉的過錯，讓眾學生回家後說道，

「今天的事看起來就是你不對。因為你不對，連累大家不得不留到這麼晚。你必須再待上兩三個小時。」他甩開哭著的清吉，因為今晚要值班，老師又回到了辦公室。對可憐的清吉來說，老師已經不能代表正義了——有時候，即便多數人掌握著巨大的力量，但真理卻也存在於少數人手中。

因此，清吉在學校的成績不太好，名次一直靠後。在教師會議時，一提到清吉的話題就有人認定清吉天性有缺陷，沒有辦法，幾乎不值得討論。就這樣，本應四年時間畢業的清吉，卻花了六年的時間，在某年的四月，他十三歲那年，以倒數第二名的成績從鎮上的小學畢業。那天，父親兵藏也被邀請參加畢業典禮。畢業典禮即將結束時，校長與全

體家長討論了今後各自的教育方針。最後校長把兵藏叫過去問，你家的孩子今後怎麼教育呢？像這種孩子，家庭的教育就更重要了，否則孩子的前途堪憂。校長列舉了清吉在學校不學習、品德差、悟性差的缺點，對於清吉的教育方法十分擔心。兵藏那天回家後將校長的話原原本本告訴了妻子。平常人們會做紅豆飯慶祝孩子畢業，但那天兵藏一家人卻訓斥了清吉，好強的妻子敲著清吉的腦袋罵他笨，並且決定不讓他升中學，而是去做助手，而老實的兵藏自然也同意了。

「其他孩子都去學校，為什麼就我們家清吉這麼沒出息？」母親哭著說道。

那年的六月，恰好鄰居過來問道，現在有東京的親戚過來了，親戚的朋友有一家玩具娃娃店，需要招一個幫手，他問清吉的媽媽清吉有沒有興趣。兩家人便說好了，清吉在六月新綠之時離開故鄉，跟著一個看上去四十多歲的男人前往陌生的京城。

之後，草木換了幾層綠色新裝。清吉從那之後就沒什麼信了。母親對鄰居說，現在的清吉長大了，模樣也有了京城人的樣子，是個很好的夥計了。兵藏在工作單位，有好幾次一邊熔蠟，一邊在黑暗的角落撥弄鍋爐底下的火，時不時停下來，想像自己飛上屋頂，透過那寂寥的杉樹林，眺望著向西北方向飄去的雲彩。兵藏常常這樣忘記了工作，擔心著孩子的事情。

時間如夢一般過去了，在時隔許久的某一天，清吉突然回到了家鄉。

那是在清吉來到東京後第五年的暮春，在這個灰色海濱小鎮上，某個節日的黃昏，一片茂密綠色中的神社裡，紅白色的小旗迎風飄舞，與海同色的天空中大旗迎風作響。鎮上家家掛起燈籠，傳來了大鼓和笛子的聲音，賣魚和賣竹筍的小販的叫賣聲也傳遍了整個鎮。

清吉突然回家，父母吃了一驚，不等仔細看人，卻先問回來的目的。一問之下知道原來是因為腳氣病[22]才回的家。與母親的想像一樣，清吉的樣子顯得很利索，怎麼看都像是京城的孩子。但是他沉默寡言的性格還是沒有絲毫改變。熟人和鄰居都對清吉刮目相待，所有人都稱讚清吉成熟了。只有一個大媽說道，「清吉，你又要回京城吧？父母身體好嗎？」問得奇奇怪怪的。清吉只是一直附和著說腳氣好了會馬上回去。

兵藏說：「你不用說這些，今天鎮上過節，得好好慶祝。你也長大了。今天咱好好吃點魚片喝點酒。等到了秋天，有了涼氣，腳氣就好得快了。東京夏天很熱吧，不用這麼早回去，等天氣涼了再回去吧。」父親從沒這麼有興致過。

22. 腳氣病：因缺乏維生素B1而引起的疾病。成長期兒童及哺乳期婦女等代謝加快，容易得病。初發症狀為乏力、腳麻、浮腫等。

就這樣，清吉無所事事地過著日子，不知不覺春天就過去了。母親說，這麼待著太無聊，不如做點娃娃。她拿來了泥、畫具和模型，但清吉覺得麻煩，因此從沒見他做過。不過家裡有做蠟燭用的蠟，可以試著做做蠟娃娃。

「如果用蠟做娃娃，還可以去換錢。」母親說道。一天，清吉和父親在工廠煉蠟，試著做了娃娃的形狀，

但都跟之前在東京看到的西洋娃娃不太像。每天都重複著這一過程，終於從夏天到了秋天——其中一半多的時間都在玩耍——他只做出來三個。

母親可能也在想，反正這次是為了養病回來，即使不掙錢也不會被人說閒話，就沒有訓斥清吉。然而，清吉總是在傍晚到海邊乘涼。

某一天，他自言自語道：「今後不得不回東京了，海還是今天再看一下，或許是最後一次了。」說著說著流了眼淚。

父親在旁邊插嘴道：「來年再回來，夏天正熱的時候回來最好了。」

清吉沒有回答，卻陷入了深深的思考。在三月費盡心力做的蠟娃娃中，有一個不小心掉進爐子裡燒化了。剩下的兩個，其中一個被清吉帶回東京送人，最後一個怎樣了，只有清吉知道。

於是，到了夏末，蕭條的村子裡已經能看到秋色。清吉又一次離開了故鄉。

這樣又過了三年。但是清吉還是沒什麼信。而兵藏十年如一日地在骯髒狹隘的小店一角煮蠟，做成大中小各種蠟燭，收進不同的箱子中，共有紅白兩色。妻子在朝西的暗室中，靠幫別人做一些縫木棉的針線活掙些錢。無論在綠意盎然的春天或積雪覆蓋的冬天，她都祈求神仙保佑孩子成功。

清吉做的唯一一個留下來的蠟娃娃後來也有了下落——這個蠟娃娃長約五六寸，有眼、鼻子和嘴，眼球用墨水塗黑，特別是嘴唇也塗成了紅色——這是一個美麗少女的臉龐。

海邊住著的獵人的女兒阿葛是個備受稱讚的可愛女孩。阿葛在小學時與清吉是同學。清吉總是受其他學生欺負，私下裡安慰他的就是阿葛。

無邊無際的大海一片深藍色，巨浪滾滾拍打著海岸。阿葛在酷暑下沒有戴斗笠和頭巾，秀髮被海風吹亂，胸前的乳房輪廓清晰。她拿著蠟娃娃，光著腳走在沙灘上，那裡開著黃色和白色的花，沙子被陽光曬得發熱。她好似發瘋一般唱著情歌——胸中湧起的氣息如在燃燒一般，她那溫熱的唇親吻了幾下蠟娃娃——然而，蠟娃娃也在夏日的某一天，被悄悄丟在沙灘上，就那樣融化了。

——原刊於《新小說》一九〇八年（明治四十一年）5月號

紅蠟燭和人魚女孩

《1》

人魚並不是全部生活在南邊的海裡，也有一些生活在北邊的海裡。

北方的海水湛藍，一天，有條人魚爬上海邊的岩石休息，眺望著四周的景色。

清冷的月光透過雲縫照射在海面的波浪上。放眼望去，無邊無際的海浪翻滾著。

人魚心想，這是多麼寂寥的景象呀。我們其實和人類的樣子相差不大，卻要和魚一樣生活在深深的大海裡。比起那些性情粗魯的海獸，無論是內心還是外表，我們和人類都更為相像。可我們卻必須和魚群，還有其他獸類一起生活在這寒冷、陰暗的大海裡，毫無生氣，這究竟是為什麼呢？

人魚常年沒有人可以說話，總是嚮往著明亮的海面。這樣的生活她實在難以忍受了。所以她總是在月光明亮的夜晚浮出海面，坐在岩石上翩翩幻想。

「聽說人類居住的城鎮很漂亮，他們比魚類和獸類更有人情味，更溫柔友善。我們雖然和魚類、獸類住在一起，但卻與人類更接近，所以我們應該和人類生活。」人魚這樣想。

這是一隻女性人魚，她懷孕了。她心想，我們一直以來都生活在這北方湛藍的大海裡，又冷清，又沒有人說話。我們已經不指望到那光明、熱鬧的國家去了，但還是希望至少能讓我們的孩子不再有這種悲傷無助的心情了。

當然，離開孩子，自己孤獨一人生活在大海中，沒什麼比這更令人傷心了。可無論孩子在哪裡生活，只要活得幸福，就是做母親最大的安慰了。

聽說，這世界上人類最善良，他們絕不會欺負和刁難可憐無助的人。而且人類一旦達成約定接受了什麼，就絕不會輕易拋棄。幸好我們不僅臉和人類很像，而且上半身完全和人類一樣。既然能生活在魚和獸類的世界裡，一定也能在人類的世界生存下去。如果孩子被人類收養，他們一定不會狠心拋棄。

這名女性人魚心裡想，至少讓我的孩子能夠在熱鬧、光明、美麗的城鎮裡長大也好，於是她打算爬到陸地上把孩子生下來。這樣雖然不能再和自己的孩子見面，但孩子可以走進人類的世界，一定會過上幸福的生活吧。遠處的海岸上有座高高的小山，在波濤間可以看到山上的寺廟裡有星星點點的火光閃動。這天夜裡，人魚從黑暗冰冷的波浪中游到岸邊，打算把孩子生下來。

《2》

海岸邊有個小鎮，鎮上有很多小店。山上有座寺廟，山下則有家小店，專門賣蠟燭。蠟燭店裡有一對老夫婦，老爺爺做蠟燭，老奶奶在店裡賣蠟燭。鎮上的人和附近的漁夫上山祭拜的時候，都會來小店買蠟燭。

山上長著松樹，那寺廟就在這松樹林裡。海上的風吹拂著松樹的樹梢，不分白天黑夜地嗚嗚作響。從遙遠的海上可以看到，每晚寺廟裡都燭火不斷，搖擺閃爍。

一天夜裡，老奶奶對老爺爺說：「我們能有現在的生活，真是多虧神靈保佑。要是這山上沒有寺廟，恐怕也不會有人來買蠟燭。我們要感恩呀，所以我想上山拜神。」

「是呀，你說得沒錯，我也沒有一天不在感激神靈。可是每天都很忙，所以沒能常去拜神。你提醒了我，你也替我祭拜神靈吧。」老爺爺回答。

老奶奶蹣跚著出了家門。那天晚上月光很亮，外面亮得像白天一樣。老奶奶在寺廟拜完神，下了山，在石階下發現一個哭泣的嬰兒。

「是誰把這可憐的孩子扔在這裡呢？這麼巧剛好讓我在拜神回家的路上遇到，一定是因為有緣吧。如果不管她，怕是要受到神靈的懲罰。一定是神靈知道我們老夫妻倆沒有孩子賜給我們的。回去和老頭子商量商量，收養這孩子吧。」老奶奶心裡想著，抱起了嬰兒。

「啊，可憐的孩子，可憐的孩子。」老奶奶說著，抱著她回了家。

老爺爺正在家裡等老奶奶回來。老奶奶抱著嬰兒回來了，她把事情的經過一五一十地告訴了老爺爺。老爺爺聽後也說：

「這一定是神賜的孩子，我們得好好撫養她，不然會受神靈懲罰的。」

於是兩人決定養育這個嬰兒。這是個女孩，但下半身卻與人不同，是魚的形狀。老爺爺和老奶奶都覺得這一定是傳說中的人魚。

「這不是人類的孩子啊……」老爺爺歪著頭看著嬰兒說。

「我也這樣覺得。不過雖然不是人類的孩子，但也是個親切可愛的小女孩呀。」老奶奶說。

「沒關係，既然是神賜的孩子，我們就要好好撫養她。等她長大了，一定會是個聰明伶俐的孩子。」老爺爺也說。

從那以後，夫妻倆悉心撫養著這個嬰兒。嬰兒漸漸長大了，烏溜溜的黑眼珠又大又亮，十分美麗，一頭秀髮，是個既聰明又善良的孩子。

《3》

人魚女孩長大了，樣子也發生了改變。她很害羞，不願見人。但凡見過她的人都驚異於她的美貌，甚至有人為了看她一眼特意來買蠟燭。

老爺爺老奶奶對別人說：「我家女兒內向靦腆，所以不願見人。」

老爺爺在裡屋中不停地做蠟燭。人魚女孩想，如果在蠟燭上畫畫，一定會賣得很好。她把這個想法告訴老爺爺，老爺爺回答說，那你就試著隨意畫畫吧。

人魚女孩用紅色的畫筆在白色的蠟燭上畫上魚、貝殼，還有一些像海草一樣的東西。她從沒學過畫畫，卻畫得很好。老爺爺看見了很是吃驚。不管是什麼人，看到她的畫都會很想買蠟燭。她的畫裡蘊含著奇特的美和力量。

「這是當然了，她不是人，是人魚呀，自然能畫這麼好了。」老爺爺感慨著，對老奶奶說道。

從早到晚都有很多大人小孩來到店裡，說「請給我有著畫的蠟燭」，這些有著畫的蠟燭受到了大家的歡迎。

接下來又發生了不可思議的事情。如果把山上寺廟裡拜神燒剩下的、畫著畫的蠟燭頭帶在身上出海，無論遇到多麼猛烈的暴風雨都不會翻船，更不會有人溺水而死。不知什麼時候開始，這個說法在鎮上傳開了。

「這寺廟供著海上的神，用這麼漂亮的蠟燭祭拜它們，想必神靈也很高興。」鎮上的人們都這麼說。

畫了畫的蠟燭賣得很好，因此老爺爺從早到晚都拼命做蠟燭。人魚女孩也不顧手臂痠痛，在一旁用紅畫筆給蠟燭畫畫。

「雖然我不是人類的孩子，但他們還是這樣悉心照料我，撫育我長大，我一定不會忘記這份恩情的。」人魚女孩想到這對老夫婦的好心腸，大大的黑眼睛也常因此變得濕潤了。

這一軼聞也傳到了遠處的村子裡。有很多水手、漁夫也想要那些拜神剩下的、畫著畫的蠟燭，他們特意從遠處趕來，買了蠟燭後上山拜神，點上火，等蠟燭變短，然後再帶回去。因此，無論白天黑夜，山上的寺廟總是燈火不滅。尤其是晚上，從海上可以望到美麗的火光。

「真是神靈保佑我們呀。」大家都這樣說。因此，這座山一下子有名起來。

人人都讚頌著神靈，可卻沒人注意過辛苦畫蠟燭的人魚女孩，更不會有人覺得她可憐。

人魚女孩十分疲憊，有時在月夜，她總是從窗戶探出頭去，含著熱淚，眺望著北方，思念著那片湛藍的大海。

《4》

有一天，從南方來了一個走江湖的商人。他希望從北方尋找一些奇珍異寶帶回南方賺錢。

也不知這商人是從哪裡聽說了人魚女孩的事，或是不知什麼時候見到了人魚女孩，知道了她不是人類，而是世間稀有的人魚。有一天，商人偷偷來到老夫婦家，背著人魚女孩，想要出大價錢買走她。

老夫婦一開始覺得人魚女孩是神賜的孩子，無論如何也不能賣掉，否則會受到神靈懲罰，因此沒有同意商人的請求。商人雖然多次被拒絕，但仍不斷上門。他還煞有其事地對老夫婦說：

「自古人魚就被視作不吉利的東西，如果不趁現在趕緊脫手，以後肯定會有不好的事發生。」

老夫婦最終還是信了商人的話。而且商人願意出很多錢，夫妻倆的心也被金錢打動，決定把人魚女孩賣給商人。商人高興地回去了，並且約定好一個時間來帶走人魚女孩。

人魚女孩知道這一切的時候非常震驚。她原本性格內向，又很善良，一想到要去離家幾百里遠的陌生炎熱的南方就害怕得不行。她哭著請求老夫婦：

「讓我怎麼幹活都可以，請千萬不要把我賣到陌生的南方去。」

但不管她說什麼，那鬼迷心竅的夫妻倆都聽不進去。

人魚女孩把自己關在房間裡，一心一意地在蠟燭上畫畫。但老夫婦已經不再可憐她了。在一個月光明亮的夜晚，人魚女孩獨自聽著濤聲，想到自己的未來，十分傷心。那濤聲就好像有人在遠方呼喚自己一般，於是她從窗戶探出頭去眺望。可只有月光一望無際地照在湛藍的海面上。

一日，人魚女孩依舊坐在那裡畫蠟燭。突然，外面騷動起來，不知什麼時候商人已經來接人魚女孩了。他車上裝了個四角鐵箱子，那箱子裡大概裝過老虎、獅子、豹子之類的動物。他覺得人魚女孩雖然性格溫順，但怎麼說也是海裡的獸類，因此應當和老虎、獅子一樣對待。如果人魚女孩看到了這箱子，恐怕會害怕得不行吧。

人魚女孩對此一無所知，依舊低頭認真地畫著畫。這時，老爺爺和老奶奶走了進來。

「好了，你走吧！」說著便要她離開。

人魚女孩來不及畫了，就把手裡的蠟燭都塗成了紅色。她把這些紅蠟燭當作紀念，留下了兩三根便走了。

〈5〉

這是一個安靜祥和的夜晚，老爺爺老奶奶鎖上門睡了。半夜的時候，有人咚咚咚地敲門。因為夫妻倆都上了年紀，睡得很淺，因此聽到聲音就醒了，心想會是誰呢。

老奶奶問：「是誰呀？」

那人沒有回答，依舊咚咚咚地敲門。老奶奶起床，把門打開了一個小縫，透過小縫往外看，門口站著一個一身白衣的女人。這女人是來買蠟燭的。只要能掙錢，哪怕是一點點老奶奶都不會拒絕的。

老奶奶搬出裝蠟燭的箱子給女人看。女人披著一頭黑色的長髮，濕淋淋的，在月光下閃閃發亮，把老奶奶嚇了一跳。女人從箱子裡拿出幾根通紅的蠟燭，盯著看得出了神。然後她交了錢，買走了那些紅色的蠟燭。

老奶奶就著燈火仔細一看，原來那女人給的不是錢，而是貝殼。老奶奶覺得被那女人騙了，十分生氣，衝出家門想找她算帳，但那女人早已不見了蹤影。

就在那天夜裡，天氣驟變，出現了十分罕見的暴風雨。那時，商人正好把人魚女孩裝進了籠子，坐著船要駛向南方，正漂在海面上。

「這麼大的暴風雨，那條船怕是完蛋了。」老爺爺老奶奶哆哆嗦嗦地顫抖著說道。夜深了，海面上一片漆黑，十分可怕。那天夜裡有無數船隻遇難。

令人不可思議的是，不管天氣多麼好，只要在山上的寺廟裡點上紅蠟燭，就會立刻變成狂風暴雨。於是從那之後，紅蠟燭變成了不吉利的象徵。蠟燭店的老夫婦也說自己是受到了神的懲罰，不久蠟燭店也關門了。

但也不知道是從哪裡來的什麼人在寺廟裡拜神，每天晚上都會點紅蠟燭。以前，如果把拜神剩下的、畫著畫的蠟燭帶在身上，出海絕不會遇到災難。但現在，只要是看一眼那些紅蠟燭都會遇到災難，在海裡淹死。

很快，這消息傳開了，再也沒人上山拜神了。曾經靈驗的神靈現在也成了鎮上的不祥之物。大家都在抱怨著，心想如果鎮上沒有這座寺廟就好了。

水手們從海上眺望寺廟所在的這座山時也會感覺很可怕。到了晚上，北方的大海總是很嚇人。海面一望無際，四處都波濤洶湧，拍打在岩石上掀起白色的浪花。月光從雲縫照射下來，一派令人毛骨悚然的景象。

在一個漆黑的雨夜，天空中也看不到星星。有人看到海面上飄著燭光。那燭光漸漸升高，照射著山上的寺廟，閃閃發亮。

沒過幾年，山下的鎮上也逐漸衰敗下來，最終消失了。

——原刊於《東京朝日新聞》一九二一年（大正十年）2月16日至20日號

黑旗物語

《1》

不知從哪來了兩個乞丐，他們一老一少，到了北方某個港口小鎮上。

現在已經是深秋了，氣候愈來愈冷，太陽不斷向南半球移動，陽光漸漸弱了下來。跟往常一樣，候鳥掠過桅杆林立的港口，飛向南方溫暖的地方。

老乞丐頭上戴著一頂破帽子，下巴上留著白花花的鬍子，就好像西洋圃裡年邁的牧羊人似的。小乞丐看起來剛滿十歲或者十一歲，衣衫襤褸。他拉著老乞丐的手，走在小鎮的街道上。老乞丐手裡拿著一把胡琴，步履蹣跚地跟在小乞丐後面。

那個鎮上的人們看著這對陌生乞丐的背影，心想：「這些傢伙是從哪裡來的呀？」

還有人說道：「起風的時候一定要注意他們，要是點著了火可就麻煩了。必須趕緊把他們攆到別處去。」

小乞丐天天領著老乞丐到街上來，每到一家，就站在門口，用淒涼的聲音乞討。然而，沒有人因為可憐他們而給他們東西，也沒有人對他們好言相待。

「吵死了，滾一邊去。」有人這樣大聲訓斥他們。

也有人從屋裡大聲喊道：「我不會出去的。」

就這樣，兩人整日在街上徘徊，一無所獲，又累又餓，到了傍晚時分，就不知道回到哪裡去了。老乞丐邊走邊彈奏的胡琴聲也伴隨著寒冷的北風，漸漸消失在遠方。雖然鎮上的人們待他們如此冷漠，但颳風的日子也好，寒冷的日子也罷，他們照樣會到街上來。

看著兩個乞丐的背影，有的人甚至冷酷無情地說出這麼殘忍的話：「那兩個乞丐怎麼還在附近晃蕩，趕緊去別的地方才好。放狗咬他們吧。」

就這樣，老乞丐和小乞丐被狗追趕著，情形非常悲慘。小乞丐邊哭邊拉著老乞丐的手準備跑開，老乞丐舉起手中的胡琴想把狗嚇走，鎮上的人們看到如此場景依舊默不作聲。有一個人抓住了他們，問道：「你們兩個從哪來的？」

小乞丐回答道：「我們是從非常遙遠的南方來的。那裡很溫暖，在冬天山茶花也會開花。山上的田地裡有很多橙色的樹木，日落的時候，海水會被映成紫色，比這個鎮漂亮多了。」

鎮上的人一聽，非常氣憤，訓斥道：「你說有比我們的小鎮還漂亮的地方，那你們為什麼不待在那裡呢？為什麼要來我們這呢？快，趕緊從哪來回哪去。」

《2》

小乞丐被鎮上人們那兇神惡煞的樣子嚇壞了，他一邊發抖一邊說道：

「我們聽說到北方來的話，會有人同情我們這些可憐的人，所以我們特意從大老遠的地方來了。」

話音剛落，鎮上的人紛紛嘲諷道：「真會為自己辯解。」

「喂，小東西，過不了多久就要起風了，絕對不允許點火。你們也別晃蕩啦，最好趕緊回去吧。我們要是丟了東西的話，可是會賴在你們頭上的。」他們不僅殘酷，而且還說出了這樣的話。

不管鎮上的人怎麼說，小乞丐並沒有因為這些而生氣，繼續拉著老乞丐的手在街上挨家挨戶地乞討。當他們到了一家店鋪門口時，店鋪的主人也怒罵道：「你們還在那磨蹭什麼，趕緊走開，是不是想趁我不在偷東西啊？」

小乞丐氣得臉都漲紅了，惱怒地離開了那家店鋪。有一天，兩人被鎮上的人們追趕著，逃到了碼頭的邊緣。碼頭的邊緣延伸到海水中，那裡岩石聳立。波浪拍打過來，濺得很高，來回翻滾，又伴隨著巨大的聲響慢慢退去。

天空完全變成了鉛灰色，沉重、灰暗、混沌，地平線上彷彿流淌著墨水一般。風發出一陣響過一陣的吼聲，從頭頂猛烈地吹過。不知名的海鳥悲慘地鳴叫著，在天空中亂飛。老乞丐和小乞丐的身體被寒氣凍得哆哆嗦嗦直發抖，當他們站到岩石上時，大波浪能夠拍打到他們的腳尖，波浪浸泡著小乞丐那已經凍得通紅的腳趾。饑餓和疲勞使得他們沒有力氣移動，只好站在那裡望著海面，束手無策，一副快哭出來的樣子。這時，淅淅瀝瀝地下起了雨夾雪，天空完全暗了下來。他們兩個在黑暗中相擁在一起，但他們的身影已經完全看不見了。

就在那天晚上，這一帶刮起了近年來少有的暴風雨，波濤異常洶湧。當黑暗、駭人的夜晚終於結束時，海邊已經看不見他們的身影了。鎮上的人們第二天也都沒見到那兩個乞丐，有人判斷他們去了別的地方。後來在一個天氣晴朗的日子，漁夫出海捕魚，撒下魚網後發現網上面掛著一把胡琴。後來才知道，那原來是老乞丐拿著的那把胡琴。

《3》

從那以後，大海日益衰退，海面越來越陰暗。每年到了冬天，碼頭船隻的航線都會被阻斷。

向海面一眼望去，連一個帆影、一處船隻行駛的痕跡都見不到。只能看到白色的浪頭，可很快就消失了。渺茫的大海，就好像幾萬隻白兔成群奔跑似的。

和往常一樣，到了晚上每家每戶都關上門，一家人圍坐在火盆或者暖爐旁談天說地。這時，從遠處海面上傳來的海水聲聽起來異常淒涼、恐怖和猛烈。一天晚上，海的聲響比以往更可怕，震耳欲聾。人們擔心是不是發生了什麼大事，不安得渾身顫抖，等待著黎明的到來。等到天蒙蒙亮的時候，人們趕到海邊，向海面上一看，都嚇得變了臉色。

一個人指著海那邊的船說道：「那艘顏色奇怪的船是從哪來的？」

「快看那面奇怪的黑旗，那艘船到底是從哪裡來的？」其他人也同樣看著海的那邊。海那邊的顏色比昨天更暗了，特別恐怖。通紅的船好像是從地平線上升起似的，浮在海面上，黑色的旗子在兩根桅杆上飄揚。

一位老人說道：「昨天晚上海上的聲響太恐怖了，希望沒發生什麼奇怪的事情。」

還有人說道：「這艘船可能是有幸逃過了昨晚的驚濤駭浪，到達我們港口附近的吧。肯定是有什麼事情才會進到港口裡的吧。」

有人問道：「大家看！那裡停了一艘船，有人知道那是哪個國家的船嗎？」

「可能是因為這大浪迷路了吧，也有可能是因為船出了故障才到這來的吧。」也有人這樣說道。接著，陸地上的人們開始對著船做各種各樣的手勢，但那艘船並沒什麼反應。

「那艘船看起來好像不是普通的船，很有可能是幽靈船。」有人這樣說道。

可鎮上的人們覺得幽靈船是看不見的，於是就各回各家去了。

不可思議的是，恰巧從那天開始，鎮上來了一個陌生的十到十一歲左右的孩子。他穿著破爛的和服，在鵝毛大雪中光著腳。他的腳趾凍得通紅，手上提著一個籃子在街上走著。鎮上的人們都皺著眉頭，看著那孩子可憐的背影。孩子走進了鎮上最好的綢布店。

「請您賣給我一件和服吧。」孩子聲音顫抖地說道。

「你帶錢了嗎？」店掌櫃坐在店門口，一臉詫異地問道。

孩子一邊望向籃子裡面，一邊說：「錢倒是沒帶，不過我這裡有珊瑚、珍珠和金塊，可以用這些買嗎？不是給我買，是給我爺爺買。」

綢布店的掌櫃用懷疑的目光看著那些閃閃發亮的珍珠和紅得像紅螃蟹腳似的紅色珊

瑚，說道：「你為什麼會有這些東西？你不可能會有這些東西，這一定是假的吧。這是從哪裡撿來的？」

「不，這不是假的也不是撿來的。這是真的珍珠和珊瑚，請不要懷疑我。快點把和服賣給我吧，我爺爺還在船上等著呢。海上停著的那艘船就是我們的船，我爺爺現在正坐在那面黑色旗子下面等著我呢。」孩子這樣說道。

「你的話聽起來都像是騙人的，我不會把和服賣給你的，你趕緊離開我這裡。」掌櫃把孩子攆走了。

孩子沒有辦法，離開了綢布店，垂頭喪氣地走在雪中。

走著走著，恰巧看到一家餐館，從那裡飄來了魚的味道和燙酒的香氣。小孩停在餐館門前，推開門往裡面看了看，說道：「請您把煮好的魚和米飯賣給我吧。雖然我沒有錢，不過我這裡有非常漂亮的珊瑚樹、星星般閃亮的珍珠和貴重的金塊。我想給我爺爺帶些熱乎乎的東西吃。」

聽孩子這麼一說，正在餐館裡喝酒的三四個年輕人瞪圓了眼睛，看了看他的籃子，又看了看他的臉：「你不是以前來我們這裡乞討的小乞丐嗎？還有臉回來呀？你從哪裡偷來的這些東西，趕緊招了。把這些東西放下，你趕緊走開。」

他們一邊這麼說，一邊衝向那個孩子。

「不，這不是偷的也不是撿來的，是從海上的那艘船裡拿的。」孩子一邊哭一邊這樣說道。

可那些年輕人硬是從他手裡把籃子搶了過來，把他攆走了。孩子邊哭邊走在雪中，不知道去了什麼地方。

不知何時，天色在暴風雪中慢慢黑了下來。

就在這天晚上，這個鎮上發生了火災，伴隨著越來越大的海風，鎮上的房子被燒了個精光，一間都沒剩下。

至今，在北海的地平線上依然會偶爾見到黑色的旗子。

——原刊於《日本少年》一九一五年（大正四年）4月號

黑人影和紅雪橇

在遙遠的北方，有這樣一個離奇的故事。

有一天，這裡的男人們正在冰上忙碌地勞動著。一到冬天，就連海面也會凍成冰，因此也不難想像這裡有多冷了。這裡位於地球以北的邊緣，每當夜幕降臨，天空就低低地壓在頭頂上，與其他地方相比，這裡看到的星星個頭更大，星光也更加璀璨。寒冷的夜裡，星光彷彿被凍住一般，在深藍的天空下像是散發出無數根銀針。樹木被凍裂，發出聲響。海水也不知什麼時候停止了翻滾，凍成了一塊鐵板。

在這個寒冷的地方，人們都穿著黑色獸皮勞動著。正在那時，海面上陰了下來，變成灰濛濛的一片。

突然，腳邊厚厚的冰面裂成了兩半。這種事實屬罕見。人們目瞪口呆，眼睜睜地看著腳下陰暗的裂縫越來越深，越來越大。

「啊！」冰面的另一端被沖到了海裡，上面有三個人大叫著，但已無濟於事。冰縫越來越大，既跳不過去，也沒法搭橋，而且像被急流衝擊著似的，飛快地滑向了大海。

冰上的三個人揮著手，聲嘶力竭地大喊著求救。岸邊有很多人站在冰面上，卻也無能為力，只能眼巴巴地看著。岸上的人們不知在說些什麼，都手足無措。這時，那三個人已經被沖進了灰濛濛的大海，快速地漂走了。人們愣愣地望著大海那邊，卻什麼也做不了。漸漸地，三個人不見了蹤影。

岸上的人們吵嚷開了。從沒見過冰面突然裂成兩半，而且還像離弦的箭一樣被沖向大海。這麼離奇的事情實在太少見了。而且，和那冰塊一起被沖走的三個人可怎麼辦呢？大家激烈地討論著。

有人絕望地說：「事到如今也無計可施了。冬天海裡沒法行船，也沒法去尋找他們的蹤跡啊。」

大家聽了都點點頭，說：「確實是沒辦法啊。」但有五個人卻搖了搖頭。

「我們不能這樣對我們的夥伴見死不救。無論想什麼辦法也要把他們救出來！」那五個人說。

人群中有人回應道：「這種怪事，開國以來還是頭一回。人類的力量是起不了什麼作用的。」

大家都覺得他說得有道理，沉默不語。

「你們不去救他們，那我們五個去！」那五個人喊道。正好這個國家有五輛紅色的雪橇。狗拉動雪橇，可以讓它在冰上行走。這雪橇正是以備不時之需的。五個人連夜準備著。他們把吃的、穿的、用的都裝上雪橇，然後只剩等待天亮了。那天晚上格外寒冷，天一亮，海邊又變得像昨天一樣凍成一大片冰，閃閃發亮。

五個人分別坐上了雪橇，每輛雪橇由兩三條狗拉著。許多人來目送去搜尋的五輛紅雪橇出發，其中也包括昨天下落不明的三個人的家屬。他們對那五個人說：「要好好找啊！」

五個男子齊聲回答：「我們要找遍北方的每個角落！」

與眾人告別之後，五輛紅雪橇在冰面上出發了。放眼望去，海面上和昨天一樣，一片灰濛濛。來送行的每個人心裡都忐忑不安。紅雪橇漸漸駛向大海，變得越來越小，最後變成了一個小紅點，模糊不見了。

「一定要平安歸來啊。」岸上的人們說著，三三兩兩地各自回家了。

那天中午過後，海面上突然暴風肆虐，下起了暴風雪。到了夜裡，風更加猛烈，海面上傳來了可怕的海鳴聲。

第二天依舊是猛烈的暴風雪。直到紅雪橇出發後的第三天，天空終於放晴了。

人們都十分關心那三個下落不明的人和去救他們的五輛紅雪橇，因此大家聚集到了海邊。海面上比之前凍得更加堅固，像一面鏡子。太陽久違地現身了，陽光照在這面大鏡子上，熠熠發光。

「前幾天天氣真是糟糕。」「說起來，那三個人和雪橇上的五個人怎麼樣了呢？真讓人擔心啊。」

群眾們議論紛紛。

「聽說只準備了五天的食物呢。」「那樣的話，應該只剩兩天了。」「食物吃完前能回得來嗎？」「都不好說啊，只有向神明祈禱，靜候佳音了。」

大家焦急地望著海面，卻只有泛著光的冰面，模模糊糊的，看不到任何人影。

從紅雪橇出發已經過去五天了。大家都在岸上望著海面，心想他們今天該回來了吧。

可直到天黑也沒有見到紅雪橇的影子。

第六天，人們又站在海岸上望著海面。

「今天會回來的吧？」「如果今天再不回來，說明那五輛雪橇一定遭遇了什麼不測。」

大家七嘴八舌地議論著。

然後，第六天他們還是沒有回來。接下來的第七天、第八天，雪橇依舊沒有回來。

「要去找他們嗎？還是該怎麼做……」大家互相對視著。

「有人願意去找他們嗎？」人群裡有人問。

人們面面相覷，但沒有一個人有勇氣站出來。

「我們抽籤決定吧。」一個男人說。

「我害怕，我不想去。」

「我也不想去。」「……」大家都往後退，最終也沒有人願意去救他們。

人們都說：「這是天災啊，不是人類的力量能左右的。」說著，人們放棄了搜救。

那之後過了好幾年。

有一天，幾個漁夫乘著小船出了海。北方的海面一片湛藍，像被染料浸染過一般，清冷而美麗。岸邊，海浪擊打著岩石，水銀般的水花四處飛濺。漁夫們哼著歌，搖著櫓，播撒著漁網。突然烏雲遮住了太陽。

大家都覺得很奇怪，抬起頭望著天空，湛藍的海面上隱隱約約出現了三個黑色的人影。這三個人影都沒有腳。

在原本應該長著腳的地方，湛藍的波濤翻滾著，三個人影像三個黑和尚，虛幻地浮在那裡。

漁夫們頓時嚇得毛骨悚然，心裡都猜想著：「難道是之前失蹤的那三個人的亡靈出現了？」

「今天見到了不吉利的東西，趁沒出什麼事我們趕緊回陸地吧。」大家說著，急忙向岸邊駛去。

但奇怪的是，在他們駛向岸邊的途中，所有船隻都沒有發生故障，卻都被吞入海中，無聲地沉入大海。

之後又發生了另一件事，那是在一個寒冷的冬天，面上還是凍得像一面銀鏡，遼闊的海面一望無際。

那天雖然冷，但天很晴，橘紅的太陽低低地掛在地平線上。

這時，遙遠而寂寥的地平線上突然出現了五輛紅雪橇，它們隔著一定的距離，排成一隊，整齊而飛快地向遠處賓士而去。

看到雪橇的人都大聲驚叫：「那不是之前去找那失蹤的三個人的五輛紅雪橇嗎！」

「希望我們的國家平安無事！」有人說道。

「那時候，誰都沒去搜救過他們五個。」

「而且從那之後也沒人祭奠過他們。」

人們終於意識到，當時不應該不去搜救自己的夥伴，他們感到十分後悔。

之後凡是來到這裡的人們都會聽過一個離奇的事實，那就是這個黑人影和紅雪橇的故事。

——原刊於《紅鳥》一九二二年（大正十一年）1月號

金環

《1》

太郎臥病在床很久了終於可以下床了。但因為還是三月末，所以早晚還是有些寒冷。於是母親對他說，有太陽的時候可以出去，傍晚早點回家就行。

這個時候，櫻花和桃花還沒開，只有梅花孤零零地開在屋簷邊。積雪也化去了大半只在寺院後面和田地的角落裡還有些殘留。

太郎出了門，但街上一個玩伴也沒有。看起來今天天氣不錯，大家都去遠處玩了。太郎心想，如果大家就在這附近玩的話，自己也可以過去看看。於是他豎起耳朵，仔細聽了半天，卻沒有聽到嬉戲吵鬧的聲音。

太郎一個人無精打采地站在家門口。田地裡還有去年摘過的菜，冒出了新綠的嫩芽。太郎看著這些嫩芽，走在細細的小路上。

突然，傳來了金環碰撞的聲音，聽起來就像鈴聲一樣。

太郎向那邊看去，大路上有一個少年，轉著一個金環跑了過來，圓環散發著金色的光芒。太郎睜大了眼睛，他從沒見過這麼漂亮的光環。少年轉動著兩個金環，金環碰到一起，發出好聽的聲音。太郎也從沒見過能把金環轉得這麼好的少年，心想這究竟是什麼人。他盯著從遠處走來的少年，覺得很陌生。

這個陌生的少年走過大路，對著太郎這邊微笑了一下。那樣子就好像對著一個熟識的朋友那樣，看起來很是親切。

《 2 》

轉金環的少年漸漸消失在白色的大路上。可太郎還是站在那裡，望著他離開的方向。

「是誰呢？」太郎思索著。他是什麼時候來到這個村子的？還是從遙遠的鎮上來這裡玩的呢？

第二天下午，太郎又出門來到田地裡。他又聽到了昨天此時聽到的金環聲。太郎朝遠處的大路一看，那個少年又轉著兩個困環跑了過來。圓環散發出金色的光輝。少年走過大路時，露出了比昨天更加讓人感到親切的微笑。他好像想要說什麼似的，歪著脖子，就那樣跑掉了。

望著少年離開的方向。不知什麼時候，少年的身影消失在了白色的大路上。但他那白皙的面容和微笑卻久久地停留在了太郎的眼裡，揮之不去。

「那究竟是誰呢？」太郎愣愣地站在原地思考著，覺得十分奇怪。居然從沒見過那個少年，但卻覺得他好像是自己最親密的朋友。等明天，我要和他搭話，成為朋友。太郎在心裡盤算著。

終於，西邊的天空逐漸變紅，黃昏降臨了，太郎回到了家裡。告訴母親說，他連續兩天都在同一時間遇到一個轉著金環的少年，但母親並不相信。

那天晚上，太郎做了一個夢，夢見他和少年成了好朋友，少年送給他一個金環，兩個人一起跑在大路上，接著，兩個人融入了黃昏絳紅色的天空中。

從第三天起，太郎又開始發燒。然後過了兩三天，年僅七歲的太郎就病逝了。

——原刊於《讀賣新聞》一九一九年（大正八年）1月21日至22日號

白色大門的房子

那是一個靜謐的春夜。

一個男子工作得累了，想找個咖啡店喝點咖啡。男子出了門。這是個溫暖又朦朧的月夜，一切看起來都像夢境一般，遠處的高塔、山丘、夜空和森林都隱隱約約地罪現在黑暗中，一動不動。

他來到鎮上，發覺夜已經很深了。剛才一直專注工作，早已忘卻了時間的流逝。鎮上沒什麼人，而且到了這個時候也沒有店鋪還開門。

「那家咖啡店不會也關門了吧？」他有點擔心那家常去的咖啡店也已經下班了。他悠閒地朝咖啡店的方向走去，邊走邊抬頭望著夜空，感歎著：「多麼美麗的夜景呀。」

他要去的那家鎮上的咖啡店已經關門了。他站在門口，很是失望。

沒辦法，只好原路返回了。這時，突然從他的身後傳來了腳步聲。有什麼人走了過來。

「晚上好，辛苦了。」後面有人和他說話。

他停住腳，回過頭想看看是什麼人。後面走來了一個他完全不認識的陌生人。

「晚上好。」他回答道。那個陌生男子走到他身邊，似乎跟他很熟似的。

「我是住在這鎮上的。因為覺得有點累，就想來喝杯咖啡，沒想到已經關門了。我看你也和我一樣，不如我帶你去另外一家不錯的咖啡店吧。」陌生男子說。

被一個陌生人這樣邀請，他有些猶豫。但既然那人說自己是住在這鎮上的，而且看起來不像壞人，更何況他和我一樣，都是工作累了想休息休息。這相似的心情讓人覺得很是親切。他這樣想著，說道：

「其實我是散步到這裡順便來喝咖啡的，不過已經關門了。」

「應該是看附近沒什麼客人了，便早早關門休息了。要是能在這種春天的夜晚多營業一會就好了。」陌生男子說。

「已經很晚了嗎？」

「不到十二點。」

他聽陌生男子說十二點，便不由覺得是該關門睡覺了。於是他也打算回家睡覺去。

「我說的那家店就在後巷裡，剛開的，環境不錯，來看看吧。」陌生男子說。

他心想，對方都這樣邀請了，如果再不去就不太好了。於是他說：

「那我和你一起去吧。」兩個人並排走著，說著話，拐進了一條小巷裡。他之前也多次從這裡走過，但不知為什麼，今天晚上的小鎮顯得格外美麗。他想，大概是因為月光照射的緣故吧。

終於，兩人來到了一家明亮的店門口。

「就是這裡了。」陌生男子說。入口處垂掛著綠色的窗簾，讓人感覺神清氣爽。走進店裡，可以看到許多花瓶，花瓶裡插滿了不知名的花，香氣沁人。裡面有三四個客人坐在桌邊聊天。不知從哪個房間還傳來了曼陀林的聲音。

他們兩個人找了一張桌子，面對面坐下了。這時，他才終於借著燈光看清了陌生男子的臉。他吃了一驚，陌生男子長得很像兒時就已經分別的堂兄。可堂兄早已經在一個南洋小島上去世了，所以不可能是他。但這陌生男子看起來總讓人覺得似曾相識。

「那邊坐著的幾位都是這裡的常客。」陌生男子說。他朝那幾個人看去，又吃了一驚，每個人都感覺曾經在哪裡見過似的。可具體在哪裡、什麼時候，他卻完全沒有印象。

「真是個奇怪的夜晚啊，總覺得這些人都很熟悉，這究竟是怎麼一回事呢……」他甚至開始懷疑自己的雙眼了。

陌生男子和那邊的客人們互相對視，打了個招呼。然後他站起身，說了聲「我過去一下」，便離開了。

他從剛才就一直很留意屋裡傳出的曼陀林聲，心想這聲音真是美妙。聽到這旋律，他不禁回憶起了以前的事情，感傷了起來。到底是什麼人在彈琴呢？他正想著，突然琴聲停止了。

這時，一個美麗的年輕女人走了出來，微笑著朝他這邊走過來。

「你呀，是不是早把我給忘了？」女人說著坐在了他對面。

「以前，我在窗邊彈琴，而你每次去學校都要從我的窗下經過。有一天下起了雨，你沒地方去就來我家了。我借給你一把傘。後來，你給了我一本漂亮的書。那書裡有很多美麗的插畫，還有很多內容，都是些過去的傳說、詩歌、童謠和小故事。不過都是外文，我看不懂，所以我只是看看插畫。我後來請教你，你說那書裡的說法很古老了，查字典也查不到，很難翻譯。我還記得那幅畫呢，森林裡一輛水車轉動著，盛開著白色的花朵，還有紅色的鳥兒飛過……」女人說。

他聽了女人的話，忽然想起了大概十年前某一天的事情。他覺得很奇怪，那時的事情自己早都已經忘了，竟然會在現在又碰到那時的人。

「我之前忘了個精光，不過確有此事，現在我想起來了。」他說著，懷念著過去的事。

「我現在偶爾會來這裡。不過今天太晚了，我得回去了。正好車也來了，我就先告辭了。後會有期。」女人說著出了門。

時鐘指向了十二點半，大家都走了。他和陌生男子也走出了咖啡店。

「這咖啡店怎麼樣？感覺還不錯吧？」陌生男子問。

「挺安靜的，是個不錯的地方。我今晚久違地遇到了些似曾相識的人，不由得想起了很多過去的事。」他回答。

兩個人在朦朧的月色裡邊走邊聊。他們走到了一個十字路口，陌生男子說：「我就住在往前第二戶人家，有時間一定來玩呀。」

他正好要往前走，便目送陌生男子回家。陌生男子停在了一扇白色的大門前，慢慢走了進去。

他回到家便睡著了。

幾天以後，他又想起了之前陌生男子帶他去的那家咖啡店。他很想再去那家掛著綠窗簾的咖啡店看看。於是他一個人去了。雖然還是走的老路，但卻怎麼也找不到了。後來他又在鎮上上轉來轉去，找了那家店好幾次，都沒有找到。

「那陌生男子的家呢？」他又開始尋找那座有白色大門的房子，但也沒有找到。他站在十字路口數到第二戶人家，但卻根本沒有看到白色大門的房子。

他去問周圍的人，人們都說：「這附近根本沒有白色大門的房子。」

他把這件事講給家人和朋友們聽，每個人都笑話他，沒人相信，大家都說：「你是夢到什麼嗎？」

——原刊於《紅鳥》一九二五年（大正十四年）5月號

薔薇與巫女

《 1 》

門前有棵柿子樹，上面開著沒有光澤的白花。院裡還有一棵石榴樹，樹上開著令人不安的紅花。從那個時候起，母親開始生病了。

有個因發燒而頭髮脫落的女人行走在村子裡。路邊長滿了陰鬱的樹木，好像穿著僧人的那種黑衣服一樣。村裡有個石屋，這戶人家是給人做墓碑的，裡面住著個戴著頭巾的老太太。老太太今年已經八十歲了，她從別人那裡接下針線工工作，從早到晚都在縫製藏青平棉布的錢包。

他是個多少有點學問的人，因此並不迷信。即便迷信如青苔在腐舊的池沼裡正繁殖著的無頭無尾的黑蟲子一樣，在這個村子裡蔓延開來。他依舊不把這些放在心上。然而，有一天晚上他做了個夢，感到了從未有過的沉重與憂愁，心情很不好，便醒了過來。

在夢裡他來到了一片陌生的沙地上。月色朦朧，山丘蜿蜒起伏。

他迷路了。月光照在地平線上，雲朵擋住了去路，一動不動。他繼續向前走，月光照在灰色的沙地上，看不清高低。他好幾次摔倒在坑窪裡，但還是重新鼓起勇氣走了下去。路上圓形的沙丘連綿起伏，腳邊開著一朵朵褪色的花，十分虛幻。那些花既不是白色，也不是藍色，是一種淡黃色，讓人看了不由得感到疲倦。開著黃花的植物葉子點綴在沙地上，色澤也並不鮮豔。

葉子看起來呈模糊的淡墨色。他也不知道這是什麼花，只覺得是海邊開的某種花。

他在路上站了一會，想傾聽遠處傳來的波濤聲——可是什麼聲音也聽不到。也沒有人，更聽不到犬吠聲。

不知什麼時候那條羊腸小路消失了，他站在無路可走的沙地裡。隨便走吧，走到哪裡算哪裡，他心想。

《 2 》

突然，他聽到了清水湧出的聲音。他想，這沙地裡一定有清水。水聲不知從什麼地方傳來。仔細聽聽左邊，覺得好像是左邊傳來的。但往左邊走幾步，又感覺水聲好像是從右邊傳來的了。清水從地下湧出，水流把沙子沖起，冒出水泡，那聲音彷彿觸手可及。他又開始往右邊走。結果水聲又跑到了身後，而且聽起來越來越遠。

他覺得只要能找到清水湧出的地方，就能從那裡找到自己該走的路。應該有很多人從那裡汲水，自己肯定不是第一個。來往於那裡汲水的人們肯定會留下腳印，借著朦朧的白月光應該可以辨別出一條小路。

這時，雲朵遮住了月亮，沙地一下子變暗了。那遮住月亮的雲彩也染上了黑色和黃色，看起來月亮就像隱藏在了一隻黑鳥的翅膀下面。

沙地上刮起了風，寒冷而刺骨。他又怕又驚，已經顧不上選擇往哪個方向走。他在黑暗中跌了幾跤，還跪在了地上，最後突然跌下了山崖，瞬間後背直冒冷汗。他感到自己跌入了深深的山谷裡，但奇怪的是他並沒有受傷，只是倒在了沙地裡。

他就那樣倒在沙地裡，仰望著夜空。月亮像黑雲出來前一樣照耀著沙地。雖然還是那片沙地，但卻不見了山丘。平坦的沙地一望無際，讓人覺得像南方似的。雲縫很明亮，雲彩上面有許多厚重的黑線，像有濃墨流過一般。

眼前，一朵花抬起了頭，就像地平線那裡開出的花一樣。

他走了十來步，走到那朵花旁邊。那是一朵盛開在朦朧的月光下的黃色薔薇。

他就像剛才找水那樣焦渴地嗅著香氣。他把鼻子湊近花朵，卻嗅不到任何花香。

莫不是有誰把一朵人造花插在了這沙地裡？突然吹起了南風。夜空明亮，雲縫成了一條直線，十分可怕。這南風就像人類，或者說是與人類相似的、終有一死的某種生物吐出的氣息一樣溫潤。他突然覺得腦袋發沉，頭暈眼花，這時，眼前黃薔薇的花瓣一片片無聲地腐朽凋落，變得殘缺不全。

《 3 》

他無法忘卻那個夢。要說為什麼，因為母親不久就去世了。

從那時起，他開始琢磨那是不是「前兆」。之前他把世上一些奇怪的事當作迷信，但現在看起來不禁覺得是合情合理的事實了。後來，他終於不由得相信起靈魂不滅的說法來了。他從寺廟旁邊走過的時候，總是思考著什麼。夜裡一個人出門的時候，總覺得心裡籠罩著某種不安。睡覺的時候，他也開始猶豫枕頭是應該朝東還是朝西。每當遇到別人，他都會逼問人家知不知道什麼可怕的怪談。而別人說起一些怪事的時候，他經常會臉色發青，手足無措，好像窗外有誰在等著他似的，眼睛裡閃爍著詭異的光芒。

他的朋友們都開始說他得了神經病。

那年夏天終於快要過去了，這綠葉茂密的村子裡來了一名巫女。他雖然沒親眼見過這名巫女，但聽說她的眼睛又黑又大，褐色的頭髮彎彎曲曲的，臉頰發紅。而且，這村子裡也沒幾個人見過這名巫女。

夕陽下，孩子們在桑田裡玩耍。這時從遠處的小路走來一個黑色的人影，被夕陽染得通紅。那便是那名巫女了。巫女向孩子們打聽去鄰村的路。

正巧這時村裡一戶人家的女兒得了大病。家裡人知道她活不長了，都聚集到了她家。裡屋的屋簷上掛著綠葉，葉影暗淡。周圍一片寂靜，鴉雀無聲。屋裡臥病在床的女孩瘦弱無力，只露出了臉。她甚至已經沒有力氣睜大眼睛看看每個人了。她的意識也已經模糊，靈魂已經遠離現實世界，去向了那個虛幻的世界。

人們都一臉擔心，沉默不語，默默守護著這個即將孤獨離世的女孩。

巫女背上背著一個小箱子從村裡走過。女孩的姑姑看到了巫女，便把她帶到了家裡。這時女孩已經閉了眼，心跳似乎就要停止了。裡屋，女孩的母親在哭，妹妹在哭，親人們都在哭。她的枕邊燒著香，煙氣渲染著黃昏清冷的空氣。雖然沒有風，但蠟燭藍色的火焰看起來卻在搖來搖去。

窗外，透過青綠色的樹梢可以看到黃昏的橘色漸漸褪去。

巫女說要將死去的女孩喚回來，於是她坐在女孩枕邊唱起了咒語。巫女的表情變得很可怕，似乎能夠勾住人的魂魄，圍觀的人們都背過了臉去。那一瞬間，突然發生了地震，房屋開始搖晃。人們驚恐地瞪大了眼睛。只見死去的女孩深深吐出一口氣，然後睜開了緊閉的眼睛，從床上坐了起來，看著母親，想要說什麼。母親非常高興，抱住了女兒。

「啊，太好了，你回過氣來了！」她高興地看著女兒，痛哭起來。

母親的眼淚落在女兒瘦削的臉頰上。她睜大眼睛，十分親切地看著母親，又一次靜靜地閉上了眼。這一次，再怎麼在女孩耳邊呼喚她的名字，她也再沒有任何反應了。

︿ 4 ﹀

人們都被巫女的巫術震懾住了。還有人問她，這女孩死後會去哪裡。巫女說，人死後都一樣，都會獲得幸福。她還說，每個人將來都會去這個幸福的國度，因此現在沒必要知道太多。

女孩的母親說，這位創造奇跡的巫女一定是罕見的魔神派下凡間的使者，關於人的命運她都知道。有個人懷疑巫女的真假，便去了五十里開外南方的X鎮，當面問了問巫女。結果無論是他的過去、現在，還是將來，都被巫女說中了。這個巫女現在住在那個X鎮……

他也遇到了女孩的母親，聽她母親講了這事。而且她母親還勸他去X鎮見一見巫女。是去X鎮呢？還是怎麼辦呢？他很猶豫。人死以後，還有個可以稱之為國家的地方可以去嗎？靈魂是如何生活的呢？母親的死和那個噩夢有關係嗎……他有很多心靈層面的問題，這些問題都是觸手不可及的。

他最終還是決定要去X鎮。飛燕南歸的時候，他也踏上了前往南國的旅程。出發後不久，他向路人打聽X鎮。有人說還很遠，有人說從沒聽過這樣一個地方。他在一個小鎮上向一個老太太打聽，老太太收留了他。那天晚上，老太太跟他說了些X鎮的事。

這裡向南三十里地便是X鎮了。然後老太太還提到了巫女的事。那座鎮上過去有個大戶人家，家裡有個女兒，生來就能聽懂蛇、鳥的叫聲，還能算出人的生死命運。她家周圍有一座茂密的樹林，經常有藍色和紅色的鳥在樹枝上飛來飛去。而且這家人的女兒生下來就喜歡吃青蛙、蛇，家裡人都覺得這孩子不是個普通人，十分害怕，對外一直保守這個秘密。於是他們不讓這孩子隨便出去吃生蛇、生青蛙，可她還是會趁人不備跑進樹林裡，和小鳥說話，看著蛇發笑，把青蛙放在手心裡把玩，簡直就像一個瘋子。

這家人很怕外人說自家女兒的風言風語，而且因為家裡藏了太多秘密，他們也很怕去別人家。

於是，她家只有一個老頭日日夜夜站在那裡守著家門口。那是個聰明的老頭，充滿了智慧。他比這鎮上任何一個人都善於思考和解開難題。他經歷了歲月的歷練，已經有著豐富的閱歷，因此既堅忍不拔，又悟性很高。

老頭每天都死死地守護著大門。但他終究抵不過身體的衰老，有時候站在門口還會打瞌睡。不過，他絕不會讓一隻老鼠從眼皮底下溜進去。他就是這麼機敏。老人自己總說身體越虛弱，腦子就越靈光……他手裡還經常拿著一根粗棒子，但這棒子其實沒有任何用。他年輕時倒還有力氣揮動這根棒子，到了現在，他連揮動棒子的力氣都沒有了。對於一個老人來說，能拿著那樣一根棒子站在那都已經費了極大的力氣了。

他聽著老太太的介紹，回想起自己小時候聽過的傳說。那是個寓意奇怪的故事，大致內容和這個相仿。當然很多地方並不一樣，但他記得裡面也有個這樣的老人。他一邊回想著，一邊看著老太太。燈光下，老太太的白髮閃爍著銀光。老太太低下頭，微微閉上眼，繼續講那家人的故事。

有一天，這戶人家的女兒從家中逃了出去。那天夜裡暴風肆虐，下起了大雨，旁邊的樹林嗚嗚作響。暴雨洗刷著草木的葉子，大風粗暴地蹂躪著樹枝。天地間一片黑暗，彷彿化作了風雨草木的戰場。

在枝頭作窩的小鳥從睡夢中驚醒，鳥媽媽安慰著小寶寶，緊緊地抓著自己的鳥巢。鳥爸爸繞著鳥巢飛來飛去，慌張地叫著。樹林裡，上百隻小鳥沒有了去處，冒著風雨飛來飛去。這時，那個女孩拉開了防雨窗，縮起身子跳進了黑暗的庭院裡。

「小鳥呀，再喧鬧些！蓋住我的腳步聲！小鳥呀！小鳥呀！可別太大聲吵醒了我家裡人呀！」說著，她的身影就消失了。

那天夜裡看門的聰明老頭可沒走神，也沒有安心打瞌睡。他還是一如既往冷靜地看著大門，可他為什麼沒聽到女孩逃走的腳步聲呢？他一定是聽到了，但有可能當成小狗的腳步聲了，也有可能當成小鳥們嘈雜的振翅聲了。他大概認為那是小鳥們一時興起從森林跑出來，飛過家門口而已吧……

有人說那女孩後來周遊列國成了巫女，也有人說她被帶回家關在了禁閉室裡。無論哪種說法才是真的，總之X鎮上的那個大戶人家門口一定是有一個看門的老頭的，而且無論是誰都進不去那道藍色的大門。就算是再頑固的人，也會畏懼那老頭的智慧，沒人敢違背他的意思硬闖進去……老太太對他講道。

〈5〉

他終於在秋天快要結束時到了X鎮。潭水夢幻般地流淌著，旁邊是一座座白牆壁的房子。

流水落下山崖。白色房屋的空隙間透出淡藍色的夜空，星星像河流中的小石頭。白色的月光照射在瓦片和新做成的屋頂。

他走在這寧靜潔白的小鎮上，就像一隻無處可去的小狗。他徘徊著，那襤褸的身影映照在乾淨的白色大路上。他想，去那巫女家看看吧。

這天，他終於找到了那座舊房子。那房子位於一片離鎮上稍遠的高地上。在一個月色澄淨的夜晚，他來到了這座房子門前。

一打聽，那個看門的老頭已經死了。也不知道死了有多少年了，據說是有一天，老人倚著門，手緊緊地抓著橫梁，身體僵硬地死去了。現在看起來也沒人看門了，腐朽的灰色大門就那樣敞開著，照進了飄渺的藍色月光。院裡原本茂密的樹木也都掉光了葉子，只有樹林裡的常青樹還像魔鬼一樣陰森地佇立著。

起初向X鎮上的人打聽時，他們都會說你問的是「鬼宅」吧。那時他心想，這指的是那年輕的巫女吧。因為那巫女能製造些奇幻的事情，嚇到了別人。他很想見見那女子的尊容，很想被這樣的女子愛慕。在這好奇心的驅使下，他毫無意識地走進了那充滿秘密的大門。他心潮澎湃，他渴望與那黑色的眸子對視，渴望被那魔女抱住，渴望把臉埋在她捲曲的褐色長髮下，渴望觸碰她泛紅的臉頰和熾熱的嘴唇。

他心想，即使失去一百個普通人的愛，只要能被這位擁有超能力的惡魔所喜愛，自己在這世上就不再是孤獨的人了。

小路綿延著通向院子裡。大概已經很久沒人走過這條路了，看起來已經沒什麼腳印了。院裡雜草叢生，連路都快要被遮住了。

他借著月光，蹣跚地走在難以分辨的小路上。天地間一片寂靜，草木也屏住了呼吸。只見藍色的月光閃爍著，像雨水一樣落了下來。樹林在月光下，被渲染上了一層神秘的色彩。他走到了路的盡頭，那裡有一塊很大的基石，看起來是一座巨大的古建築的遺跡。在常青樹樹林的暗影裡還隱藏著一個古舊的池沼，水面只露出一半，月光照在上面，波光粼粼，透出了奇怪的光。

沒有鳥叫聲，也沒有風聲。昔日的建築也痕跡全無。以前住在這房子裡的人都去哪裡了？那個被關入禁閉室，羞於見人、美麗又神奇的女孩躲到哪裡去了？他大聲呼喊著，可除了樹林的回聲，並沒有人回答他。

現在，這個寂寥又寬敞的屋子裡早已不見那個站在鳥窩下和小鳥說話，把青蛙放在手掌裡把玩的女孩了。他坐在那塊基石上，靜靜地聽蟋蟀啼鳴，仔細環視著這昔日充滿秘密，現在卻已荒廢的庭院。

冬天臨近了，月光開始泛白。

《 6 》

他又回到了故鄉。漆黑的樹林佇立著，散發著陰氣。他坐在家裡，一言不發。有時，他會在墓碑右邊的小路上碰到那個病死了女兒的母親。女孩的母親便會問他巫女有沒有來。他沒勇氣說巫女已經死了。

女孩的母親說：「不，我覺得等到了夏天，她還會來村裡的。」說著便和他道別兩人一左一右地離去了。

他的朋友來看他，見他沉默不語，便和他聊了很多。

「還在琢磨你的夢呢？」他突然覺得朋友那肌肉鬆弛、張開著的嘴就像一個謎一樣。他晃著頭，不由得相信這並不是什麼實在的東西，只是夢的預示而已。同時，他又覺得難以置信口人們那些無形的、好聽的話，都只是故意撒的謊而已。從那以後，他一言不發，回憶著那些黑色的樹林、墓碑、石屋，還有老太太家周圍的情景，漫無目的地遊蕩著度日。

不久，天空飄下了白色的雪花。

——原刊於《早稻田文學》一九一一年（明治四十四年）3月號

幽靈船

那是一個溫暖的冬日。我因為工作太累了，而感到頭暈眼花。那感覺就像喝醉了酒一樣，無論看什麼，眼睛裡都無法呈現出清晰的影像。我總覺得能聽到堆在車上的小石頭落在地上的聲音，朝那邊看過去，只見五、六個人正在點火，冒出的青煙徐徐升上了陰霾的天空走了幾步，可以看到街角有掛著燈籠賣甜酒的小販，對面還有個做棺材的店，店門口擺有蓋著白布的楊桐樹和白蓮花。遠處傳來微弱的聲音那是一個身穿黑衣服的男子在咚咚地敲著釘子……這時，我覺得自己鬱悶得像要墜入地下，心情十分低落。

我走進了寺院，院裡意外地盛開著乳白色的櫻花，只是裡面一個人都沒有。天還沒黑，於是我又朝漆黑的海邊走去。我坐上了傳說中的幽靈船，聽見冰冷的波濤啪啪地拍打著船舷。船駛向了大海。雖然是夜裡，但也能看到一個沒穿衣服的男人，紮著頭，俯身盯著眼前三尺的地方，一言不發地搖著槳。潮濕的海風嘩嘩地吹著白帆，透過白帆上破裂的縫隙可以看到點點星輝，十分清冷。仔細一看那紅星……再往北走一點又看到它散發出了藍色的光。我被沖上了一個霧氣深重的無人島。

天放晴的時候，幽靈船早已不見了蹤影。我漫無目的地走在黑暗的海邊，圍著小島轉了整夜，但我沒有遇到任何一個人。偶爾可以見到一個矮個子老人，嘎吱嘎吱地把大桶裝上車，與我擦身而過，然後背影又寂寥地消失在我來的那條路上。我並不能看清他的身影，他只是低著頭，看起來衣衫襤褸。

不知什麼時候，我像被人按著頭站在了一個矮矮的門下，正望著這座破爛又有些瘆人的二層小樓。旁邊坐著一個白髮老太太，點著蠟燭，轉動著紡車紡紗。蠟燭漸漸融化變短……但老太太似乎對此一無所知。我心裡想，要是這燭火熄滅了怎麼辦……這樣想著，心裡擔心得不得了。我實在忍不下去了，衝了出來，跑進了山裡，迷了路。這好像是座石頭山，無論去這裡還是去那裡，迎面而來的都是岩石。抬起頭，可以看到石頭上的裂縫似乎快要崩裂開來，我想從那裡逃出去，尋找著路，腳下的黑暗中隱約閃現灰白色的星輝，光亮中有一條小河流向夢幻的國度。我順著這條河流來到了山的另一面。

遠處傳來了淒涼的歌聲，然後又傳來了像用丁字鎬鑿石頭的聲音。接著那歌聲又一次響起，叮、鏘、叮、鏘。我朝著聲音傳來的方向快步走去——我心想那裡似乎有人，他一定躲在了一個大坑裡。我抬起頭也看不到星星。我開始有些懷念之前藍色的星光了。不過比起星光，我還是更希望見到人。

我在一片漆黑中摸索著前進。突然我看到前面有火苗，地上躺著五六個瘦弱的男人。有一個人一邊唱著歌，一邊鑿著石頭。火苗竄起，把他的側臉照得一清二楚。我大約和他們隔著有二十間的距離。鑿石頭的男人目不斜視，倒在地上的男人們像死了一般一動不動。微微燃燒的火焰弱了下來，漸漸消失。

「坑道吹來的風異常寒冷，不知是不是漂來了幽靈船。好想在明日回到故鄉。」那男人唱著陰鬱淒涼的調子。

我覺得悲痛難忍，於是便折了回來。也沒有什麼目的地，就這樣走著，漸漸地發覺天也亮了，東邊的天空露出了淡紅色。看著那碧藍的波濤，感覺整個人都清醒了許多……我開始思考，我到底是要去哪裡呢……這到底是什麼島呢……

正在這時，從遠處的沙地那邊傳來了拉鋸的聲音——薄霧中，茂密的黑色樹影依稀可見——那下面還有小小的人影在移動。我立刻朝那個男人走去。

海天一色。碧藍的海面上，金黃色的朝陽衝破了灰色的雲霧，伴著清晨習習的海風，照得櫸樹閃閃發亮。天空像是還沒睡醒，銀白色的雲朵在色彩上顯得極富衝擊力，散落在各處，一動不動，讓人感到刺骨的寒意。遠處，一條寬闊的小河穿過沙地，流向大海，散發著白色的光芒。那裡有許多屋頂低矮、腐朽不堪的奇怪房屋，岩石山形成了一個港灣，在海裡凸出一塊。真奇怪，這莫不是昨晚見到的那個鑿石頭的男人站過的坑道吧……我坐在濕潤的沙灘上，伸展著疲憊的雙腳，全神貫注地看著那個鋸櫸木的青年。一開始我也沒說話——當然，那青年也沒注意到周圍有人——他彎腰俯身，一會盤腿坐著，一會又站起來，圍著那棵櫸樹轉來轉去，時不時地還用銼刀磨磨鋸齒，觀察著，思考著，又抬頭聽聽頭頂風吹過櫸樹葉的聲音。然後又坐在原地，認真地開始鋸樹……因此，他根本沒注意到我。

我看了看那青年的打扮，衣衫襤褸，又髒又破，頭髮長得垂到了額頭，臉色也被曬得黝黑，光腳穿著草鞋，吸著鼻涕，一言不發地鋸著樹。這個早上，陽光滿滿地照射著沙灘上的青年和我。仰起頭，天空已露出些許蔚藍。海面上的薔薇色不知何時被波濤渲染變淡，與地平線相接的地方閃爍著銀光，靠近海邊的地方翻滾著金色的波浪。頭頂傳來風吹過樹葉的沙沙聲不絕於耳……那青年不說話，這讓我有點惱火，我盯著他，樹木的線條凌亂，太陽光也越發陰沉……我又觀察著那青年的打扮，不禁有些失落。

「這個島到底叫什麼名字呢？」我突然發問。那青年也並無慌張，眼睛散發著奇異的光芒，慢慢看向這邊，手裡的動作並沒有停止。「我也不太清楚，大家都叫它無人島。」這時，天空中飛來不知名的鳥，在海面上啼叫著。「那，你也不是這島上的人吧？」我又反問道。那青年有點吃驚，吞吞吐吐地說了句「什麼嘛……」又像剛才一樣鋸木頭了。

「那，能給我講講這個島的來歷嗎？」我彎下腰，走到了青年身旁。

剛才海面上的海鳥這時又飛到了我們頭頂上，盤旋飛舞著，又飛到櫸樹樹頂啼叫著。可那個青年依舊認真鋸著木頭，絲毫不理我。一陣清晨潮濕的海風吹來，樹葉沙沙作響地顫抖著。

放眼望去，這廣闊的原野裡只有這麼一棵櫸樹。荒蕪廣袤又乾燥的沙丘毫無意義地蜿蜒向遠方，不用自己走，腳下的路就已經變得軟塌塌了。

因此我想，如果要離開這小島，能做成小船的恐怕只有這棵樹的樹頂了吧。大概在某年，附近的海上駛過的船只遇到海難，被沖到了這個小島的岸上，那些倖存的人們全都是聚集在這櫸樹下，度過了無數個日日夜夜吧。因此，那些人們在平靜的日子裡眺望著天空，看天空中掛著的紅日，懷念著雲彩的那邊；在星星晴朗的夜裡，便點起火，在附近蹲踞著，連滾帶爬，在這荒涼的孤島上度過漫漫長夜。要是遇到暴風雨的夜晚，海鳥淒慘地鳴叫，大雨滂沱，狂風吹動樹葉發出恐怖的聲響，這些流浪者怕是驚魂難定，兩三個在這裡，兩三個在那裡，抱在一起，站在那裡，看著那海水像黑墨一樣流動……

到了夏日美麗的傍晚，不知誰吹起了草笛，憂傷的笛聲回蕩在寂靜的原野裡，指引著許多銀白色的小山羊聚集到櫸樹下……

秋末初冬的時候，海面上巨浪肆虐，哀愁與憂傷凝結在一起，沙丘翻滾著、低垂著，與灰色的地平線相接。大風從遠處吹來，那邊還長著一兩顆枯草。還有蒼鷺從低沉的天空飛下來，在沉重的空氣中拍打翅膀，發出鈍拙的聲音，有時看看亂石，有時看看大海，也經常落在櫸樹上……

總之，想想這棵櫸樹悠久的歷史，它一定能遮風擋雨，讓蒼鷺棲息，用樹蔭庇佑流浪者，給放羊的牧童一片棲身之所。因此，我想這棵古樹一定是飽經風霜，被月光照耀，在這原野上孤獨地聳立了許多年吧。

青年再也沒朝這邊看過，專心致志地鋸著木頭……可是，令人不可思議的是，不論他怎麼鋸，那樹幹還是一點都沒被鋸斷……我不禁盯著鋸齒看了好一會……青年的額頭上冒出了汗。他拼命地鋸著樹幹。也許他從幾十年前就開始鋸了。然後他又認真地用銼刀修整著鋸齒，再開始鋸。可即便這樣，樹幹也沒有一點要被鋸斷的痕跡。我開始覺得有點害怕，這個男人要鋸木頭鋸到什麼時候呢？

冤魂！冤魂！這一定是什麼冤魂在作祟！這樣想著，我抬起頭，發現櫸樹的葉子也染上了一絲可怕的氣息。我忐忑不安，心裡琢磨著怎麼逃出去才能不被發現。然而，我意識到這些的時候，總覺得自己已經陷入了魔鬼的陷阱裡。因此我不能再有一刻猶豫了。

我趁青年不注意時站起了身儘量不讓自己被別人發覺。我漸漸抬腳打算離開，這時又傳來了哀傷的歌聲，嚇得我魂飛魄散。

「海面吹來的風異常寒冷不知是不是漂來了幽靈船。思故鄉，盼歸鄉……」

我什麼也顧不上了，一心一意地逃走。這時身後傳來了吧嗒吧嗒的腳步聲，一直跟著我。我朝著海邊拼命跑了過去，發現了那條幽靈船。我回想起昨晚的事情，只覺得毛骨悚然，心想這次絕不能上船，卻跳入了閃爍著微弱磷火的波濤間！剛跳進去，不知什麼時候又坐上了那條幽靈船……

自古以來，在這蒼茫大海中的無人島上，有許多遇到海難被沖上來的流浪者。他們中許多人的亡靈都像這樣，無法歸鄉，只能思念著故鄉的天空，期待著遠處漂來祖國的船隻……

——原刊於《新古文林》一九〇七年（明治四十年）1月號

昏暗的天空

1

《1》

天空中高聳著兩根黑煙囪，煙囪很粗，長滿了紅鏽，而且十分破舊，上面有很多洞。那煙囪就和船上的風窗似的——以前，「日清戰爭」[23]和「日露戰爭」[24]的時候，我見過有些船的風窗中彈，還見過一些日軍俘獲的敵軍戰艦的風窗，這煙囪破舊得就和那些風窗似的，從那縫隙都能看到藍天。這兩根煙囪相隔五、六間的距離，突出地聳立在用石油罐的白鐵皮修葺的平整屋頂上。

那間小屋也是間破房子，有些原本用作牆壁的亞鉛板也倒了。這裡常年受著海面上吹來的北風影響，因此屋子有些南傾。仔細一看，那煙囪四周圍還綁著金屬絲支撐著。這些金屬絲大概也是剛豎起煙囪時就綁上的，像線一樣細，其中還有一兩根是斷開的，每當海風吹過都會微微搖動。這是一個有十五、六間房的低矮大院。

在屋子旁的青田中，扔著幾個黑紅色的大桶。這附近全是一片綠色的田野，我看了

23. 日清戰爭：日本沿用名稱中國通稱「中日甲午戰爭」。
24. 日露戰爭：日俄戰爭。

一眼，意識到這一片是個石油井。遠處天空中還可以看到三、四個相連的樓塔。那邊的煙囪冒出黑煙，在田野上落下影子，隨風飄向遠方的小鎮。這樣看來，這裡一定是一個廢井。估計這小屋原本也是像這樣的樓塔，從那兩根破舊的粗煙囪裡不斷冒出黑煙，也像這樣在田野上落下影子，隨風飄向遠方的小鎮吧。大概是因為這裡不再出石油了，所以人們便捨棄了這座小屋，轉移到其他地方去了吧。

這大桶的環箍也腐朽了，再也裝不了石油了，因此也被人遺棄了吧。這景象看起來真是讓人掃興。

北方的天空湛藍而澄澈。遠處小鎮屋頂重疊，緊密相連。大概是因為其中有很多瓦房頂，所以看起來十分耀眼。紅色的旗子迎風飄動，還有白色的旗子在長竿上飄動。我想，那些大概是旅館招攬旅客用的。這個小鎮位於荒涼的海邊，正是因為這裡產石油，才促成了小鎮的誕生。北方澄澈的天空大概也和那片碧藍的大海有關。正是因為近海，這裡才會常年有猛烈的海風從北邊刮來。

《3》

透過煙囪的破洞可以看到北邊海面上湛藍的天空，天空中飄著潔白的雲彩。我看著田野中聳立著的那兩根又粗又黑的煙囪。

煤渣路上，車輪碾過留下的凹陷裡積滿了水，水窪裡無聲地倒映著天上的雲影。田野裡扔著幾個還沾著油漬的大桶，它們已經派不上任何用場了。我在大桶間走過，獨自回頭望著那兩根黑色的煙囪。它們突出地聳立在生銹的鐵皮屋頂上，經歷著風吹雨打。工廠冒著煙，我又朝那裡走去。

這時，我內心深處忽然感到哀愁。黑煙的影子緩緩地爬上泛黃的豆田，那影子不停地亂動著，我的目光也追隨著那影子，因而在那裡站了好一會。抬起頭，發現了兩根比剛才還要粗、還要高的黑煙囪聳立在我的頭頂——我覺得現在看到的，也許是剛才見到的那兩根煙囪的孩子——做父母的煙囪已經不行了，沒有用了，成了廢物。然而它們的孩子卻比父母更粗、更高，而且身上塗著油膩鮮豔的顏色，黑亮亮的，現在還在吐著濃烈的黑煙。煙囪下面的平房也很大，不過屋頂還是鐵皮修葺的。屋子旁邊擺著許多大黑桶，環箍都還十分堅固，沒有生銹發紅。旁邊還有兩、三間鐵皮屋頂的小屋，都在陽光下發出奪目的光芒。桶裡裝著黏糊糊的原油，桶邊還有一些像油漆一樣粘稠的液體滴下來。

一種青草的味道撲鼻而來，喉嚨也因此感到乾渴。我感到有一隻黑色的大手從頭頂按住了自己。不知那兩根又黑又粗的煙囪相隔幾尺，那空隙正好能容兩、三個人並排通過。這裡所有的工程都荒廢了。這種毫無生氣的地方，住著一群殺了人也無所謂的傢伙。

煙囪裡冒出徐徐黑煙。煙囪下放著一個從沒見過的桶，大概有五、六丈高，塗成青色，上面還掛著一架長長的梯子。那梯子是鐵做的，很窄，只夠一個人上下。在半空中梯子突然傾斜，和兩根長竹竿並行。

在這個工廠似乎能聽到地下的呼吸似的，讓人內心難以安寧。我很好奇，想進去看看。有個看似入口的地方，門口只豎著兩根木樁。我看了看裡面，沒看到任何工人。

《 4 》

太陽西下。工廠裡放著工人們用的丁字鎬和掘土用的工具，透過厚厚的大鐵門，可以看到紅色的火焰熊熊燃燒，每當有車經過，都能聽到機械的聲音，像是要把地面打穿。那聲音透過胸口，讓人不禁揣測起地下的秘密。

我不知不覺地走進了礦場。四周似乎都沒有人。我覺得十分不可思議，心想是不是有人在怒吼，忐忑不安地又繼續向裡走了兩、三步，但無論哪裡都不見一個人影。我想，那燃燒著火焰的地方一定有人。腳步聲十分可怕，我盡可能壓抑著，走到了鐵門附近，透過門縫向裡看去，只感到熱氣騰地撲面而來，其他什麼也沒看到。這令我覺得更加奇怪，於是我開始在四處邊走邊看，可還是沒見到一個人。而且這裡還堆著上萬個裝滿油的油罐，要是有小偷肯定很容易得手，可我又覺得這不像是個如此疏忽的礦場。於是我猜想，一定有人躲在哪裡偷偷看著我。如果我不做什麼壞事，只是進來隨便看看，大概他們就不會說什麼，但如果我做了什麼壞事，他們大概會立刻捉住我把我殺了。殺了？殺死！這裡的工人們一定做得出這種事。不過我來這裡的原因還是保密為好。這裡果然還是沒人，根本沒人呀！

這麼一看，這裡不就是個廢井嗎？不，不可能。那煙囪裡冒著黑煙，火還燒得那麼旺，機器還運轉著，不可能沒有人。大家一定是都出去了吧，可就算這樣也不可能沒有人留下看守啊。我已經想不明白到底是怎麼一回事了。

我對這一切感到不可思議，與其說我是在四處參觀，不如說我是在閒逛著找人。可我卻沒勇氣打開門走進去。如果我不知道屋裡有沒有人就開門進去，那一定會被當作賊的。因為如果那樣的話，就算被懷疑我也無可辯解。所以我只是在礦場裡這裡轉轉，那裡轉轉，一個人也見不到。

《 5 》

啊！這太奇怪了！不知什麼時候，我已經站在那個長梯子下了。這時我又抬起頭，仰視頭頂那兩根又黑又粗的煙囪。如果摸摸那煙囪，一定很燙吧。那裡面可燃燒著火苗，煙囪的鐵皮一定也被燒得燙手。然後，我又看向塗成青色的大桶，覺得裡面一定裝著什麼，好奇得不行。

我又開始在四周閒逛，但還是沒發現一個人影。我想爬上梯子看看——可如果被人發現了怎麼辦？不過我只是隨便看看，如果解釋一下應該沒事的吧。就爬個梯子看一看，應該花不了十分鐘的吧。我想應該不會被人發現的。

這樣想著，我更加想爬上梯子看看桶裡有什麼了。於是，我眼前清晰地浮現出自己像隻猴子似的，飛快地跑過去，爬上梯子，看看桶裡，然後又飛快地跑下來的樣子。

我又向四周看看，確認有沒有人。果然還是一個人也沒有。我這時想，如果有人躲在什麼地方正觀察著我，那他看到我爬上梯子一定會生氣的。於是我故意把腳放在梯子上，假裝要爬梯子，試了好幾次也沒有人過來說我，也沒有人生氣。

我突然下定決心爬上去看看。我試著爬幾步，不知不覺就爬了五、六步。我心想「都爬到這裡了，就上去看看吧」，這種冒險的念頭在內心萌動，最終促使我爬了上去。之前還妄想著像猴子一樣飛快地爬上去，但實際爬起來卻全然不是那麼回事。梯子很窄，連兩隻腳並起來站著都困難，而且坡度很急。又加上鐵邊很硬，磕得手痛。我越爬越高，漸漸地頭暈目眩起來。

︿ 6 ﹀

我已經沒有向下看的勇氣了。每往上爬一點，都覺得梯子在搖晃。爬了一大半的時候，忽然擔心會不會有人在下面看著，於是低頭往下看，頓時覺得自己在幾十尺的高空搖搖欲墜，頭暈眼花，什麼都看不清。就算我現在後悔也來不及了。我抬頭向上看看，離桶邊還有十個二十個台階……

終於，能看到桶另一面的邊緣了。這是個比我想像中大很多倍的桶，我懷疑它直徑得有十尺長……我又爬了一階，現在又可以看到更多桶另一邊的邊緣了。桶的正中間架著一塊很窄的鐵板，鐵板的一端在這邊露了出來，仔細一看，因為只露出來兩左右，所以從下往上看的時候並不能看到，看起來大約有兩、三寸那麼厚。

我擔心如果有人從下面追上來，我就只能踏過這鐵板逃跑了。我又爬了一階，這時桶對面的邊緣已經可以看見十分之三了。越往上爬，我越能嗅到一股石油味。再往上爬，那氣味強烈得已經快讓我窒息了。終於爬到手能夠到桶的位置，往裡一看，裡面都是漆黑的石油，離鐵板只有五、六寸，十分澄淨。那感覺就好像站在幾千尋[25]的深淵邊。我既吃驚，又害怕，在石油味的刺激下背過了臉。小鎮和沙丘都在眼底，左手邊可以俯視到碧藍的日本海，似乎海浪就在腳邊一樣。我又看了看工廠，工廠的屋頂又低又平，一片白色。從這梯子的中間開始就霧濛濛的，下面變得模模糊糊看不清了，工廠也消失在了煙霧中。

我開始驚異於自己竟爬上了幾十尺的地方，朝右邊看看，那兩根又高又粗的黑煙囪依舊聳立在那裡。我感到自己被這兩根煙囪壓迫著。

這時下面不時傳來叫聲——我覺得那大概是因為海風呼嘯，又加上石油味道刺鼻，讓我變得焦慮不安，頭暈眼花，開始幻聽了。

但我隱約聽到「呀——」的聲音。我急忙抓緊梯子——離爬到頂還有大概三、四個臺階——我很害怕，低頭看下去，黑乎乎的似乎有個人影。那個人影漸漸爬了上來。

糟了！我在心裡大叫。但我卻全身僵硬，動彈不得，最後也顧不上思考什麼了。

我忐忑不安。爬上來的人影黑黑的，小小的，像個豆子似的，還看不清臉，可我眼前已經清晰地浮現出了那個人的樣子：他臉色土黑，眼神銳利，眼皮發紅，嘴大唇厚，露著黃色的齙牙，頭髮像鳥窩一樣，穿著髒襯衣、黑褲子，粗壯的臂膀抄著一根鐵棒，冷笑著盯著我。

25. 尋：長度單位，中國周代為8尺，日本為6尺（約1.8m）。

正在那時，我朝海面看去，通紅的夕陽散發出不安的色彩，預示著不祥，就像燃燒的炸彈重重落下一般，深深地跌入了蒼茫的日本海！

我想我一定會被殺掉。

——原刊於《早稻田文學》一九〇八年（明治四十一年）10月號

被抓之人

故事發生在大山的深處。周圍群山聳立。在山谷底部，三名舉止詭異的男子押著一個男子，將其雙手綁位，按坐在一片荒草地上，意欲將其殺害。三名歹徒目露凶光，被按坐在草地上的男子身形瘦削，衣著骯髒破舊，鬍鬚和頭髮都很長。這些歹徒是強盜被抓的男子看上去似乎是一名獵人。深山中溪邊的風冰涼徹骨。

此時正值秋季，岩石間樹木的葉子如滴血般紅豔，一條白色的溪流淌過這昏暗的谷底。舉目望去，四面高山的山巔光禿禿的，一片赤紅色與黃昏的秋日相映成趣，但谷底卻被陰影籠罩，充滿濕氣。恐怕日光一整天都不會照到谷底。

三個強盜目露凶光，正準備殺害男子。被抓的男子面如土色，眼睛一直死死盯著地面。

這裡沒有絲毫文明的痕跡，更不在員警的管轄範圍之內。在這昏暗的深山裡，正上演著不為人知的秘密。這裡彷彿與世隔絕。一名歹徒身穿褐色襯衫，另外兩名身上裹著類似西裝的黑色服裝，他們腰裡別著的鋒利砍刀閃閃發光。而被抓的獵人手無寸鐵，而且雙手被綁在身後，但是顯然被抓時他做了頑強的抵抗，折斷的獵槍被扔在一旁的地土。兩名歹徒搬來了兩個黑色的圓桶。這是用來做什麼的呢？是用來裝獵人的血？還是裝砍下的首級？旁邊還有一個大箱子，是用來裝屍體嗎？

歹徒的目的似乎不在劫財。那麼，他們的目的是什麼？他們肯定是要抽出其肝膽，敲碎其骨頭，用血來做什麼東西——用人的新鮮血液、生膽和骨頭做藥什麼的。旁邊有很大一塊地，堆了一堆土，是生火的地方。其中一人走過去開始生火，冒起了縷縷青煙。遠處可看見黑色的屋頂，似乎有小屋在那邊。這裡的小屋是用山漆草堆成，黑土和砂石砌造的。

山谷中紅色的山漆樹十分茂盛。生火產生的青煙拖得很長，沉到深深的山谷之中。一名歹徒抱著胸，站在被抓的人面前。他們一直沒有交談。生火的歹徒不停折著乾枯的小樹枝和綠色的松樹葉，投到大土灶下的火中。穿褐色襯衫的歹徒走向小屋，拿出一輛大板斧。那板斧的刃被黑色的破布層層包住，破布上似乎拈著血跡——大山深處也不知有多少人在這斧下送了命。這樣看來，被捉住的人面前放著的桶上，那些黑紅色的地方也一定是被人血所染成的。被捉住的男人一直低著頭，盯著一個地方。斧子撲通一聲砍了下來，他抬起臉望著那斧子，臉上一片慘白，沒有血色。然後很快又低下頭，盯著自己的膝蓋——他大概也知道自己的死期快到了吧。但他並沒有落淚。一個歹徒一腳踢開扔在地面上的斷槍，拿斧子的歹徒走過來把斧子用力一擱，又朝小屋走去。一直站在被捉住的人面前的那個歹徒，就是剛才抱著胸，用腳踢開斷槍的那個，他個子最高，面目猙獰，眼露凶光。穿著黑衣服的歹徒開始時不時地在附近走來走去，似乎十分焦慮。

但他只是表現在舉止上，嘴上卻什麼都不說——天快黑了，不早了，快動手吧。他催促著，開始動手了。

山間白色的溪流潺潺流動。附近的山石、砂礫一片寂靜，茂密的樹木緊緊包圍著這裡。太陽快要落山了，抬頭一看，眼前高山聳立，光禿禿的山頂被夕陽的餘暉照得發紅，但那光亮也在漸漸減弱。剛才回小屋的那個穿褐色襯衣的歹徒拿來了一大塊磨刀石。他朝這邊走來，面前是那兩個大桶。這時，那個點火的歹徒已經點上了火，於是他便拿起其中一個桶到溪邊去打水。很快他便把打好水的桶放在磨刀石旁邊，剛才去屋裡的那個男人蹲下來開始磨斧子的斧刃。但這些人還是沒有交談過。

他們所有的行動都是在沉默中進行的。那個穿黑衣服的高個子男人看起來像是他們中的隊長，他在一塊後面垂著紅葉的石頭上坐下來，看著這邊。剛才那個先點火，又去溪邊打水的男人正站在磨斧子的男人旁邊。他的面容有些不協調，看起來呆呆的，鼻樑很寬，但臂膀粗壯，看起來結實有力。現在正在磨斧子的那個男人個子不高，身材較瘦，鼻子尖尖的，看起來很陰險。這三個人都眼放凶光，一直提防著周圍的一切，眼珠子瞪得要飛出來了。他們的臉上都積滿了污垢，又加上日曬，黑得發亮，成了鉛灰色。只有那個穿著黑衣服、樣子像是隊長的人頭上戴了頂破舊的呢絨帽，穿褐色衣服的和那個寬鼻樑、穿黑衣服的人都沒戴帽子。三個人還是一言不發，只聽見呼哧呼哧磨斧子的聲音。三個人都盯著磨刀石和斧子，精力也都集中在磨刀石上。

而在後面的土地上，那個被捉住的人坐在濕漉漉的草席上，雙手被綁著，看起來無依無靠，十分淒涼。就算他沒有被鏈子綁住，就算三個歹徒都沒有注意他這邊，他也難以逃脫。四面都是峻峭無比的山崖，想要爬山逃生極其困難。此時如果沒有別人趕來救助，他必定在劫難逃。這個男子從被抓住到被押到這裡，其間想必經過了許多險峻之處——普通人肯定不會來這裡——當時三個歹徒將這個男子生拉硬拽，在身後趕著他走，費盡力氣，在走不動的時候，歹徒們罵罵咧咧，終於馱著行李來到了這裡——這個男子在此時此地，恐怕又會這麼想：家裡的人不會想到，現在自己竟在這樣的深山裡，被歹徒威脅著性命——雖然之前聽說過這山裡住著歹徒，但誰都沒有當真。還有一個傳言說，這些歹徒榨乾活人的鮮血，用來印染布料，拿到海上去賣。他們還將活人的腦漿和敲碎的骨頭用來做藥丸，生膽直接用來賣——這些藥都是銷往遠方的。雖然聽說過這些事情，卻沒想到原來確有其事。

這個男子出獵的時候弄錯了路，誤入這深山裡，連續兩天都枕著樹根睡覺，直到今天凌晨被這些歹徒抓住，這經歷簡直如同做夢一般。

從被抓的人頭上能反映出許多他被抓之時的樣子。霍霍的磨刀聲傳入耳中，打破了這個年輕人的幻想。

在這悲哀的聲音裡，磨刀的歹徒唱起歌來，歌聲在寂靜的山谷裡迴響。

「大海閃著光。血染的船帆，本應是黃色。明月已升起。」

這首歌在世間無法聽到，但對人們來說，這聲音或許在哪裡聽到過。這聲音能在村裡聽到，在海上聽到，在山中聽到。被抓的男子被困在這深山裡，這裡位於員警的權力範圍之外，不為人知。他聽到這旋律，不知不覺想念起自己居住的村莊。但他也只能想想，不可能再回去了。如果這歌聲停下來，他與這個世界唯一的一絲聯繫也將終止。因此雖然歹徒令人憎惡，男子聽到歌聲還是淚眼朦朧。於是他抬起頭，眼神憂傷地向前望去，那歹徒正磨著斧子繼續唱著歌。

坐在岩石上的呢絨帽呆呆地望著山谷的對岸。只見石頭東倒西歪，樹木的葉子都已變紅。在磨斧子之前，寬鼻梁歹徒饒有興致地看了看斧子淩厲的反光——傍晚的冷氣浸透肌膚，鼻子呼出的氣息凝成白色的霧。此時，這三個人似乎都被歌聲吸引了。矮個子歹徒仍然唱著歌。

「比冬天的寒霜更刺骨，那是在利刃上凝結的月光。碰一下感覺手會掉下來一般，既無顏色也無味道。」這部分歌聲纖細而帶有哀傷的情緒，使人感覺歌聲就要結束，但接下來又是一段帶有無力感而飽含深情的段子。

歹徒唱到「人生懸在刀刃上」。那裡不僅僅是月光，也是他們人生的歸宿。三個歹徒唱這種歌，暗中想必也會禁不住想要流淚。但哪怕是能催他們流淚，要讓他們放走好不容易抓住的人卻是萬萬不能的。被抓的男子越發感到悲傷，想著自己短暫的一生。

樹葉紛紛揚揚落得到處都是。青煙覆蓋了溪流的上空，能望見黑色屋頂的小屋也在黃昏中漸漸模糊起來。太陽不知不覺就要落下，天空呈一片深藍色。映照在光禿禿的山上的夕陽將要落下，星光開始閃爍。從險峻的山谷中能仰望到廣闊的天空，而在其無限深遠的蒼穹，有命運通行的洞穴。那看上去既像星星，又像天上綻開的花朵。這可能是天神在藍色的背景下點燃了蠟燭，來俯視人間的樣子。

終於到了要被殺死的時候。深藍的天空中星光閃爍，帶著破呢絨帽的歹徒從岩石上站起身來，磨亮的斧子上映著星星的光輝，寬鼻樑的歹徒打開了裝屍體的箱子，將兩個用來裝血的桶放到了被抓男子的面前。遠處的角落，大土灶下的赤色火焰正在微微燃燒。三個人用難懂的手勢比劃著什麼，呢絨帽隊長從矮個子手中接過斧子，一下繞到被抓之人的身後……

天空漸漸變暗，深山中的火光越發亮起來。在火光的周圍，明顯有三個黑色的影子在動。但不久後火光漸漸減弱，赤紅色的火焰變成了黃色，黃色又變得發白。

「哈哈哈」一陣毛骨悚然的笑聲穿刺這個夜晚，天上的星星似乎也輕輕抖了一下。然後再次陷入了沉默之中，能聽到鼓中溪流那「嘩嘩嘩」的寂寞聲響。寒冷的溪風吹過，火光消失了。時不時傳來樹枝碰撞的聲音，紅色的火星隨之四散。

——原刊於《文章世界》一九〇八年（明治四十一年）11月號

森林暗夜

《 1 》

一個女人獨自坐在屋裡做著手邊的工作。一根細得快斷的鐵絲上，掛著一個像爛掉的眼睛一樣的紅色的燈。屋子周圍是一片森林。夜幕漸漸降臨。

森林裡住著黑色的鳥，那些鳥經常停在枯樹的枝頭，還有一些白毛的小野獸在草叢裡奔跑。那所謂的枯樹是多年前被雷擊死的一棵樹，樹冠裂成兩半，樹皮全都脫落，被陽光照得發白。枯樹旁邊矗立著一排排蔥鬱的大樹。可因為這棵枯樹，森林裡出現了斷層，透過枯樹能看到藍色的天空。

一隻白色的野獸從圓形的草叢裡跳出來，又跳到另一片草叢裡。走過去一看，倒在平地上的草有些地方豎了起來。耀眼奪目的朝陽照在草叢的綠葉上，照在平地上，也流淌在青草上。

從森林裡升起的太陽，最後又會落到森林裡，就像沉重的鐵球被燒得通紅，掉到地上一樣。牆壁之外，森林一片寂靜。陰暗而可怕的黑夜腐蝕著、毀滅著所有的顏色。夜幕低垂，與森林的樹頂相接。

女人還是低頭幹著活。

「晚上好！」

女人停下了於手裡的工作，抬起了頭。三面都是牆，只有東邊是一扇緊閉的破隔扇門。就像用鑿子在大地表面挖了一塊似的，隔扇門上露出了些許夜色。

女人又低下頭幹活。那盞像爛眼睛一樣的紅燈吸著油，發出滋滋的響聲。

《 2 》

架子的角落裡佈滿了灰塵，上面擺著白色的素陶器，也不知道是什麼時候放上去的。陶器沉默著，似乎證明著自己早已置身流逝的時光之外。那毫無生機的白色散發著之前被人用過的氣息。

女人的頭髮褪成紅褐色，正對著東邊的隔扇門坐著工作。

「晚上好。」傳來一個無力的乞求聲。女人放下手邊事，豎起了耳朵。她看著牆壁的方向，一臉茫然。那牆壁一面塗成了黃色，另兩面塗成了灰色。女人站起來，打開了破隔扇門。眼前星光閃亮，清晰、分明得能數出來，就好像在一塊黑幕布上鋪滿了金紙紮成的花一樣。黑暗的森林裡連一絲風都沒有。

「晚上好，請允許我借住。」一個男人站在她面前。

那爛眼睛一樣的紅色的燈影掠過女人淡紫色的厚嘴唇，又拂過男人毛毛蟲一樣的粗眉毛。女人又面對著東邊繼續忙碌起來。那三面黃色和灰色的牆，因為這個陌生男人的到來，在那裡不知所措地瞪大了眼睛。那盞油燈發出了更大的聲音，滋滋地急速吸著燈油。就這樣，天亮了。至今沒發生過什麼大事的小屋裡，今晚燈影也依舊閃爍著，只有那個白色的陶器還在思索著，自己到底是什麼時候被放在架子上的？

除此之外，屋子裡、森林裡，沒有發生任何事情。晨光愉悅地透過破隔扇照進屋子裡，森林的頂端被朝陽染成了美麗的紅色。

〈〈 3 〉〉

第二天晚上，女人還是一如既往地面對著東邊工作著。朦朧的月光照進屋裡，森林裡夜風吹動，傳來細微的聲音，還有小鳥找窩的啼叫聲。那女人總是低著頭幹活，絲毫注意不到這些。這天晚上，她第一次停下手裡的事，側耳傾聽。

她從樹葉摩擦的聲音裡聽到了從未聽過的安祥。為什麼樹能發出如此美妙的聲音呢？月光鑽過茂密的樹葉，從縫隙深深射下。夜風緊跟其後吹了進來，在新鮮的葉片裡追逐、翻滾、肆虐，從葉子深處鑽到左邊，又鑽到右邊。還有風吹透森林，掠過灑滿青白色月光的田野，不知去向何方。那風聲聽起來就好像索吻的呼喚。

女人望著月亮陷入了空想。泛著青的月光從隔扇的破洞射進來，照在架子上的白陶器上。到底是誰，什麼時候在這裡放了個陶器呢？陶器不會說話，只是一身青白地沉默著。

女人又慌忙開始幹活。風聲、森林的低語、小鳥找窩的啼叫聲。月亮越發明亮。女人聽到了遠處的流水聲，那是泉水湧出的聲音，是月下擊碎白花花的銀子，分開碧綠的草叢奔流的水聲。女人從沒在這森林裡發現過水流，她仔細聽著這水流聲。她的心也和水聲化為一體，乘著這水流，穿過了長滿紅花、白花的陰暗處，來到了森林裡。那感覺就像一個遙遠的夢，漫無目的地流淌著，高塔、紅磚房、明亮的大海……這些都浮現在了眼前。女人坐不住了，站了起來。她打開了隔扇門，月亮清冷明亮，像鐮刀一樣掛在枯樹枝頭。終於，月光透過樹葉傾斜地照在地平線上。

今天女人甚至還沒工作到平日的一半。月色漸暗，紅色的燈光又一次籠罩著昏暗的小屋。她又像昨天一樣，對著東邊，低下頭繼續忙了起來。

周圍一片寂靜。森林上空暗夜低垂，小鳥也躲在黑夜的翅膀下睡去了。

「晚上好。」女人停了工作，抬起了頭。

屋裡像被一張黑幕籠罩著。星星像用金紙紮成的花一樣掛在黑幕上，清晰分明得能數出來。森林安靜地在黑暗中顯現出來，那裡並沒有熟悉的人影。

《 4 》

第二天，女人走進森林，想尋找昨晚聽到的泉水聲。

樹葉茂密，把樹下的青草染得更綠了。

樹葉的顏色映在女人臉上、衣服上，一切都變成了綠色。

她坐在夢幻般輕柔的草地上，側耳傾聽。她聽到了微弱的風聲，看到了樹葉隨風舞動，閃閃發亮。葉子摩擦在一起，奏出愉悅的旋律。

自從那男人到來以後，女人覺得發生了很多奇怪的事。她聽到了從沒聽過的泉水聲，又莫名其妙地看到了風的顏色。

這時，傳來了鳥拍打翅膀的聲音，十分陌生。回過頭一看，有兩隻大鳥，紅色的羽毛裡摻雜著紫色，正在高高的樹上做窩。鳥窩呈黑色，有些地方還帶著點灰色的光亮，掛在樹枝間。鳥窩裡還有些像女人蓬亂的黑髮似的東西垂在半空中，就好像海面上漂著的海藻碎屑。她看到這些黑色的毛髮，心想，這些鳥是從哪裡叼來這些毛髮的呢？

在這森林深處，是不是有被遺棄的女屍？屍體的肉都腐爛了，臉、眼、鼻子也都腐爛了，走形了，散發出惡臭。這些紅紫羽毛的鳥是不是飛到女屍那裡，從她腐爛的頭上叼來的這些頭髮？這森林裡什麼地方有女人死了嗎？

她又想起了造訪的那個男人。那個男人一定脅迫了其他女人，侮辱她們，然後殺了她們拋屍吧。這樣說來，身邊大薊花開得那麼豔麗，那顏色正好和那男人嘴唇的顏色差不多呢。

女人摘下大薊花，熱情地親吻著。她的嘴唇更加發紫，就像成熟的扁桃。她盯著那朵大薊花，大聲地笑著。

這時，做窩的鳥也發出了奇怪的啼叫聲。這種鳥的尾巴長長地垂下來，似乎快垂到頭上了。張開的雙翼呈柔和的紅色，光澤亮麗，映著綠葉的光亮。它長長的脖子彎成S形，仰望著天空，聲嘶力竭地啼叫著。女人聽到鳥叫時，自己的肚子也與那鳥兒一起發出了奇怪的聲音。

《 5 》

「晚上好。」

……好想再聽一次這聲音。女人陷入了思念，不能自拔。第二天，她又見到了那種鳥築著巢窩，又聽到了那奇怪的啼叫聲。

她的肚子也和那種鳥一起，發出了奇怪的聲音。綠葉互相摩擦、糅合，又加上紫花刺激性的香味，遠望著水流，渴望著陽光下清澈、閃爍、奏著美妙旋律的水流。嘴唇發紫的女人也渴望著這水流，她已經忍不住撥開茂密的森林，走了進去。強烈的陽光照射在綠葉上，踏在草地上，使人感到周身悶熱，像在蒸籠裡一樣。閃爍在綠葉上的陽光和暖風令人頭暈目眩，白色和紫色的花也在陽光下閃耀著刺眼的光芒。

這天，女人走進森林，又看到了那奇怪的鳥，它兩只光亮的大翅膀纏在一起，正在做窩，樣子十分疲憊。彎彎的脖子也繞在一起，長尾巴則像旗子一樣迎風翻動。有的眼神銳利，十分異樣，有的則眼神柔和。正在下面精疲力竭地抓著樹枝，眼神柔和的那隻鳥大概是雌鳥。雄鳥正在窩下仰著頭，正往窩裡塞著什麼，那東西像海藻，又像女人頭髮似的隨風飄動。雄鳥把它分了兩半，掛在樹枝上。不知為什麼，鳥兒並沒有把它原樣叼起來，而是任憑剩下的那一半在風中飄蕩。

天幕渾圓，悠然低垂，也不知道有多深。南北的天空有的呈淡綠色，有的呈淡藍色。白雲輕柔，像海鳥胸口的羽毛般飄在天空中。做窩的鳥兒發出尖銳的啼叫聲，女人的肚子也回應著那鳥，發出尖銳的聲音。

女人突然感覺到刺骨的疼痛，全身打顫。

她摘下了枝頭綠色的新芽，目不轉睛地看著，眼裡充滿了淚水。

〈 6 〉

秋天來了，之前那發出奇怪叫聲、羽毛紅紫色混合的鳥也不知飛到哪裡去了。它們的幼鳥也和父母一起，朝開滿紅花的溫暖的南國飛去。樹葉的顏色漸漸泛黃。之前鳥窩垂下的像頭髮一樣的黑色毛髮依舊掛在湛藍澄澈的天空下，隨風飄動。每來一場秋雨，黃葉都會飄落。其中一些黃葉葉莖比較長，腐爛得發黑，就好像脫落的頭髮，從枝頭緩緩落下。

那被雷劈開的枯樹也被夕陽染成紅色。秋風悲鳴，秋雨催人淚下。不知什麼時候，天空下起了雪。夜裡還會傳來白色野獸的叫聲。黑色的鳥盤旋在陰沉的天空下，從這個樹林飛到那個樹林，時而落在白雪上，時而落在樹枝上。

冬天終於過去了。女人還是面對著東邊，低著頭忙著。那隔扇就好像被人用鑿子鑿掉了皮，從裡面露出黑暗的大地，看起來十分淒涼。

不知什麼時候，森林又變得鬱鬱蔥蔥了。黑夜的雙翼漸漸落下，和森林黑色的樹頂相接，啼唱的小鳥也躲進夜幕黑色的翅膀下睡去了。

紅色的油燈像爛掉的眼睛，下面坐著的女人不再是一個人了。她背著一個小嬰兒，那孩子正睡得香甜。無精打采的燈光無法照到孩子身上。

孩子很瘦，嘴巴尖尖的，每次一呼吸，身上的骨頭都會突出來，又收回去。他的眼睛很大，像鑲嵌著的碟子似的，快要瞪出來了。他只有幾十根頭髮，都長在一起，少得能數出來。他大張著嘴，彷彿這世界的空氣很堅硬，使得他呼吸困難。與身子相比，他的頭顯得很碩大，被女人背在背上。

《7》

他弱小的身體被一根黑色的繩子綁住，繩子捆在他母親的身上。每當呼吸的時候，他瘦弱的身體就一起一伏，微微抽動。

女人還是一言不發地低著頭。從後面看，她那紅褐色的頭髮映在燈光裡，反射著微弱的光亮。燈光還照到了她紫色的嘴唇，那嘴唇已經不像過去那麼厚了。她目光銳利，臉頰凹了進去。之前那種奇怪的鳥兒中的雄鳥，也會露出這樣兇狠的目光。她紫色的嘴唇就像凋零的花朵，凹進去的雙頰不禁令人想起秋天的黃色。這女人現在就只有眼睛還在工作，只有眼睛還活著。

夜深了，刮起了風，依舊還是和這女人毫無關係。也聽不到泉水的聲音了。女人豎起耳朵，聚精會神地聽著，然後又嘲笑著自然的所作所為。

女人坐在窗前，窗外青桐樹葉沙沙作響，像是在互相擊打著又黑又大的手掌，讚美這夜的黑暗。森林的腐物中繁殖出的上萬隻蚊子也開始和著這掌聲合奏。一群蚊子聚集在青桐樹間歌唱：「我們要吸血，我們要吸血，我們嗅到了野獸的味道。我們要附在肉上，肚子紅通通，吸血吸得讓它腫起來，好像紅色的酸漿果。」……另一群蚊子聚集在青桐樹下部的樹枝，每當有風吹來，樹葉顫動時，它們就抱成一團，像個球體一樣滾到這裡，又滾到那裡。它們歌唱道：「微熱的晚上，紫紅的夜。世界上每個人都與血色相關。夜的世界就像一塊生出紅鏽的平平的鐵板，這顏色就好像因斷頭臺的血而生銹的鐵的顏色。我們要來一頓殘忍的大餐……我們要讚美這夜色。」

當天空完全暗下來的時候，它們就分開了。有的想吸森林裡野獸的血，便潛伏在綠葉下，飛進了森林裡。另一群則鑽進了隔扇的破洞，想要吸那對瘦弱的母子的血。

那紅色的油燈無法看到這些小小的入侵者。那些黃色、灰色的牆壁已經疲憊，滿是漠然，變成了這些入侵者休憩、落腳的地方。蚊子貼在灰色的牆壁上，肚子鼓鼓的，裡面的血都快要滴下來了。這些牆壁已經沒有了威懾力，任憑自己被蚊子吸的血弄髒。

這些小小的入侵者圍著女人身邊飛來飛去。女人不得不幹活，蚊子就隔著她薄薄的衣服吸她的血。還有很多蚊子落在孩子瘦削的雙腳上，黑壓壓一片。它們競爭著，想要把這弱小孩子的血吸乾。

疲憊的孩子從困倦中醒來，像著火了似的哭了起來。但他被那條黑色的繩子綁得緊緊的，雙腳根本動彈不得。饑餓的蚊子一刻不停地吸著血。孩子想要掙扎，卻無濟於事。眨眼的工夫，他那瘦削的雙腳已經被這些來自草叢的入侵者們那蓄謀已久的毒針刺得發腫發紫。可它們那尖銳的嘴還是扒開孩子的肉，不斷刺向深處。

孩子像著火了似的哭了起來。那聲音有氣無力的，因為他又餓，又生著病，所以漸漸地，連聲音也弱了下來。

女人還是低著頭。因為孩子的哭聲和蚊子的襲擊，她的眼神變得更加銳利。憤怒、仇恨、憎惡，都化作了閃爍的火光。她揚起手，打了一下孩子生病的腦袋。

孩子的眼睛柔和卻沒有靈氣，睜得大大的。清晨的太陽冉冉升起，孩子躲避著陽光。他太過體弱，就連白天的日光都害怕。白天的恐懼之後，緊接著又是黑夜的恐懼。

這孩子既不能在白天也不能在夜裡成長。尤其是到了深夜，越是黑暗，他的眼睛越無法忍受外界強光的刺激。不過，他還是感到饑餓難忍。他央求女人餵他母乳。

「真麻煩，還得照顧你。」女人說著，依舊低著頭。孩子身上又黑又細又緊的繩子一刻也沒有鬆開過。孩子還不會說話，只有靠哭泣表達他的饑餓，不過這只是白費力氣。他越哭越餓，而且哭著哭著嗓子也啞了。他有病，頭很大，和身體不成比例。他茫然地睜著柔弱的雙眼，連眨都不眨一下。有時哭累了，他就盯著架子上的白陶器看，然後淡淡地微笑。

孩子被緊緊地綁在女人身上，他伸出手想要去抓陶器。每當這時候，女人總會覺得他礙事而打他的手。

最終，孩子死了。臨死前，他也沒能抓到那個陶器。出生後才不到一年，這個孩子就離開了人世。

女人去森林裡埋葬這孩子的那天刮起了大風。濕潤的空氣陰鬱地落在四周，高大茂密的樹木被風吹彎了樹枝，樹枝一會彎下去，一會又彎回來，一會又彎了下去。其餘較低的樹枝也左搖右擺。天空中，白雲層層相疊。

樹頂隨風搖動，露出了藍色的天空。之前已經被夕陽渲染過，又經過朝陽的照射，更加熠熠生輝。枯樹的樹幹被剝了皮，白花花的，在鬱鬱蔥蔥的森林裡顯得格外突兀。

女人在一棵不知名的、開著白花的樹下挖了個坑。她把包著孩子屍體的黑布放在草地上，挖著挖著，她把鐵鍬扔在地上開始休息。濕潤的風吹拂著她乾枯的、紅褐色的頭髮。樹葉沙沙作響，好像在冷笑著。女人雙頰凹了下去，嘴唇乾枯，又硬又黑。

被翻起來的土很濕潤，因為坑裡照不到陽光。那孩子就要被埋在這濕潤的土壤裡。這些濕潤的土壤得不到日曬，還會像以前那樣藏在地下，這死去的孩子也無法透過地面看到陽光。他被埋在濕氣裡，只會自己慢慢腐爛掉。挖的時候，那些沾在葉子上的土壤會嘩啦嘩啦從葉子上掉下來，再回到坑裡。

孩子餓的時候曾乞求母乳，可女人不僅不給他餵奶還訓斥他。孩子想要那個白色的陶器，笑著伸出了手，可女人卻打了他。孩子將長眠於此，再也不會哭了，就這樣靜靜地睡在地裡。女人看到樹葉搖動，連眼淚都沒有落下一滴。

她拾起鐵鍬，用力挖了三尺，把包著孩子的黑布包放了進去。孩子瘦弱的雙腳露在黑布外面，上面還有被蚊子叮過的痕跡，已經開始發紅發腫，就像草莓似的。女人又把孩子抓了出來，然後換了個位置放了進去，讓他頭朝南邊。坑挖得太小了，根本伸不開腿。她又把孩子的屍體拿出來，這次讓他頭朝西，蜷起腿，硬塞了進去，然後從頭開始向坑裡填土。

死去的孩子已經被埋在土裡了。女人走出森林回了家。

《 9 》

紅色的油燈下，女人對著東邊幹著活。油燈發出滋滋的聲音，夜越來越深了。灰色的牆壁像是瞪著一雙無力的眼睛，模糊而茫然。那白色的陶器究竟是什麼時候放在那裡的呢？這像是個永恆的問題，沉默著，超越了時空。

厚重、漆黑、毫無縫隙的夜幕降臨，森林被壓在它的雙翼下，被迫朝上與它相接在一起。夜風時而在窗外躡足走過，吹得隔扇上的破紙嘩嘩作響。女人揉了揉疲憊的雙眼。

這時，遠處傳來了微弱的哭聲。

那哭聲很熟悉，是死去孩子的哭聲。那聲音確實是從森林裡那棵開著白花的樹下傳來的，它穿過了樹與樹之間，撥開草叢，傳到了這裡。

忽然，哭聲消失了。

但仔細一聽，遠處傳來了腳步聲，聲音很小，吧嗒吧嗒地正朝這邊走來。腳步聲在窗外停止了。

風斷斷續續地吹著，好像是森林的呼吸。過了一會，又從遠處傳來了熟悉的小孩哭聲。

那哭聲從那棵開著白花的樹下傳來，穿過了樹與樹之間，撥開草叢，傳到了這裡，聽起來十分哀傷，像是專程來找這間屋子的。那聲音從遠處傳到這裡，其中似乎蘊藏著很大的力量。一傳到人的耳朵裡，哭聲就突然消失了。緊接著，就會有一個不說話的幽靈走過來。

女人放下了手邊的工作，兩手不停顫抖著，十分害怕。她感到不可思議，渾身毛骨悚然。

她又豎起了耳朵。斷斷續續的風停止了，天地間一片寂靜，只能聽到遠處走來的小小的腳步聲。腳步十分遲緩，一會徘徊在那裡，一會徘徊在這裡。突然，腳步聲來到了窗邊，又消失了。似乎有誰正在窺視屋裡，站在窗外偷聽。女人被這哭聲和腳步聲折磨了一整晚。

第二天清晨，玫瑰色的陽光透過隔扇上的破洞照了進來。

女人臉色慘白，覺得自己終於活了過來。她立刻進了森林，走到那棵開白花的樹下一看，夜裡不知什麼野獸想要刨出孩子的屍體，在地面上留下了許多抓痕。一隻鳥正在樹上俯視著女人的一舉一動。

女人回到家裡，把那個白色的陶器拿了出來。她把陶器埋在土裡，裡面裝上水，用於折了幾枝白花插在裡面，蹲下來，向神明祈禱孩子死後能幸福。

那天正好是初夏，森林上空飄過幾朵不知何處來的白雲。

——原刊於《新潮》一九一〇年（明治四十三年）8月號

門

︿ 1 ﹀

這座陰森的屋子有著小小的窗戶，就好像一個灰色的怪物臉上長了無數隻眼睛。這怪物已經上了年紀，十分衰老，有太陽的時候，會在平坦的地面上落下模糊的影子。陰天的時候，天空像垂下的灰色幕布，這座屋子便凸顯其中。

屋子裡面被分為了好幾間房，每一間都是長方形的，牆壁塗成灰色。這座屋子不僅從外面看起來十分陰森，走進去更讓人覺得毛骨悚然。如果它突然動了起來，那毫無疑問，它一定就是個妖怪了。

到了晚上，那些小眼睛裡便點起了紅色的燈火，因為裡面住著人，所以，這並不是怪物死後被扔在野外的遺骸。雖然它沒有動，但多少還是有幾分生氣的。

每間房裡都放著一個破爛的長椅和破損後又被重新粉刷的桌子。桌子被小刀刻出了白色，有X形也有S形，也有些像是故意刻出的圖案。比如桌上有人刻出了一個軍艦船錨的形狀，這恐怕是有人腦海裡想像著學校的帽徽，或是看戰爭圖片時覺得無聊故意刻下的。

K坐在長椅上正寫著什麼。他昨晚沒來食堂。B一下床就來了K的房間，但又不好意思進去，只好隔著門上的小孔向裡偷看。燈火無精打采地從昨晚亮到現在，像丟了魂似的。K手裡拿著筆飛快地寫著。

B回了自己的房間，但心裡還是一直琢磨著K。他整個人躺在白色的厚被子裡，十分煩惱。K到底在寫什麼呢……

B特別介意K，但卻從不反抗K。

B又來到K的房間門口，十分擔心地彎腰偷看著屋裡。K依舊在寫東西，金色的鋼筆不時閃爍著銳利的光芒。有時因為太過用力，筆頭會被紙卡住。他甚至沒有歇口氣或者沾沾墨水的時候。

B歪著頭，浮腫的臉上露出了不安的神色。這座灰色的房子靜靜地沉浸在清晨濕潤的空氣裡。B眼睜睜地看著那如蜂針一樣尖銳的筆尖在紙上飛舞，筆尖走過的地方留下了藍色的液體，寫著一些令人不安的東西……這一會工夫，K已經寫了三四行了。

B晃了晃大腦袋，走了幾步，可他覺得步履維艱，自己的身體彷彿已經不屬於自己了。

清冷的空氣裡響起了早飯的鈴聲。

B躲在角落裡，看著推門進來的每一個人。每個人臉上都沒有一絲生氣，大家都顫抖著坐在座位上，一言不發。很快，每個人面前都放上了一隻熱氣騰騰的碗。B只吃了一點，他依舊不安地盯著門口。

後面來了一個人，又來了一個人。再之後就沒有人來了。只有K沒來。

B感到坐立不安。

果然K是在寫我吧。如果不是的話，那他在寫什麼呢……也許他等等會來。B想著，連食物都吃不下去，一直盯著門口的方向。

不久，一個人起身走了。又一個人走了。三個人走了，四個人走了。

啊，不行了！B的心中悶悶不樂。

乾脆直接推門進去，裝作若無其事地問K「你在寫什麼呢」。不行，他看到我估計會產生更多厭惡感，不知道會多寫些什麼呢。而且，萬一他原本沒有寫跟我有關的事，結果我這樣進去，他看到我，對我的印象加深了，反而寫起我的事了怎麼辦？他想，這種時候還是儘量不露面的好。

B一個人走到屋子外面，坐在石頭上。天空中飄動著污濁的雲朵。距冬天的離去還有些日子，樹梢都被凍得光禿禿的，那樣子看起來十分可憐。

B青腫的臉上長著可怕的小眼睛。他的頭很疼，就像被人來回抓撓似的。他的眼睛漸漸模糊起來。遠處有森林，森林裡有屋子，屋裡住著人……

朝遠處一直走，會到一個奇怪的地方。他感覺在那裡就能擺脫這些恐怖的想法，愉快地生活。可B覺得靠自己的力量到不了那個地方。

「果然，還是得在這屋子裡。」他說著從石頭上站了起來。

他幽怨地仰望著這屋子，口中念念有詞地向神明祈禱，好像要哭了一般……

B第三次來到K的門前，這次他還是透過門上的小孔往裡偷看。K不見了，B快要發狂了，心裡忐忑不安。啊，就是現在！一定要看看他寫了些什麼。

突然有人一陣低語：「快點，快點，K就回來了。」

B無法看清這個低語的人，只覺得這人比自己高大，神情茫然，沒有眼睛，也沒有嘴巴，像個影子。他也不覺得這人的低語有什麼奇怪。

B打開門走了進去，金色鋼筆筆尖的墨水還沒乾，也不知道K寫了多少頁紙。B看到的，只是紙上那些像蟲子一樣的文字。那一瞬間，他已經忘了所謂的文字，思考了一會卻發現自己一個字也讀不懂，雖然這些文字自己曾經都很熟悉……B自己也弄不懂自己了。

比起文字，那閃著金光的鋼筆更吸引他的注意……B什麼也不做，呆呆站在那裡。

他自己也弄不懂自己了……兩分鐘過去了……三分鐘了……五分鐘了。

有腳步聲！B終於回過神來，逃了出去……回過頭，又一次詭異地看到了那閃著金光的鋼筆。

《 2 》

剛才有那麼多時間，為什麼沒讀懂呢？只是看到了一些無聊的藍色線條而已。為什麼當時腦子不轉了呢？那一瞬間自己竟然看不懂文字了，真叫人難以想像。他的心情確實是比較從容的，無論是那沾滿藍色墨水的金色鋼筆，還是被窗外灰色的光線照得發亮的那種情形，都深深映在他眼裡……

B躺在白色的床上，輾轉反側，煩悶不已。過了一會，B覺得累了，就睡著了。忽然，他做了個噩夢，又驚醒了。

他看到K站在他面前。紅色的領帶、比夜色還要漆黑的西服清晰可見。他又瘦、又高，在B的眼裡，怎麼看都覺得像個魔術師。他留著長髮，眼睛凹進去，放著光芒。

「又來給你添麻煩了。」K的臉上沒有笑容，冷冷地說道。

B沉默著。

「你能再讓我試一次嗎？」

B聽到這話，渾身顫慄了起來。外面似乎起了風，打在玻璃窗上發出巨大聲響。

「能再讓我試一次嗎？」少言寡語的K沒這樣拜託過別人。B坐在白色的床上一動不動。

「大家都知道你的秘密了。」K說。

即便如此，B還是一言不發。

「就算你不願意，我還是可以在你身上施展的。」K冷笑著說。

B明白了，K在寫的東西確實和自己有關。

「我昨天和你說什麼了嗎？」B忍不住問。

K冷冷地盯著B的臉，彷彿上面有個洞似的，然後笑了笑。

B心想，這樣看著K會不會就被他暗中控制了，所以故意低下頭不看K。

「說了。」K不懷好意地冷笑著說。

「說了什麼？」

「你懂的，你把你心裡的秘密都告訴了大家。」K冷笑道。

「怎麼能探聽別人的秘密呢？」B滿臉通紅，完全記不起這回事了。

「不過你不是同意了嗎？」

「就算同意了，也不是讓你聽別人的秘密這回事啊。」B生氣了。

瘦高的K臉上凹陷的眼睛突然亮了起來，他哈哈地冷笑著。

「我不能任你這樣為所欲為了。」B毅然說道。

「不行。」K兩手抄著褲兜，稍稍挺直了後背。

「有什麼不行的，我不會這樣任你擺佈了。」

「不，你對我應該早就失去抵抗能力了。你覺得我很可怕，覺得我是個偉人，你已經成為了我的奴隸。」

「什麼？」

「你已經任我處置了。你一輩子都要任我處置。」

「什麼？我不懂你的意思。」

「你不可能不懂。總之，讓我再給你催眠一次吧。」K的語氣柔和下來，向B懇求道。

「不要，我堅決不要！」B鼓起勇氣，起身坐在了長椅上。

「那沒辦法了。我相信我的力量，即便你不同意我也要給你催眠。」K站在B面前。

「等等。」B說著從長椅上跳了起來。

K怕他逃跑，急忙堵住了門口。

「我絕不逃跑，但我有話問你。」B說。

K快步走到B面前擋住了他。

「我不逃跑了。我只想知道昨天我說了什麼話？」

「你問這個做什麼？」K正笑著，突然皺起了眉。

「就是想問問。」

「你把秘密告訴了大家。」

「你探聽了我的秘密，想做什麼？」

「這不能告訴你。」

「我說了什麼？」

「你說了你出生的故鄉，還有父母的名字，自己上學的學校……」

「然後……」

「說了學生時代的事。」

「然後……」

「說了你初戀的女孩，還有和她的關係。」

「啊？我連這個都說了？」

「說了，沒什麼令人吃驚的。你平時應該也會對朋友說類似的話的。」

「也許吧。」

「被別人聽到這些也沒什麼不好意思的。」

「都是事實，我不會不好意思。」

「你還說了很多事實。」

「什麼？」

「你說了很多不能被人知道的秘密，比如你心裡的計畫。」

「啊？我還說了這些？」

「說了，你說你不喜歡長期住在這個陰森森的屋子裡。你想去遙遠的地方，但又覺得靠自己的力量無法到達。」

「我還說了這個啊？」

「看來你也是不折不扣的白日夢幻想家啊。」

〈3〉

「如果只是說了那些倒也還好，你還對住在這屋子裡的人有些奇怪的看法，無論是對A、對C、對D，還是對我，都有一些奇怪的看法，你說了一些連自己都覺得很意外的事。那就是秘密了，不能告訴你。」

「請告訴我吧。」

「那讓我再給你催眠一次。」

「不要？你覺得你能從這裡逃出去嗎？」

「不要，我不要再被催眠。」

B握緊拳頭站了起來。他的身體在發抖，臉上露出恐懼的神情。他推開K，往出口走去。

「你去哪裡？」K說著，按住了B的一條胳膊。「哈哈哈哈哈，你已經被催眠了。」

B的耳邊響起了冷笑聲。

「什麼？我才不會又被你催眠。」B說著，甩開K的胳膊，撞到了門上。

「這可不行。」K從容不迫地說道。他溫柔地用手攬過B的腰，就像攬住女人的腰那樣。然後他迅速撫過B的眼睛。「喂，你已經被催眠了，已經被催眠了哦！」K說著，雙手離開了B的身體，在一旁冷冷地看著他。

B搖搖晃晃地，像是快要摔倒了。

K輕輕地讓B平躺在白色的床上。紅色的領帶在窗外深灰色的光線下顯得發黑。他的身形高大，一身黑色，在夜色中更加漆黑，凹陷的雙眼閃爍著光芒。他張開嘴，哈哈哈哈地大笑著，環視著房間。

周圍一片寂靜，只有外面的風打在玻璃窗上發出的聲音。B穿著灰色的衣服，他肥胖的身體就像大理石像一樣凸顯在白色的床上。K伸出瘦削的手，把B的兩隻手交叉疊放在胸口。

K退了兩三步，他從黑色的西服褲兜中掏出了表。銀色和灰色的光線交織，閃爍著深灰色的光。三點二十分。

K把嘴湊到了B的耳畔，翻著白眼，發出了冷笑……

「等等！」K突然起身，緊緊關上了出口的門，把門反鎖上了。鐵片彈上的聲音在這寂靜的房間裡迴響。沒有意識的B躺在那裡，嘴巴一直在動。

K又回到了剛才的座位上。他跪在B的耳邊把嘴湊了過去。

「好！然後……」

接下來什麼聲音也聽不到。只有外面的風打在玻璃窗上發出的聲音……其他什麼聲音也聽不到……偶爾，K會翻著白眼冷笑。這表情與其說可怕，不如說是冷漠……

鳥在窗邊急匆匆地飛過，甚至沒有發出叫聲……

《4》

周圍，陰鬱的森林頻繁地晃動著樹頂，風不停地敲打著玻璃窗。

空蕩蕩的食堂裡，十六個人聚集在一起，圍住了K。

K臉色慘白，頭髮凌亂。每個人都抱著胳膊，死死地盯著K。

「犧牲的是誰？」

「是B。」

四周靜了下來。

「塾長，你快說吧。」一個人說。

「天都黑了。」

「你在想什麼？」

K沉痛地說道：「我這幾日廢寢忘食，進行了研究。這世上並沒有什麼奇怪的事實，迄今為止，令我覺得奇怪的那些事情，其實都只是我的潛意識……」

「我想，這樣研究下去的話，總有一天，連靈魂也可以用科學的力量解釋清楚。」

K的臉色更加陰沉，愁雲滿布。

「B犧牲了。他親自做了我的試驗者。關於潛在意識的研究，我有了更深入的成果，我發現了人其實與他們平日裡的為人有所不同，甚至完全矛盾，深藏著許多秘密。」

「B有什麼秘密呢……」

「明天我會向大家報告研究的結果。」

「天已經黑了。」

「B死了嗎？」有人問道。

《5》

夜幕像黑鳥的翅膀一樣，低垂在灰色的屋頂上。黑暗中風聲尖銳，星星也藏了起來，透過窗戶什麼也看不清。

K全神貫注地凝視著這片黑暗。不時有東西打在窗戶上，發出啪搭啪搭的聲音，比風吹落樹葉的聲音更大一些。乾涸的地面上飛舞的不是黃沙，而像是某種小生物。

不是鳥嗎？就算是鳥也不是白色的鳥。燈光很暗，那些東西就遊蕩在窗邊。如果是白色的那應該能看到。即便不是雪白，而是像舊棉花那樣帶著點髒的顏色的話也應該能看到。

是黑鳥嗎？一定是黑鳥！為什麼黑鳥會來這裡拍打窗戶呢？又啪搭啪搭地響起來了。這確實就是拍打翅膀的聲音，但聽起來已經沒什麼力氣了，比振翅高空的力量弱了很多。

也不知道鳥兒是不是生病了？是不是翅膀受傷了？

或者是在黑暗中迷了路，不知道回家的路該怎麼走了？它在這一片廣袤的原野中、深夜裡，只發現了這一間屋子還亮著燈，就像大海中迷途的船隻發現了生命的光亮一般，拍打著翅膀飛了過來。飛到這裡時，已經沒有力氣了。嘎達、嘎達，暴風雨吹打著窗戶，越來越猛烈了。黑鳥還在拍打著翅膀，但有了間隔。抑或是被這暴風雨困住了，沒法飛起來了？那黑鳥已經沒有聲音了！

怪物一樣的屋子橫在平地上，暴風雨肆意吼叫著，盤旋著，掠過頭頂，又踢又撞。怪物那紅色的眼睛一個個消失了，只剩下最後一個，像爛掉一樣紅通通地，還亮在那裡。

K那神經質的雙眼又看向了黑暗中。暗黃色的燈光射進紅領帶和黑西服的條紋裡。藍色的墨水掛在金鋼筆的筆尖上。燈光陰沉，像是困倦了一般。白色的紙像凋零的花瓣，上面許多藍色的線曲折又複雜，排成行列，時而大笑，時而互相打鬧。一共有六張紙重疊在一起，上面寫著想早點去遙遠的地方，想去熱鬧的地方，想要離開這陰森森的地方。

「那到底是什麼地方？那地方叫什麼？」「不知道名字。」

「是在南方嗎？」「是在南方。」「什麼時候知道這個地方的？」

「有一次去鎮上，我買了一塊很香的肥皂。包裝上畫著盛開的紅色花朵，還有美麗的裸女在綠葉環繞的湖水中沐浴。那時我心想，這是什麼地方呢？我看了一下金色的小字，寫著『Paris』。」

第十三張紙上，藍色的線變得像顫抖一般曲折。

「K是個惡魔！K是個穿著黑西服的巫師！——我無法抵抗。不行！不行！惡魔！惡魔！」

K點點頭。他瘦高的身軀在夜色中顯得更加漆黑。他把手放進兜裡，臉色鐵青，比墨水的顏色都青。這時，窗外暴風雨咆哮著，像是在嘲笑什麼。

落在地上的枯葉被風吹起，打在窗戶上發出聲響。

啪搭——啪搭——

K站在那裡，側耳聽著這奇怪的聲音，然後慌忙走進屋裡。

窗外黑夜襲來，張開了巨大的翅膀。夜深了。

剛才，三個朋友在死去的B門外互相交談。

A咚咚地用拳頭敲門。「B君！B君！」可是，什麼聲音也沒有。

C沉思了一會，開始找鑰匙。他從口袋裡找到一把發光的小鑰匙，插進鎖裡，卻打不開。

A又敲了敲門。

「B君！B君！快開門！」

S一臉憂愁地說：「他聽不到吧。一定是K拿著鑰匙呢。」

A和C互相看了一眼。

「K到底是個什麼人物？」A說。

「這……不知道。」C的眼裡閃爍著異樣的光芒。

「是K殺了他嗎？」S問。

「不，肯定不會的。」A說道。

「等天亮就知道了。」C說。

「我們太相信K了。B平時很討厭K，我也不怎麼喜歡K，必須保持警惕啊。」S說。

「等天亮不就知道了。」A、C、S離開了B的門前。

暴風雨越發猛烈了。

白色的床上，B躺在黑暗裡。屋裡一丁點聲響都沒有。B臉色青腫，肥胖的身體有一半露在床外。他手裡緊緊握著一個小瓶子。

瓶裡裝著三氯甲烷。B的手緊握著瓶子，那隻手伸到了床外。

暴風雨的聲音越來越大，這怪物一般的屋子開始晃動。出現了一個高大模糊的灰色影子！一個既沒有眼睛，也沒有嘴巴，也沒有鼻子的巨人站在B的枕邊。之前B偷偷溜進K屋裡的時候，這個影子也曾站在他身後。

「快！快藏起那瓶子！」躺在黑暗中的冰冷身體和手無聲地動了動，然後瓶子被藏了起來。之後響起了鑰匙聲，打破了這沉寂！黑暗中，一個更加黑暗的洞被無聲地打開了。

很快，那個洞又關上了，屋裡又漆黑一片。突然，啪地一聲，屋內亮了起來，穿著黑色西服的K那深陷的雙眼閃著光芒，他握著手電筒，站在那裡仔細聽了一會。什麼聲音也沒有。

他慌忙開始在屋裡尋找——

K的臉色變得和死去的B一樣鐵青。

「沒有！」

又響起了翅膀拍打窗戶的聲音。

啪搭——啪搭——

——原刊於《早稻田文學》一九一〇年（明治四十三年）4月號

惡魔

《1》

道路上乾燥得發白，風無聲地吹動著樹木。站在屋子前的人們像是陷入了一種可怕的氛圍，東張西望，豎著耳朵，踮著腳尖，不發出一點聲響，互相靠在一起，竊竊私語。

那正是四月，一個陰天的下午。杉樹蔭裡，許多白翅膀的小蟲子上下飛舞，就好像織布機在織布。四周十分安靜，像是在做好準備等著什麼。

「你看到一個全身黑的男人……」

一個臉色青腫的老人對一個約莫四十二、三歲的瘦男人說。

「沒，沒看到。」男人挺著胸脯說道。

臉色青腫的老人又踮著腳尖去下一家了。雖然沒下雪，卻寒氣逼人。剛剛被問話的那個男人偷偷看著老人，小聲說：「真看不下去了！」老人正在旁邊那戶人家門前詢問一個有些瘋的女人。

「請問，你見到過一個一身黑的男人嗎？」老人問道，他青腫的臉上，銳利的雙眼閃閃發光。

「黑色的男人啊？」，瘋女人挑著眉毛，用威脅人的語氣說道：「噓，小點聲，我看到那個一身黑的男人了。」

臉色青腫的老人突然變得氣勢洶洶，想要抓住這個女人。

「沒看見，沒看見。」

「你說的是真的嗎？」老人低沉卻用力地說道。

「是真的……」

老人又向旁邊的屋子走去。那個瘋女人又發出了奇怪的笑聲。

「真討厭，人家才沒有偷東西。」女人小聲說。

老人又抓住了一個耳朵不好的白髮老婆婆，也問她同樣的事情。

「一個黑色的男人，個子很高，從頭到腳都是一身黑的男人。」

老婆婆似乎沒聽明白老人說的話，老人好像對此也沒有辦法。

「什麼嘛，你也這麼一把年紀了，沒關係吧……」說完，他又去了旁邊。

無論是男是女，上年紀的還是小孩子，都被這老人問了個遍。其中還有人顧忌地說了句「辛苦了」。也搞不清老人聽到這話是開心還是生氣，總之他一副什麼也不在乎的樣子，挨家挨戶地打聽。

這村裡一共有不到五十戶人家，老人是這個村的村長。「據說有人見到了那個一身黑的男人。」剛剛那個瘋女人說著，眼看老人的身影消失在視線裡。老人又走向了下一家。

「有人見到了那個一身黑的男人！」大家口口相傳：「是誰？」

「不知道是誰，是那個女人說的。」女人頭髮凌亂，衣服也很髒，腰帶也斷了，臉色慘白，牙齒汙黃。

「喂，是你看到了嗎？」那個四十多歲的男人在那之後不聲不響地來到了女人面前質問她。

女人又發出了剛才那奇怪的笑聲。

「是假的。」她一臉顯而易見的樣子。

「為什麼說假話嚇唬大家呢？」

旁邊的男人也說：「什麼嘛，竟然說假話，你這個惡魔，竟然嚇唬人。」

他說著把大家都召集來，一起打瘋女人。

「這個惡魔！」

「這個惡魔！」

︽ 2 ︾

臉色青腫的老人從這裡到那裡，把村裡人問了個遍。天空漸漸變成了灰色。

「這天色可真不好。」

「每當有什麼不好的事情發生時，都會這樣。」人們站在房前說。

「看到了會怎麼樣？」一個人擔心地問。

「喂，你看到了嗎？」

「我沒看到，我只是擔心所以問問。」那個膽小的年輕人說。

「據說鄰村有三個人看到了。其他人都躲進屋裡鎖上了門，只有那三個人，被從村裡追到了村外。」

「哎？那三個人怎樣了？」

「現在大概已經淪為那個男人的腹中之物了吧。」

「也沒被殺，但據說不到兩天的時間裡，身體已經曬得黝黑了。」

「是傳染病嗎？」

「誰知道。據說看到他或是看到他的影子都會死，所以村長這樣東奔西跑地問大家。」

進這個村子的路只有兩條，一條是從東邊進，一條是從北邊。這兩條路都十分曲折，看不到頭。無論哪一條路邊都長著茂密的杉樹林，像怪物一樣遮擋著天空，看起來黑暗一片。

周圍似乎充滿了不安，就連剛剛還在搖晃的樹枝也一動不動了。白色翅膀的小蟲子又開始上下飛舞。

「喂，也許是從這條路來的。」一個人壓低聲音說，回頭看了眼同伴。同伴們分別拿著竹槍、大刀，現在說話的這個人還拿著一把二連發的後裝槍。

「被看到就完了。不知在對方發現前還有沒有時間。」大家討論著。

磨刀的男人放下磨刀石說：「用黑布把頭蒙上怎麼樣。」

「什麼？我們自己也要化裝成一身黑嗎？」拿槍的男人似乎很有道理地反問道。

「不是，我們只是把臉蒙起來而已。」

「那不用黑布也可以。但這樣如果被近身抓到可就糟了。」

「如果用布，那竹槍、大刀可都太危險了。」

「當然也可以和對方同歸於盡，但那樣對自己沒什麼好處。」

「那，就拜託你了，畢竟只有一杆槍……」一個人說。

「好，我來。只是，我們怎麼看守呢？」每個人都抱著胳膊思考著，誰也沒想出什麼好主意。

突然四十多歲的男人拍了一下手，壓低聲音說：「我想到一個好辦法！」

「去那裡說應該不會被那個惡魔聽到，過去說吧。」他指了指前面的屋子。然後他用一些令人看不懂的手勢對大家說了自己的想法，就像啞巴似的。最後，那臉色青腫的老人也那樣用耳語和大家交流著。

「這很有意思。」拿槍的男人表示贊成。

《 3 》

村子盡頭灰色的屋頂上，一個男人一動不動地端著槍，盯著森林的方向，就像被黑布裹起來的木乃伊。村裡像提前商量好似的，家家戶戶都大門緊閉，只有杉樹的暗影間，白色翅膀的小蟲子在不知疲倦地上下飛舞。

道路乾燥得發白，曲折得像爬行的蛇，蜿蜒著游向黑色靜謐的森林深處。

黑色的森林看起來似乎在笑，白色的道路好像在賣弄風情。這森林、道路，都像是被什麼可怕的東西控制著，讓人不禁覺得它們也是惡魔的同夥，對這白色的道路也不可大意。

夜裡，靜默依舊繼續。漸漸地，天空的灰色變濃了，不知不覺中已經變成了深灰色。天空重重地壓下來，低垂在森林上。

夜幕像是被什麼東西的手拉扯著，漸漸襲來。不一會灰色的天幕從後向前拂過森林頂部，很快連森林也看不見了。一寸、兩寸，夜幕蔓延向白色的道路。只要被這夜幕的邊緣碰觸，所有的顏色就都消失殆盡，全部變成黑色。

不知什麼時候，天地間被渲染成漆黑一片。

這天，夜空中沒有閃爍星光。

《4》

鐵皮屋頂上生著紅鏽，照不到溫暖的陽光。深灰色的雲彩飄過，俯視著地面。煙囪裡冒出的煙像是要朝著什麼地方去，五寸粗的煙柱從煙囪口冒出來，立刻就向四周散去了。有的向北，有的向東，轉眼間就不見了蹤影。縹緲的煙霧升上天空，遲鈍的鐵皮屋頂看起來不悲也不憂。

在燒一些品質不好的煤炭時，會冒出些紅色的煙。有個頭髮和這煙霧一樣顏色的紅髮女孩坐在窗邊一邊織布，一邊眺望遠處的天空。一天過去了，天色陰霾，接近黃昏的時候刮起了北風，不時吹開雲縫，現出藍色的天空。

女孩今天也在窗邊觀望，希望能看到那片藍色。少女旁邊還有許多同齡人在工作。她們每個人都營養不良，沒什麼姿色，機械地動著手和腳。她們的眼睛都盯著同一個地方坐在那裡，帶著淤青的粗胳膊無力地揮動著，看起來比飛舞在杉樹暗影中的小蟲子更加無聊，更加無力。

有個女孩鼻子不高，個子也不高，小臉圓圓的，組合在一起並不標緻。她早上七點開始工作，一直要工作到夜裡十點。汽笛響起的時候，大家靜靜地停下手裡的工作，那感覺就像鐘錶的發條漸漸變鬆，突然停止的那一剎那。

女孩望著窗外，視線定格在天空的某個地方，一動不動，像是等著灰色的雲層露出縫隙，讓氣流吹過。耳邊時不時會傳來熟悉的歌聲，那歌聲就像沒了氣的石油，連火都點不起來。

「你臉色不太好。」圓臉女孩機械地揮動著白皙的胳膊，用極其同情又慵懶的聲音對看著窗外的女孩說，但看著窗外的女孩並沒有回應她。過了二十分鐘，她身後一個女孩看著她的側臉也說：

「你不舒服嗎？監工一直看你呢。」即便不看臉，只聽聲音也能判斷出這是個臉蛋平平、薄嘴唇、小眼睛、眼眉離得很近的女孩。

看著窗外的女孩也沒回話，只是聽說監工一直在看自己，於是急忙低下頭迅速伸出手。可見她還是很拼命的。

〈 5 〉

三十分鐘後，女孩在樓下昏暗的屋子角落裡縮成一團。門朝西緊閉著，破舊得發黑。地面很髒，房間大概有三張榻榻米大小，地上也沒鋪什麼東西，女孩就縮在角落裡一動不動。這就是剛才一直盯著窗外看的那個女孩。她總是看著雲縫間藍色的天空，藉以忘卻自己的苦痛，並且想像著故鄉碧波蕩漾的小松原的美景。

兒時在小松原玩耍的場景清晰地浮現在眼前，這多少可以安慰現在痛苦的自己。為了回憶這些美好時光，今天她也仰望天空了。不知不覺回到三十分鐘前……

女孩就像被吊掛在空洞的山谷裡，她感到了極大的寒意，彷彿周圍都是厚厚的積雪。她覺得很難受，腦袋裡像是在煮鉛，又熱、又重，手腳的動脈都像飛起來一樣突突地跳動著。她的耳邊像高聲敲打的警鐘一樣吵鬧，她的腳也變得輕飄飄，好像跳起來了一樣，彷彿漂浮在宇宙之中。

「啊，好難受。」女孩開始煩躁。

咣當、咣當，傳來了往機器裡扔煤的聲音。她平時並沒留意過這機器，此刻機器的呻吟聲卻像是從她身體深處發出的，在耳邊揮之不去。火燒得很旺，傳來熱水沸騰的聲音和機器的鳴叫聲。雖然女孩十分難受，但彎曲的煙囪裡還是冒出了煙，有的向北，有的向南飄去。有的轉著圈上升，像是朝著什麼方向；有的追逐著空想，爬行著分散開來。縹緲的煙霧方向各異，但都永遠地消失了。

女孩已經待不住了，她輾轉反側，十分痛苦，但沒有一個人來。那邊倒是有個年輕人在給機器送煤，但也不會過來。在二樓總是能聽到織布機的聲音，聽習慣了，偶爾也會想去一個安靜的地方。已經聽夠這聲音了，無論睜眼閉眼都必須聽著這織布機的聲音……如果死了，去了一個安靜的地方，就不會再聽到這聲音了吧……女孩想，此時此刻能安慰自己的恐怕只有那片藍色的天空了。每次看到那片藍天，就會暫時忘卻心中的苦悶，回憶起昔日的美好，這已經成了一種習慣。現在，如果想忘記痛苦，就只有看看藍天了。但這種辦法能否帶走身體上的痛苦，她並不清楚。女孩好幾次站起來，想要倚著門。可她腳下搖搖晃晃，根本站不穩。

只有在心裡想像看到藍天時的心情了。白棉花一樣輕飄飄的雲朵鑽到了厚重的烏雲下。看著看著，厚重的烏雲漸漸變淡，突然裂成兩半，露出了藍色的天空……她又想起故鄉碧波蕩漾的小松原了。松原的盡頭有兩條鐵路，鐵路的道口有看守小屋。小屋裡有個老爺爺，有汽車通過道口的時候就舉起白旗……周圍的景色彷彿也能看見。

女孩第三次嘗試站起來，但又倒下了。她頭暈目眩，已經沒法這樣幻想了。她嗓子很乾，突然想喝點酸的。門也看不清了，榻榻米也看不清了，只感覺周圍灰色的牆壁倒下來，壓得自己喘不過氣。扔煤炭的聲音、機器的叫聲、藍色的天空、小松原，什麼都沒了，只剩下極度的痛苦彌漫在房間裡。她的臉色變黑，身體開始像著了火一樣燃燒起來。

那扇破舊發黑的屋門與外面鍍鋅的鐵皮圍牆只有三尺之隔，女孩痛苦的呻吟聲在路上也能聽得到。

可在這個陰暗、寂靜的下午，村裡根本沒人出來，大家都因為害怕那個一身黑的男人而大門緊閉……

寺廟的樹林裡，鳥兒悲傷地啼唱著。

︿ 6 ﹀

醫生、員警、搬運工先到了，站在那裡，後來臉色青腫的村長也一臉沉思地來到了紡織公司。女孩手裡抓著一個瓶子，裡面裝著苯酚、石灰，還有一些劇毒。

榻榻米上爛了幾個黑洞，被人抓得亂七八糟，女孩的指甲還流著血。她頭髮凌亂，瞳孔放大，牙齒咬得咯咯響，快要斷了，血從牙齦裡噴了出來。

搬運工把石灰水和苯酚撒到牆壁上。員警穿著鞋站在門檻上，男監工抓住女孩的黑髮，從屋裡往外拽，用苯酚洗了手。

醫生掀起女孩的眼皮看了看，說：「必須把她送到傳染病醫院。」

監工長著對三角眼，表情兇惡，斜眼瞪著女孩，對旁邊臉色青腫的村長說：「不得不休息三周了。」

又傳來了機器沉悶的聲音。苯酚的味道撲面而來，彌漫整個房間。門上被消毒水浸過的痕跡，也被窗外漸漸暗下來的灰色天空染色。二樓點起燈的時候，女孩被門板抬著離開了公司。低鼻子的女孩、薄嘴唇的女孩還有臉又圓又青的女孩都從二樓露出頭，目送她離開。其中有人高聲說了些什麼，三個女孩瞬間大笑。

監工發了火，幾個女孩立刻縮了回去，然後關上玻璃窗。從外面可以看到燈光。

女孩從頭到腳蓋著白毛毯，被抬著朝寺廟的方向走去。前面有員警和醫生，旁邊有村長跟著。她撩起毛毯，也沒有想要再仰望天空。

可這時，透過寺廟的栗子樹縫隙，剛好可以看到藍色的天空。

村長不說話，跟在女孩旁邊，低著頭邊思考邊走路。員警和醫生不時交談著。門板被抬出了村，經過一片廣闊的水田，走在小路上的時候，女孩微微睜了睜眼。她已經大體有了意識。荒涼的雜樹林呈淡黑色，矗立在一片悲傷中。

村長對女孩說：「你見過那個一身黑的男人嗎？」

女孩被人抬著，身體搖搖晃晃的，心想自己是不是聽錯了，沒有回答。臉色青腫的村長向前湊了湊，彎著身子又小聲問了一遍。

「你見過那個一身黑的男人嗎？」女孩聽到了他的問題，卻不明白是什麼意思。她還是覺得自己聽錯了，沒有回答。女孩心想，既然我躺著，那他為什麼不湊到我耳邊問呢？村長覺得這樣彎下身子跟她邊走邊說都很危險，更別說湊到她耳邊了。

那之後，村長再沒問過女孩。女孩很難受，但還是琢磨著村長的問題。

「你見過那個一身黑的男人嗎？」她在心裡回憶著，之前在窗邊往外看的時候，有沒有看到一個一身黑的男人路過呢？浮現在眼前的，只有那雲縫間露出的天藍色！好像沒有一身黑的男人從遠處走來，走過這條白色的小路吧。

石灰結了塊，被風從牆板上吹落。屋裡靜悄悄的，一片清冷。在這之前，傳染病院還從沒開門進過人。

〈〈 7 〉〉

藏在石頭下的古代迷信又復甦了，家家戶戶的門柱上都掛著紅紙和鮑魚殼。

離花開還有一段日子，北方陰霾的天空下寒風陣陣，紅紙孤零零地被風吹來吹去。

「請問，你有沒有見到一個一身黑的男人？聽說他好像正從村裡走過。」村裡吵吵鬧鬧，傳遍了這恐怖的消息。

當然，在山間比較封閉的村子裡，也不再有人要殺了那個男人，大家都覺得他不該被殺，甚至有人認為他是作祟的鬼神，據說現在，村裡……還有人祭拜他。

瘟疫蔓延到了五十個村子。得了這種病，身上會長出許多像天花一樣的小膿包，身體灼熱，一開始會變紅，最後變黑，直至死亡。

今天這個村有人病死，明天那個村也有人病死。病人們被一個接一個地送進了傳染病院。

道路乾燥得發白，天空陰沉沉的。村裡的石屋前幾塊突出的石頭重疊在一起，早開的梅花花瓣一片、兩片，凋落在石頭上，一點都不像春天，看起來很無趣。

寺院的鐘聲響起，喚醒了枕頭上的病人。那聲音既不動聽又很沉悶，不禁令人聯想到死亡。

恐怖、不安和迷信佔領了整個村子。

「你見過那個一身黑的男人嗎？」

鐘聲仍在繼續。

——原刊於《新文藝》一九一〇年（明治四十三年）5月號

森林妖姬

不知從何時起，在信濃國的某座山裡，有一汪湖水，名為琵琶池。湖水如神話時代那樣碧綠，寂靜無聲，充滿了神秘色彩。樹木繁茂，樹影籠罩著水面暗處。這裡人跡罕至，無論春、夏、秋、冬，都能聽到鳥鳴，看到白雲悠然飄過。

有個行路人不小心迷了路，走到了這一帶。他來到了這有點恐怖的池邊，竟發現有個年輕女子孤獨地站在水邊，白銀似的水面映出了她潸然淚下的樣子。

這實在是太不可思議了，在這樣的山中怎麼會有這樣一個女子呢？行路人覺得很奇怪，剛要走上前去，不料衣服上卻纏滿了蔓草和荊棘，沒法過去。他呼喊著那女子，聲音竟引起了奇特的回聲，在死一般沉寂的水面上來回搖晃。他哆哆嗦嗦地打算往回走，拼命穿過原野，又朝著村子逃跑。這時，呼地風聲大作，那聲音好像百萬大軍的吶喊穿過了枯黃的原野。耳邊傳來雨聲。這時，山腳下的村子正遭遇著暴風雨，一些比較懂的老人開始猜測，一定是又有人跳下池子死了。之後再也沒人見過那行路人了。

據說很久很久以前，有一個忠義的武士對於君主欠妥的行為進了諫言，脾氣暴躁的君主手持利刃，揚言要將武士劈成兩半。君主最心愛的妃子在一旁制止了他，因此君主留給武士一條命，將他流放到國外。事實上，那妃子一直深愛武士，最終她也追隨著武士，在一天晚上趁黑逃出了城。終於，她追上武士，表達了自己的心意。武士一時不知所措，但考慮到這女人這樣逃出來也會沒了命，心生憐意，便下了決心，兩人手牽手逃進了這深秋信濃國的大山裡，成為夫妻。就在這池邊，他們兩人度過了三年舒適安穩的日子。可有一天，丈夫外出打獵，就再也沒回來。妻子很是擔心，找遍了原野的每個角落，心想就算丈夫被人殺了也要找出他的屍體。後來她終於明白，是君主派來的殺手殺死了她的丈夫。不知不覺地，那一年也過完了。第二年春天，淡紫色的藤蘿花盛開的時候，這個令人生憐的女子終於瘋了，她怨天尤人，最終跳入池中，化作了妖靈。聽說她常常作祟，攔住過路的行人或鑽進原野的老百姓家，大家都說千萬不要靠近那個琵琶池。

暮春時節，南信濃白雲飄飄，一個青年想要欣賞夏日美景，獨自帶著畫筆出去，卻在深山裡迷了路。翠綠欲滴的樹影下，那妖姬就住在這美麗的琵琶池裡。水面起了漣漪，上面無聲地映著自然萬象。青年在池邊坐下，在青草上架起了畫布。草地上開滿了不知名的花朵。

青年離開城市已經有六十天了，現在已經快入盛夏，四處可以聽到蟬鳴。儘管如此，這美麗的池畔還是可見碧綠的草木。炎熱的太陽光紅通通地照進遠處的松林，深山的山谷間傳來了蟬鳴聲。是時候該回去了。

就在青年不緊不慢地起身時，從森林那邊傳來了既悲傷又喜悅的歌聲。他豎起耳朵，一動不動地盯著遠處。有個美麗的女子正撥開茂密的樹枝，看著這邊。她身穿淡藍色上衣、紅色裙褲，垂著一頭濃密的黑髮。青年嚇了一跳，一股熱血湧上心頭。很快，那女子和歌聲都消失了。

第二天，青年出去寫生，又聽到了那歌聲，果然又見到有個美麗的身影躲在樹葉後看著這邊，和昨天一模一樣。這次……青年猶豫著，那身影又消失了。那天晚上，青年思念著這只見過一面的少女，甚至夢裡也是她。女子如幻影一般不時出現在他的眼前。她是哪裡人……叫什麼名字呢？她雖然很奇怪，但卻打扮得如此華麗。

白雲不時拂過湖面，風吹得樹葉沙沙作響。四周沒有人，寂靜的山中景色便是永恆的自然。青年感慨著人生短暫，想要把那位年輕女子永遠地保留在畫裡。青年看向森林那邊的瞬間，又聽到了那既悲傷又喜悅的歌聲。不知是不是心理作用，他覺得那歌聲比之前更加哀傷。

我看得入迷，戀上了那年輕人。倒映在那一如往昔碧藍平靜的水面。白皙的手指握著畫筆，那面容好像我深愛的丈夫。

摘一朵紅薔薇放在嘴邊，心中熱血澎湃，耳朵發燙。晚風習習，吹散了我哀怨，令我心曠神怡。年輕的我，想再戀愛一次。月亮升起的時候，來到水邊的森林，彈起琴，啊，不如解下我頭上的寶玉，贈予這青年與他結下良緣。

哎，那一身狩獵的打扮、馳騁在那原野上的人不是他嗎？哎，他從馬上掉了下來。

啊，他渾身是血，被那白羽毛的箭射穿了額頭。

倒映在水裡的白雲不知何時消失了。西邊的夕陽紅彤彤的，風吹樹葉，發出奇怪的光亮。

原諒我！原諒我！

暴風雨驟然來襲，天地昏暗，魔女又跑進了森林。天突然陰了下來湖面卷起黑色的漩渦。疾風掠過樹木，掠過森林，掠過原野，吹散了雲彩，蟬也停止了鳴叫，天地間一片寂靜。青年畫家急忙朝山腳走去，他的身後響起了千軍萬馬的鐵蹄聲、嘶鳴聲。那聲音穿越大山，傳到了他的耳朵裡。忽然又響起了風雨聲。從那之後，青年畫家就不見了蹤影。那天夜裡，附近的村子裡受狂風暴雨肆虐。第二天，晴空萬里，就像被人擦過一樣，朝陽的光影落到山腳家家戶戶的白色牆壁上。天氣更熱了，蟬鳴聲讓人燥熱不已，傳遍原野、森林、路邊小樹、雜樹林的各個角落。在那之後，魔女也不見了蹤影。

到了現在，那寂靜的琵琶池上卻有時會浮起畫筆和畫布，如果有人靠近就會沉入水中。

——原刊於《趣味》一九〇六年（明治三十九年）7月號

僧人

一個不知來自何處的僧人走進了村子。他穿著褐色的衣服，已經有些許褪色，腳上穿著草鞋，敲著小鐘，一隻手裡拿著個黑碗，唱著經文，挨家挨戶地化緣。

僧人看上去五十有餘，十分和藹，用平靜的調子唱著經文。他低頭誦經的時候也像是在沉思著什麼。他的眉毛又長又白，頭上戴著個斗笠，不知經歷過多少風吹日曬，已經變了色。即便是短暫的秋天，他也平靜地化緣，挨家挨戶都要造訪一番。

蜻蜓的翅膀已經沒了力氣，停在紅色的柿子葉上，然後又飛下來。鐘聲沉穩，穿透這寂靜無風的白天。僧人一動不動地站在那裡，唱著經文。

看到僧人的人們都說：「和尚又來村裡了。」也有的人家會對他說：「請走吧。」這時他便會安靜地離開。有時，還會有孩子的聲音怒斥道：「我們不會開門的！」這時他也會安靜地離開。還有時，有些年輕人大罵：「快滾！」這時僧人依舊會安靜地離開。

離開一戶人家，他又會來到旁邊的人家，用同樣沉穩的調子唱經文。鐘聲緩緩，僧人像是在思考什麼，又像是在為這戶人家祈禱著什麼，他眼睛上方又長又白的眉毛清晰可見。田地裡，陽光偶爾會照射在乾枯的紅南瓜藤和草葉上。

曾經有鄰村的人搬遷到這裡，其中有些體弱多病的，還有些精神不正常的。已入深秋，寒風刺骨，西北風吹落了樹葉，村裡一下子變得冷清起來。之前，小草屋藏在茂密的田地裡，被樹枝遮蓋，現在田地和森林都一下子變得光禿禿的，草屋灰色的房頂露了出來，房前曬東西的、勞作的人也都清晰可見了。

微弱的陽光滲透雲層，遠處的景色微微變亮，突然狂風四起，下起了大雨。到了傍晚，天空變暗，下起了冰雹，還混雜著雨夾雪。田地的壟地一下子就白了了一片，枯草上也一片白色。風更大了，家家戶戶都趕緊關緊了門窗。這時，人們不禁擔心，僧人去哪裡了呢？

第二天，外面一片白茫茫。天空中雲層混亂，這大概是今年第一場雪。中午的時候，僧人又不知從什麼地方走來，進了村。他站在一戶大雜院的角落裡，敲著鐘，踏在混著雨夾雪的泥地上，閉著眼唱著經文。

屋裡傳來女主人的聲音：「來，給你一些。」緊接著，便聽見幾個硬幣落入了黑色的碗裡。很快，女主人又回到了屋裡。屋外寒風肆虐，吹來了西北方向的烏雲。僧人依舊平靜地站在那裡唱著經文，不久也離開了。

僧人就這樣每天都在村裡走來走去。十天過去了，僧人突然不來村裡了，也不知去了哪裡。村裡人也不知道他究竟是從什麼時候開始不來的，大概是到其他村子化緣去了吧。從那之後，一年過去了，兩三年過去了，他偶爾也會再來。

誰也沒注意到僧人漸漸上了年紀，人們見到他時總覺得他還和剛來村裡的時候一樣年紀。不僅如此，也沒人注意到他的打扮也發生了變化。有時，僧人從秋到冬都來村裡化緣，有時是初春的時候來，每次來的時間都不固定。

然而，有一年，村裡流傳起了這樣的謠言。

「那個僧人是不老身。只要他一來，村裡人就會一個接一個地死掉。每次有人去世的時候，正好這個僧人都在村裡。」

沒人相信這個謠言。

春天伊始，僧人又不知從何而來，走進了村子。這時，謠言又流傳了起來。因此，每次僧人來化緣的時候，村裡有的人會給他錢，有的人就關緊大門假裝不在家。過了十天左右，僧人又離開了村子，不知去哪裡了。

村裡的人們互相交談著。

「那和尚不來了，昨天沒來，前天也沒來。」

「到今天正好五天沒來了。」

人們這才注意到，僧人是時而來，時而不來的。

僧人離開村子不到十天，村裡就發生了些事情。住在村子盡頭的一個年輕男瘋子和他的母親兩人同時去世了。兩人一直靠上面給的一點點補助金生活，村裡人看他們可憐，也常常給他們送些東西。他們家過去是武士，從主君那裡領取俸祿，但後來公債的錢越來越少，再後來父親去世了，兒子也在十五歲時發了瘋，成了現在的樣子。不知什麼時候，連公債的錢也用光了。雖然他母親有親戚住在鎮上，但沒有一個人來看望過他們。瘋子常常衝破牢房逃跑。他的頭髮上滿是污垢，垂在臉上，黑乎乎的，連皮膚的顏色都看不出來了。身上穿著破爛的衣物，繫著腰繩，光著腳，嘴裡嘟囔著什麼，漫無目的地徘徊著，嚇唬正在外面玩耍的孩子們。

深秋，還沒開始下雪的時候，孩子們在寺院墓場附近的一棵大核桃樹下玩耍，幾個十五、六歲的領著幾個八、九歲的正在捉迷藏，這時遠處蹣跚著走來一個人，大喊著：「喂，會說英語嗎？我可以教你們。」仔細一看，原來是村裡人人皆知的那個瘋子。他長長的頭髮垂在肩膀上，手裡握著一根細細的拐杖，敲打著地面發出聲響，銳利的眼神環視著四周。據說他之前好幾次拿著刀子要砍自己的母親，他母親嚇得逃出了門外。孩子們對此或有所見，或有所聞，都高聲喊著「我先走了」逃掉了。其中也有人落在後面，又哭又叫。

這件事在村裡傳開了。有四、五個人十分同情瘋子的母親，開始四處尋找瘋子的下落。據說那天晚上，人們在寺院的樹林裡抓到了瘋子，重新翻修了牢房，把他關在了裡面。

夕陽西下，染紅了寺院墓地旁的核桃樹。每當看到這情景，孩子們總是不禁回想起瘋子的事情，互相談論著。

村裡人發現這對慘死的母子時，兒子的喉嚨被短刀刺穿，他的母親倒在兒子的屍體上，也已經自殺了。外面下起了暴風雪，屋裡沒有一點火光，陰暗的光線透過門縫照射著這悲慘的家庭。屋裡連一件像樣的生活用品都沒有，只見烏黑的燈芯散落在破爛的木板邊。

血呈藍色，就像那褪了色的白燈芯一樣，讓人看了不免心中茫然。有個人說，前天下暴風雪，他看到瘋子的母親急匆匆地從鎮上的方向回來，連傘都沒打。她的木屐陷進雪裡，連鞋帶都鬆了，手指凍得通紅，狂風吹動白髮，上面掛著凝固的血跡，一看就是受了傷。

村裡人開始懷疑：為什麼瘋子的母親要殺了自己的兒子又自殺呢？是不想再給別人添麻煩了嗎？還是忍受不了饑餓和嚴寒了呢？有人說，瘋子的母親過去是在武士家庭裡長大的，應該會有這樣的決心吧。他的話令在場的人不禁在腦海裡描繪著她年輕時的樣子，大概二十歲、十八九歲的時候，這位夫人……光陰轉瞬即逝，如今眼前是她不堪入目的死態。她只穿著薄薄的單衣，肩膀上還打著好幾個補丁。

另一個人卻給出了不同的解釋。他說，這瘋子的母親是覺得自己不知哪天就會老死，自己死後又沒人照顧瘋子。所以還不如自己親手殺了瘋子，隨後再自殺，跟他一起走，死後繼續做母子。

不知為何，聽了這些猜測，在場的人都落了淚。村裡人小心翼翼地埋葬了母子的屍體。

某年夏天，那個僧人又不知從何而來，走進了村裡。現在，村裡的人再看到僧人，都開始懷疑村裡是不是又要死人了。已經沒有人不相信這個謠言了。成群的孩子們跟在僧人身後，他們和僧人保持著距離，竊竊私語著。

「聽說和尚一來，村裡就會有人死。」一個約莫七歲的小女孩說。

「朝和尚扔石頭吧！」一個看熱鬧的孩子說。

就這樣，村裡人都遠遠地躲著僧人，有的人還挨家挨戶地說，他來村裡一定會有什麼舉動，什麼都不做的話他是不會來的，他一定會製造點事情。也有的人家比較迷信，尊敬僧人，說他如果來做什麼遭人憎恨的事，那也太愚蠢了。因此即便僧人來了他們也裝作什麼都不知道。僧人還是一如既往地站在門口，平靜地唱著經文。鐘聲緩緩。透過門縫，可以看到他閉著眼，嘴裡念念有詞，眉毛又白又粗，總讓人覺得他不是個普通的僧人。

雖然這戶人家裝作沒看見，但僧人一直站在門前，久久不肯離去。這家女主人很迷信，她心裡很緊張，小聲對僧人說：「請走吧。」說完，她的臉騰地變紅了，心跳也加快了。不知為什麼，女人總覺得心裡不踏實。

想必這極小的聲音也傳入了僧人的耳朵裡。僧人平靜地離開了。

這時，村裡已經沒有人給僧人任何東西了，但僧人還是每天在村裡走來走去，挨家挨戶地站在門前，一如既往地唱著經文，敲著鐘。並沒有人出事，僧人還是像完成任務一樣每天在村子裡化緣。過了十天，他又不知消失到哪裡去了。

村裡人都以為僧人不會再來了，之後每個人都十分忐忑不安。

「那和尚終於不來了。」一個人如釋重負地說道。

「還是有點擔心。」一個人感受到了謠言不可撼動的力量，說道。

「在文明世界不會有那種事的。」這個人在心中認定文明世界是不會有任何可怕的事情的。

「過一段時間就知道了。」

三個人的對話到此結束。大家討論著究竟是誰開始散佈謠言的，但最終也沒有找到始作俑者。僧人離開後不到五天，村裡又發生了不幸的事情。村裡的人們面面相覷，好像在說「果真如此……」去世的是一個五十五歲的男人。他是看道口的，工作了很多年了。從北邊海岸延伸而來的電線杆高高低低地與南邊相連，鐵軌閃爍著微弱的光芒。他沿著鐵軌在寂寥的田野中巡邏，水腫的身體穿著褪色的深藍色衣服，蹣跚前進。他無力的雙手無意識地擺動著。

怪獸嘶吼，地動打破了遼闊原野的寂靜，沉睡的草、木、房子都睜開了眼睛。那男人站在道口的小屋前，舉著白旗，有人從黃色的窗戶探出頭來，目光停留在男人身上。也有人看著他，沉默著走過，還有人吐口唾沫走過。當中還有個寒酸的老人，心想這人是過著一種怎樣的生活啊，也從他身邊走了過去。

這看道口的男人話很少，因為中風，左手和耳朵長期不太靈便。他在家的時候，就會把一棵不知名的、長紅果子的盆栽搬出來曬太陽，再澆澆水。在他臨死前一天，還有人見到他給這個盆栽澆水。

在一個霧濛濛的早晨，男人到附近的河邊釣魚。藍色的清水拍打在腳邊。男人死死地盯著魚竿，忽然覺得一陣頭暈目眩。雖然他知道自己是在河邊，但卻感覺像躺在榻榻米上一樣，渾身軟綿綿的，然後就一頭栽進河裡，在水中掙扎了一會，淹死了。

村裡人打撈他時，只見草木茂盛的樹陰處，他的屍體手腳蜷縮，團成一團，一副溺水狀。他的臉色鐵青，下巴上長著短短的鬍渣，和生前一樣氣色不怎麼好。

之後，只要僧人一來，村裡就會有人去世。時光流逝，現如今這已是舊話了，村裡也有過多次變遷。某年村裡發大水，淹了田地，很多人都搬到了其他地方，有的去了鎮上，有的去了其他村子。

現在這村裡只剩下三戶人家了。這是個小村子，離大路很遠，既昏暗，又寂寥，還有些陰森，一部分地方有河流穿過。村子周圍長滿了古老的大杉樹，田地裡明亮些，桑樹黑色的葉子在陽光下閃閃發光。

這三戶人家中，有兩戶並排矗立在桑田裡，另外一家建在陰暗的森林裡。那兩家住的人都很窮，雖然別人都去了鎮上或者搬到了其他地方，可他們總說自己沒有那個能力，一直留在村子裡。森林裡的那戶人家是以前村裡的大財主，他家又大又舊，屋子周圍長滿了上百年的古樹，無論發生什麼事，這家人也不搬走。

大屋子有很多扇窗戶，屋裡卻濕氣很重。樹枝交錯著，透著陽光，遮住了天空，白色和紅色的樹幹矗立在那裡。據說去過那家的人曾看到有大蛇盤在樹枝上捉麻雀，而且在走向森林深處的路上，能在地上見到各種不曾見過的昆蟲。走進屋裡，和這家人說話的時候，他們也都臉色慘白，有點嚇人。而且，據說這戶人家總有人生病。

屋子裡住著個老女孩，三十二歲了還沒嫁人。她從小時起就躲在陰暗的屋子裡不出門，聽森林裡的風，或是看窗外無聲的雨。雲層裂開，透過森林可以看到藍色的天空。到了傍晚的時候，不知從哪裡飛來很多鳥聚集在森林裡，她總是傾聽鳥兒們的啼叫聲。她家裡只有一些傳下來的舊物件，比如黃銅的燒水壺、生了青鏽的舊鏡子，卻不見那些紅紅綠綠、五彩繽紛、賞心悅目的東西。

雖說她家很有錢，但屋裡卻很陰森。家裡有一把古老的三味線[26]，她小時候常聽母親彈奏。有一年梅雨時節，三味線鬆了，出不來聲音了，就不知被放在了何處。當然，也可能是因為附近沒有修琴的，從那之後，屋裡常常寂靜一片，連笑聲都沒有。以前母親彈奏三味線時的歌聲常常回蕩在她的耳邊，那時候她聽不太懂，所以現在也記不太清了，只記得那首歌的旋律非常憂傷、哀怨、陰鬱，難以形容，讓人久久不能忘懷。母親似乎還很年輕，一頭亮麗的烏髮，白皙的臉盤微微偏向一側，抱著三味線看著庭院唱著歌。黃昏，綠色的樹葉隱約顯現。

這家女兒十八、九歲的時候，常常陷入沉思。那時，她很懷念紅色，有時又會想起兒時聽到的三味線的旋律，回味著那幽怨的歌聲。

「那把三味線放在哪裡了呢？」她試著尋找那把琴，但最後也沒找到。

那時，她有時在傍晚聽著森林裡飛鳥啼鳴，仰望藍天和月光，突然會想看海；有時，她又會覺得好像有什麼人在等她。

現如今，她身上只有黑白兩種顏色，什麼紅藍紫的顏色都沒有。她已經不像過去那樣躲在陰暗的屋子裡，透過窗戶出神地看著外面風中搖動的森林，像在編織什麼細緻的花紋一樣，陷入浮想。她的心已經變得像石頭一樣冰冷，也很不注意打扮。她髮根鬆動的頭髮遮著慘白的臉，散在肩頭，身上也不像一般女孩那樣穿著紅色或者紫色。她偶爾還是會從窗戶探出頭看看傍晚的天空，但卻不會因此對什麼東西產生愛慕或嚮往，臉騰地變紅。她只是冷笑著，像是在嘲笑這個世界，嘲笑什麼人，笑得十分虛偽。

她的母親也變成了一個滿頭白髮的老太婆。她對到家裡來的人們說：

「我女兒病了，請不要大聲說話或大笑。」這樣一看，這家女兒也許還真是得了什麼病。

這小屋就藏在森林裡，森林矗立在漆黑的夜空下，彷彿在守護著它。幾乎沒人進出這屋子，恐怕除了森林的小鳥，誰也不知道這些人還在不在屋裡。

緊挨著的那兩間屋子中的一間，平時大門緊閉，妻子也不下田地。丈夫是個四處經商的，經常在沿海走動，還常去鄰國，不怎麼在家。行走在多山地帶的人，難以在海邊走動。臨海的地方也有村子，也有城鎮，海風吹拂著村子和小鎮，他就在魚腥味和海濱的味

26. 三味線，一種日本弦樂器，由木質的四角框蒙上皮革製成音箱，琴弦從頭部一直延伸到尾部，通常會以銀杏形的撥子來彈奏。

道中做生意。鎮上的白旗子在藍色的大海上飄動，裸體的男女被曬成小麥色，結伴從一個村子走到另一個村子，從這個鎮上走到那個鎮上，不知不覺翻越了邊界，走進了鄰國。就這樣，丈夫不在的時候，妻子就到田地裡耕種蔬菜。無論誰從這間屋簷傾斜的小屋門前經過，都會發現大門緊鎖。也不會有人來做客。

盛夏，金黃的向日葵長得很高，向著東邊，剛剛把東邊的天空染得一片朦朧，又隨著太陽的升起轉向了南邊。黃色的大花盤上，粗粗的花蕊清晰可見，花盤轉動，追趕著太陽。接近正午時分，綠色的花葉在陽光下閃爍，花盤像是微微出汗，反射著銀色的光，無精打采地對著太陽垂著頭。燦爛的太陽撼動著鬆弛的天空。在這漫長的白天裡，開著花的這家始終關著門。終於，太陽落到桑田的一側，地平線和漆黑聳立的森林都被染得血紅，一部分向日葵也陰了下來，卻依舊想要看著夕陽，垂著花盤佇立在那裡。

北方的夏季，天黑不久天空就呈現出澄澈的深藍色。雖然已是兩千年以前的星光，但今晚還是像第一次照耀這個世界，既新鮮，又有點陰鬱，在草葉和草屋上流淌。

另外一間房子裡住了對老夫妻，牆壁很粗糙，時常有蟲鳴聲。老爺爺上了年紀，老婆婆也一頭白髮。他們有一個兒子，在鎮上的鐘錶店上班，每個月送來一點錢，他們就靠這點生活費度日。老夫妻的房子周圍種著一些蔬菜，但還不夠賣的，只是自己吃。初秋的風吹紅了辣椒，白天，小昆蟲在枯枝凋落的陰涼地裡啼鳴。天空如水，湛藍而澄澈，大雁成群，飛向南方。

早上起床，發現昨晚似乎下了霜，摘剩下的辣椒旁，僅有的幾片綠葉被凍成了白色。微弱的陽光照在淡紅的破牆上，讓人不禁回憶起這村子的興衰歷史。

每年都會有人從其他地方來村裡賣藥。在村子還沒因洪水衰敗之前，在這片桑田裡還有幾戶人家。在大家還沒搬到鎮上或其他村子的時候，村裡還有不少人，因此每年夏天賣藥的都會來，他們不會錯過日本任何一個小村子。今年如果他們在某戶人家留下了黃色的藥袋，第二年一定還會來，把舊的換成新的。臨走時，他們會對村民說：「明年還來。」有時候，賣藥的第二年再來這家的時候，也遇到過這種情況：去年拿藥的老婆婆在秋天就已經死去了。但不知為什麼，在兩三年前，這個賣藥的就不來了。

除此之外，以前每年都會來的賣蠶繭的和賣其他東西的都不來了。與此同時，不知什麼時候開始，那個僧人也不來了。那對老夫妻在村裡住的時間比較長，一直對僧人有印象。他們依舊記得，僧人穿著褪色的衣服，斗笠壓得很低，在家家戶戶門前唱著經文，敲著鐘，一邊走一邊化緣。而且，他們還記得，「只要那個和尚一來，村裡就會有人死」的謠言。

風吹雨打，雪花飄落，轉眼到了年末。經歷了十餘年的光景，村子變成了現在這樣。

自從那個中風的看道口的人淹死後，村裡又有過多次變遷。從那之後，僧人就不怎麼來村裡化緣了。後來人越來越少，村子也衰敗了，他就再也沒來過了。漸漸地，這也成了舊話，也令人不禁猜測，僧人是不是在哪裡死於非命了。從那之後，大家都覺得僧人以後也不會再來了。

然而，第十年的時候，僧人忽然又來化緣了。老夫妻十分吃驚，同時十分悲傷，心想這次是不是輪到我們死了。兩個人商量了一晚上。

「現在村裡只剩下森林裡的那家、旁邊的女人家和我們了，和尚不可能來一個只住著三戶人家的村子化緣，所以今天這個和尚果然還是過去那個和尚吧。」老婆婆說。

上了年紀的老爺爺這時十分肯定，他斷言道：「就是十年前的那個和尚，是同一個人。」

夜幕降臨，籠罩著小屋的屋簷，彷彿在側耳偷聽屋裡的動靜。

「如果真是當時那個和尚，應該更老才對。」老婆婆說。

老爺爺說：「一點兒都沒變，無論是打扮，還是外貌，都和那時候一模一樣。」

老婆婆很難過，小聲說：「我覺得這次死的不會是我們，應該是森林裡那戶人家的女兒。我剛才看到她的時候，她臉色慘白，就像死人的臉一樣。頭髮像漆一樣搭在臉上，眼窩下凹，手腳瘦削，讓人看了就毛骨悚然。我覺得她活不長了，那和尚這次一定是來接她走的。」

寧靜的黑夜裡，白髮的老婆婆和牙齒脫落的禿頂老爺爺面對面坐著。昏暗的燈光焦躁地照射著屋子。

啪啪，傳來拍打窗戶的聲音。但老婆婆並沒有聽到，依舊說著話。

「比起洪水，傳染病那段時期更可怕。為什麼人們都在這個村子裡待不長呢？真希望兒子能趕緊幹出點成就，自己開個店，讓我們也能搬到鎮上去啊。」

「啊，下雨了。」老爺爺側著耳朵說。

「傍晚的時候，西邊可黑了。這麼安靜的夜晚，可能是會下雨。」老婆婆說。

老爺爺和老婆婆相視沉默著，外面傳來淅淅瀝瀝的雨聲。

「為什麼這和尚總是來我們村呢？」老婆婆忍不住將自己的懷疑問出口。

「大概在這個村裡的人死絕之前一直都會來吧。」老爺爺閉上眼，低著頭說。

僧人在這個村裡化緣了兩三天，然後又不知去哪裡了。老夫妻每次看向那邊黑暗的森林，都互相說，用不了多久就會有棺材從裡面抬出來了吧。

一個人在家的妻子在心裡想著能聽到海浪聲的遙遠的北方，思念著丈夫。土地又白又乾，樹葉也差不多掉光了，田地裡僅剩的幾株桑葉也已經凋零發黑。整個世界沒有一點聲音，像死了一般沉寂。

「最近快下雪了。」老爺爺走到門外，邊收拾東西邊說。

天空中白雲滿布，一動不動。森林、房屋、田地都好像從頭披著白壽衣，沉默著，十分陰森。

在這樣一個死亡般寂靜的日子裡，老夫妻得到了一個消息：在鎮上鐘錶店上班的兒子得急病去世了。

——原刊於《新小說》一九一〇年（明治四十三年）9月號（原題《稀人》）

日落的幻影

︽人物︾

第一個陌生旅人
第二個陌生旅人
第三個陌生旅人
第四個陌生旅人
第五個陌生旅人
第六個陌生旅人
第七個陌生旅人
白衣女

︽時間︾

現代

（遠處，地平線清晰可見。廣袤的灰色原野上，開滿了一簇簇黃色的、白色的、紅色的花。白色的葉子佈滿了沙地，花團像浮在古老的池沼裡一樣，從地面上冒出來，星星點點，四處都是。原野的左邊，有一座小屋，屋簷有些傾斜。小屋的一扇窗戶是關著的，就像個年久生銹的箱子，蓋上的鎖眼也生了鏽，鑰匙不知哪裡去了。夕陽落在這扇緊閉的窗戶上，也落在這紅黑色的小屋上。）

第一個陌生旅人：這廣袤無邊的沙漠啊，再看那地平線，像是疲倦了似的，懶洋洋的，彷彿平緩的波濤，發病般上下起伏著。啊，我要走到那無盡的地平線那邊，日複一日，只有我一人，沒人和我說話，也沒有什麼賞心悅目的景色。（環視腳邊）這黃色的小花，就好像某種顏色的花褪了色，沉默著盛開在這白色的沙漠裡，終究也會枯萎。會有人注意到這些小花嗎？鳥兒從天空飛過，偶爾在沙地上落下小小的黑影，卻沒有一點聲音。啊，這白色的小花，就像是被硫酸洗掉顏色後白色的空殼。啊，這紅色的小花，好像我切鵝肝時流出的血紅。有時候，沙漠上連這些花草都沒有，我只能走在沙地上。

第二個陌生旅人：我也是如此。而且，我常看到遠處的黑影，卻總是搞不清那是什麼。微弱的陽光把沙地染成了黃色。我發燒的時候，喝了些山道年草，那時候天地都變得昏黃，看起來令人煩躁。在暗淡的日光裡，我看到了一個黑色的東西，一開始我還以為是樹叢。

第三個陌生旅人：樹叢……啊，夢幻般矗立的黑杉樹嗎……不，我也不知道是不是杉樹，反正就和杉樹一樣，樹葉更加柔軟，上面長滿了綠色的小掃帚，十分繁茂，沐浴著淡淡的陽光，像蠟燭、磷火一樣燃燒著，像個尼姑一樣站在那裡。有時，又像是一個站在那裡陷入沉思的人，有時，又像棵可怕的杉樹……（看看第二個陌生旅人，一副無力的樣子）

第二個陌生旅人：就是那樣，我也看到那樹叢了。它就像一根筆插在那裡似的，又像一個在沙漠中行走的，疲倦的、有靈魂的怪物，躡足而行，不發出一點聲音。

第一個陌生旅人：我也見過那樣的樹叢。（他搖搖頭）啊，太陽走遠了，在這裡是看不到那黑色的樹叢的。

第三個陌生旅人：不過這裡是窪地，如果爬高一點，一定能在波浪起伏的平緩的沙地上看到那黑色的杉樹叢吧……（他踮起腳）這樣也許能看到……

第二個陌生旅人：哈哈哈哈，（他的笑聲打破了廣袤的沙漠裡不合時宜的沉寂）你覺得那樣就能看到沙漠遠處了嗎……

第三個陌生旅人：在這樣的沙漠裡，只要高出三寸就有很大變化了。比如，你看（他指向遠方）那邊落下陰影的小沙堆後面，只能看到黑樹叢的一個頂點，我們可能覺得這沒什麼。但只要我們再爬高一步，就連樹叢的根也能看個一清二楚，這是任何一個在沙漠裡行走過的人都懂得的。因此，這毫無生氣的沙漠雖然毫無變化，但只要我們想辦法，還是會發生變化的。不過，即便我們想辦法讓它發生變化，人們也會默不作聲，只在心裡點點頭，表示贊同，而不會說什麼。要說為什麼，那是因為懶得說出口。

第二個陌生旅人：誰都有過這種經歷。心有所想，但卻懶得說出來。特別是像我們這種旅人，每天都在進行著單調的旅行……

第一個陌生旅人：（對著第二個陌生旅人）說起這個，你曾說那黑色的影子可能不是樹叢……此話怎講……

第二個陌生旅人：啊，在地平線奪目的陽光下，黑色的樹叢依舊散發著憂傷的色彩。我朝著樹叢，加快了疲憊的步伐。離黑影越來越近了，我又覺得那是個人。於是，我想先喊幾聲試試，就大聲打了個招呼。（看著第一個陌生旅人的臉）你也很累了吧……你有對著海面呼喊過嗎？耳邊不斷傳來波濤拍打岩石和石塊滾動以及退潮的聲音，你有站在這樣的海岸邊大聲呼喊過嗎？

第一個陌生旅人：我呼喊過，喊過之後心中的苦悶就會釋然。

第二個陌生旅人：很大聲嗎？

第一個陌生旅人：我當時想，大海真是既盲目，又遲鈍。人類渺小的努力最後又能成就什麼呢？我很生氣，於是我痛罵著大海，但我知道這根本無濟於事，最終結果不過是我嗓子痛，痛得不能出聲了。

第二個陌生旅人：是啊，對於廣袤的沙漠來說也是如此。大海翻滾著，轟鳴著，喧囂著，根本聽不見人類的呼喊聲。而在這廣袤的沙漠裡，人類的聲音也被沉默覆蓋。這可怕的沉默！

第三個陌生旅人：啊，我們要去哪裡……（歎氣）

第二個陌生旅人：（看著第一個陌生旅人）你沒有在聽我說話。

第一個陌生旅人：但最後還是一起了。

第三個陌生旅人：我是在你們休息的時候追上來的。

第一個陌生旅人：我們三個人也沒約好，就這樣在沙漠裡相遇了。

第二個陌生旅人：然後站在了這座窗戶緊閉的小屋前。

第一個陌生旅人：啊，天黑了。地平線也暗了下去，天空變成了黃色。

（不知為什麼，附近一派傍晚日落的景象）

第二個陌生旅人：（走上前，敲了敲小屋的牆板）沒什麼回應，屋裡一片黑暗。這黑暗也腐朽了，黑暗深處橫著死屍。小屋遮住了死屍，死屍則等待著小屋漸漸腐壞崩塌後，自己能被埋在沙漠裡。要說為什麼，那是因為他躺在一片空虛中十分忐忑。只有埋在土裡的時候，屍體才能從時間和空間中逃離。腐朽的屍體被暴露在空氣裡，佔據著一定的空間。他躺在那裡，隨著時光的流逝，也感到陣陣不安。

第一個陌生旅人：你是說，這小屋裡有人死了？

第二個陌生旅人：不僅有人的屍體，從腐朽的地板到牆縫間，還長出了青草，蔓延在黑暗中，張開又黑又厚的葉子。第一個陌生旅人我不這樣認為。我覺得這小屋裡什麼也沒有，這寂寥的小屋只是被之前住在這裡的人拋棄了很長時間。現在這小屋裡只有清冷的空氣，還有縫隙間露出的無聲顫抖的光線。地板上散落著那些人用過的瓶子罐子，還有一些餐具。

第三個陌生旅人：我今晚要在這小屋的屋簷下過夜，讓疲憊的雙足休息一下。

第一個陌生旅人：反正也是沒有盡頭的旅程，我還是不分晝夜地前進吧。

第二個陌生旅人：黑暗中的點點星光，就像是在天上挖了一個洞，又像是一隻不眨眼的眼睛，在單調的沙漠上空，（死死看著第三個陌生旅人）你不會覺得寂寥、恐怖嗎？

睡在這窗戶緊閉的小屋的屋簷下……如果突然窗戶打開了，你一定會喪命的……

第三個陌生旅人：窗戶一打開，就會喪命……？

第二個陌生旅人：窗戶一打開，就會喪命……？（看著第一個人的臉）

第一個陌生旅人：不會打開，一定不會打開的。如果打開就是奇蹟了。（看著第三個人的臉）而且，深夜沙漠裡的風像冰一樣，你會很冷的。（轉轉眼珠又看向第二個陌生旅人）總之，我們倆先走吧，我受不了這麼一動不動地站著，太可怕了，感覺這裡寂靜得快要停止呼吸了，也許走著走著心跳也會停止了。

第二個陌生旅人：我也這麼認為，只是不願細想。我也想動動手腳，散散心。

第三個陌生旅人：我想安靜地睡在這小屋的屋簷下，做個夢。睜開眼的時候，可以看著星星暢想未來——據說這裡有死屍——據說這裡還有古老的瓶瓶罐罐散落在地上——我想夢見這些過去的事情，想夢見可怕的惡魔。

第一個陌生旅人：為什麼想做可怕的夢——你是說想做個懷念過去的夢吧……

第三個陌生旅人：都想。我是個詩人。

第一個陌生旅人：你是個詩人呀？（十分吃驚地看著第三個人）

第三個陌生旅人：（得意洋洋的表情）我作了詩還會合著樂器唱歌。

第二個陌生旅人：聽說可怕的東西在詩人眼裡也會變得很溫柔，我們所畏懼的自然力量、難以揣測的命運、惡魔，在你眼中一定都帶著柔和的笑意，湊到眼前與你親吻吧？

（面向第三個人，想要道別）祝你平安度過今晚。

第一個陌生旅人：我們先走了，再見。

（第一個陌生旅人和第二個陌生旅人回頭觀望著，走向了沙漠深處。夕陽遙望著地平線，落入了地面，只有黃昏的天空孤獨地微笑著，被染成了紅色。）

第三個陌生旅人：（走到小屋窗前敲了敲）這是座遙遠記憶中古舊的小屋。是我，是我，為什麼不打開窗子呢？讓我看看裡面吧……惡魔！惡魔！我想看看那黑暗深處，我想知道有什麼秘密。窗戶一打開，從裡面飄出黑色的毒氣，讓我斷氣，讓我死掉我都會很滿足。多麼令人懷念的追憶啊！多麼令人懷念的追憶啊！請打開這扇充滿秘密的窗子吧！讓我看看這明亮新鮮的光線顫抖著射入窗內！無論是黑暗恐怖的力量，還是追憶柔和的味道，總而言之，我就是想打開窗戶看一看。（可是小屋裡一點反應也沒有）

第三個陌生旅人：天已經完全黑了，可以看到微白的沙漠。夜幕從地平線探出頭，正看著這邊。紅色的晚霞漸漸蔓延到了遠處，夜幕也向這邊走來。（放下背上的背包，從口袋裡拿出曼陀鈴）我自己彈曼陀鈴安慰自己吧……（手指輕撫，發出細微的聲音）如果我現在彈奏一首悲傷的曲子，有誰會聆聽呢？果然只有我自己吧。（停止彈琴，靠在小屋

的牆壁上）啊，我想睡一會。（他躺在窗下的沙地上睡覺了）

（過了一段時間。）

（天地微明，旅人的臉微微有些泛白。這時，那扇充滿秘密的窗戶漸漸打開，露出了小屋角落裡黑暗的方形洞穴。這時，床邊出現了一個白衣女子，藏著下半身，只露出上半身。她的頭髮長長地垂在身後，昏暗中只能隱約看到她白皙的臉和白色的衣服。）

白衣女子：（把白色的花瓣撒到沉睡的旅人身上）睡得真香。扔掉樂器，中途睡下，疲憊的心臟中傳出喘息的聲音，在這昏暗的寂靜中清晰地起伏著。（過了一會）太陽已經沉入地面，這個旅人再也不會看到日出了。他會永遠沉睡，不會醒來。以前，凡是從這窗子下面經過的人，只要想試著打開這窗戶，或是想要窺視屋裡秘密的，最後都喪了命……倒是沒人傻到覺得這小屋又破又舊，不會有人居住。可沒人知道這個建在沙漠裡的小屋，因為有經過沙漠的旅人們經常在此喪命，所以早已成為了一個長久的不解之謎。我之所以能永保青春，也是因為吸食了路人的性命。我的頭髮總是又長又黑，是因為喝了路人的血。我的臉龐總是如此美麗，是因為我被詩人所愛慕，就連劃過天空的星星也會傾慕於我的容顏。但我是個生性殘忍的人，哪怕是深愛我的詩人，我也要奪走他的性命。我天性如此，別無他法。（白衣女子又從窗戶裡向熟睡的旅人身上撒白色的花瓣）這位旅人一定睡得很舒服很冰冷吧。

（白衣女子消失了。黑暗的窗戶又漸漸關上，恢復了之前的樣子）

（周圍暫時陷入了死亡般的沉寂。）

（這時，成群的旅人手裡舉著點燃的蠟燭朝這裡走來。）

第四個陌生旅人：有個人倒在這裡。

第五個陌生旅人：這小屋有些嚇人。

第六個陌生旅人：窗戶是關著的。既然倒在窗下，應該是睡著了吧。

第四個陌生旅人：感覺這小屋有些熟悉，（手搭在蠟燭上，借著燭光）可是看起來裡面沒有人住。

第七個陌生旅人：（用蠟燭照了照躺在地上的人）我好像在哪裡見過這個唱歌的。

第六個陌生旅人：（用手搖動著躺在地上的旅人）呀，（吃驚狀）這個唱歌的渾身冰涼。

第四個陌生旅人：死了嗎？

第七個陌生旅人：這個唱歌的很像幾年前在X鎮上唱歌的那個人。（用蠟燭照了照他的臉）就是那個男的，以前他每天都在X鎮上邊走邊彈著曼陀鈴，後來和某家的寡婦好上了。我還記得他當時邊走邊唱的歌。（想了想）全記得……那是一首天真爛漫的歌謠，大概是說在一個賣東西的老鋪子裡，有個長得很白的小徒弟打碎了一個紅紅綠綠的古董瓶子，於是哭個不停。後來，就再也見不到這個唱歌的了。

第五個陌生旅人：就是那個唱歌的，沒錯。

第七個陌生旅人：也不能保證，只是長得像而已。

第六個陌生旅人：是不是中毒死了？

第五個陌生旅人：我覺得是猝死。

第四個陌生旅人：常有這種事呀。

第六個陌生旅人：今晚又不會做什麼好夢了。

第五個陌生旅人：夜晚變長了。

第七個陌生旅人：我想埋葬了這個人。

（這一群旅人把躺在地上的唱歌人卷了起來，陷入了沉思。這時，在太陽落山相反的方向，升起了紅色的月亮。那顏色像是預示著可能會有地震，會起風，會發生什麼不好的事情，紅得十分焦躁，令人頭疼，令人不安。）

第五個陌生旅人：看，看那月亮的顏色。

第四、第五個陌生旅人：那、那月亮的顏色……

（大家一同朝月亮看去，不安地皺起了眉頭，陷入沉默——）

——原刊於《劇與詩》一九一一年（明治四十四年）4月號

北方的冬天

那是我六、七歲時的故事。

窗外的雪似乎停了，四周一片寂靜。我靠在被爐旁，聽母親講著一些恐怖的故事。其中有個故事是這樣的。

在旁邊的大貫村，每當天黑時總有三只紅燈籠飄過。紅燈籠十分常見，但一般無論什麼燈籠，只要點上火就會有背光，惟獨這種紅燈籠沒有背光。三只紅燈籠互相隔開只有十間遠，從東甫的村口出現，不知在何處消失得無影無蹤。第一個發現這情況的是住在村口的農家老爺子。當時他工作到很晚，正想睡覺，在關門時看到三只紅燈籠在對面的田地裡移動，令人毛骨悚然。

村子西面有個大池塘，因為下過雪，水面上依然留著積雪。老爺子還以為是住在池子周圍的狐狸和狸貓因為大雪無法覓食而亂跑，於是就睡了。第二天，他把這件事告訴了村裡的人，村裡很多年輕人自告奮勇，聚到老爺子家裡，打算熬夜觀察，到時一看究竟。

那天夜裡風雪非常大，普通人根本無法在田野裡行走。那裡既沒有道路可走，又迎著西北風，雪吹進眼裡、嘴裡，讓人寸步難行。

果然，那三個燈籠再次出現，從村子東南口進來，飄過田野，消失得無影無蹤。

「哎呀，那燈籠真是嚇人。」有人說道。

「那燈籠的光真是夠紅的。」又有人應道。

「那一定是鬼火！」也有人這麼說。

而那天夜裡大家還是睡了。第二天，村裡許多人對此事議論紛紛。

「哎，那幾個燈籠跑到哪裡去了呢？」有人說道。

「誰知道，到底去哪裡了呢？」「是不是去池塘裡了？」「我們今天晚上再看看吧。」

眾人紛紛發表意見，晚上又來到那個老爺子家裡，等待燈籠出現。當天晚上風雪竟然停了，冬天清冷的月光從雪縫間照射下來。一望無際的田野中，積雪在清冷的月光照射下閃著淡藍色的光芒。

「今天晚上太冷了。」有人說道。

過了一會，一陣刺骨的寒風吹過田野，風聲一停，有人指著村子入口處喊道：「來啦！來啦！」

三只沒有背光的紅色燈籠正往村子這邊移動，眾人互相推擠，一起出了家門去追那燈籠。廣袤的田野上鋪著白雪，皓亮月光映照在雪上，泛出淡藍色的光，照得二三里遠的地方也清晰可見。

隨著夜色變深，雪雖然凍結變硬，但人們推搡著踏上去，冰層還是會塌下。時不時有凜冽的寒風吹過，但遠方那三只燈籠的燈火從不閃爍，也從不搖晃，自然地向前走著。

眾人好不容易走到了離燈籠二三十間的位置，在月光下一看，並不是燈籠自己在跑，原來是有個人手裡拿著燈籠。那個人看上去有些模糊，穿著一身白色的裝束，完全不是常人。

「啊，那是幽靈！」有人不禁驚叫起來，嚇得魂飛魄散。

看到此景的其他人也如同被澆了一身水似的，手腳顫顫發抖。然後，他們蹲在田野的雪地裡，一直盯著那三個白色的身影遠去。那三人中，最前面的似乎是一個老人，頭上纏著白色的束帶。離他大概十間的地方，第二個人個子稍矮，走路姿勢像孩童一般。再隔十間遠的最後一人長長的黑髮披散在背後，似乎是個女子。這三個人始終低著頭，手裡各自拿著一個燈籠，像浮在空中一般移動著，自身卻紋風不動。

眾人十分害怕，屏息注視著這景象。三人沒有走向池塘方向，而是橫跨田野，往鄰村的方向去了。清冷的月光照著田野，卻照不到三人的白衣上，仔細看去，比雪更白的身影彷彿消失了一般已經看不見了，紅燈籠也隨之消失不見。眾人在紅燈籠消失後，突然感到寒氣徹骨，然後好像凍死了一般默不作聲地逃回家裡睡覺。雞啼過後，天色轉亮，周圍還是跟昨天一樣，對面街旁有乾枯的樹木，遠處能望到一片森林。人們懷疑那裡是否有昨夜幽靈的痕跡，前去一看，根本沒有類似的痕跡。

講到這裡，母親嚴肅了起來。

我懷著孩子的好奇心，想知道那幽靈是什麼東西，說道：「那用槍打他們。」「嗯，對啊。」因為天色已經變暗了不少，母親在屋子裡瞇著眼睛做著針線活。

「如果是周藏的話，肯定會開槍打的。」我將半個身子鑽進被臥裡。

周藏是我們村子的年輕獵人，經常來我家裡做客。他有些口吃，頭髮留得很長，像掃帚一樣。他人非常好。

「這麼幹的話，會遭惡靈報應的。」母親說道。

「惡靈是什麼？」我反問道。「會死的。」母親說道。

我覺得有點害怕。馬上就要天黑了，不僅如此，房子周圍被厚厚的雪包圍，牆板和葦簾子靠在上面，高高的窗戶透進來的光很少，稍有點天黑時，屋子裡就已是伸手不見五指。

側耳聽去，有幽幽的鳥叫聲，大概是正善寺的杜鵑鳥在叫。母親忙著收拾，我則靠著被臥，反復想著剛才的話。屋脊的柱子上掛著的六角時鐘咔噠咔噠地走著，被煙熏黑的神龕上供著大財神。我家裡比較陳舊，到處都泛著黑光。

「不知道雪停了沒有呢。」母親說著站了起來：「去泡個澡吧，好久沒泡了。」這樣說著，母親把我拉了起來。從暖和的被臥裡出來雖然很痛苦，我還是去做準備了。

我穿著草鞋，身上裹著雨衣，兩隻腳顯得變粗了。頭上戴著三角帽子，就像摔倒了一樣，身體看上去成了一個團。母親脖子上綁著莊內帽子，身披同樣的雨衣，穿上高幫草鞋，打開門走了出去。屋外正吹著刺骨的西風，雪中的田野透出一片灰色，對面德兵衛老爺子家的房子只能看到房頂。遠方正善寺的杉樹林一片漆黑。兩個人蹣跚著走過雪路，往城鎮走去。要走到城鎮必須穿過五片田地，田野上有一條河流過，河上架著一座橋。

越靠近田野，風就變得越強。雪已經凍得非常堅硬，雖說是道路，卻不是誰專門踩出來的，而是要順著之前的人模糊而零散的足跡才能走。我們就像爬上牛背時一樣躡著腳走著，我走在前面，母親跟在後面。這裡白天有雪橇駛過，但是其痕跡完全被暴雪所掩蓋。在這寒冷的天氣裡，不遠處有一隻雪橇經過，留下了足印和閃閃發光的雪橇的痕跡。

「明天天氣會不錯。」母親在身後說道。

我抬起頭，摘下壓得很低的三角帽子，眺望著田野的景色。灰色的雪閃著光芒，西面的山巒成了黑色，太陽將要下山了。無論向東看、向南看還是向北看，都是一片漆黑，陰沉的天空中完全不見飛鳥的蹤跡。我一直望著天空，然後閉上雙眼，心中感到一片陰鬱。放空心情望著西面的天空，山和山擠在一起，重巒疊嶂。太陽將要沉下西面最底層的山，一片很大的黃雲清晰地印在灰色的天空上，看著令人生厭——只能看到那黃色的雲如帶子般橫亙在天上，遮住了日落的景色——我以為已經日落了，心裡很不痛快，都沒開口向母親確認。

「喂，看那片雲，像一條帶子一樣。」母親說著，用手指了指。

在一片灰色的昏暗天空中，一長條雲彩如同一根直線，看上去讓人很不舒服。

我只是覺得這種景色很難遇到。我跟母親兩個人蹣跚著走雪道，聽到遠方傳來咚咚的巨響。仔細一聽，那應該是日本海海浪的聲音。我們兩人終於走過了橋。岸上有很多積雪，河流變得很細，幾乎無法辨別。我們兩人過了橋，沿著似有似無的路繼續走著。四周一片空曠，不見一個人影。

我現在仍然記得當時的情景。遠方能看到兩棵杉樹，右手邊可以看到茅草房。對面走來一個白色裝束的男子，手持一根長棍，胸前掛著一面鏡子閃閃發光，頭髮如同黑色的蓬草一般垂下，腰上繫著幾個類似勾玉的東西叮噹作響。我不禁想起剛才母親講過的大貫村的幽靈故事，急忙躲到母親身後，緊緊抓住母親。

「別害怕。」母親說道。北方灰色的天空在沉睡著。這個白衣長髮、胸掛鏡子的男子就像從雲中落下一般，在雪道上迎面走來，發出沙沙的響聲。對面的那些杉樹和茅草屋看上去似乎變得遠了。過了一會，男子走近到了五六間遠的地方。那時我驚恐地探頭一看，那人頭上沒有斗笠，嘴上和下巴都滿是鬍鬚，蒼白的臉上，頭髮蓋住了額頭，眉毛很粗，眼睛閃著異樣的光芒。我和母親盡力避開那個男子，在狹窄的道路上慌張地走著。那個男的停了下來，一隻腳踏進雪裡，等著我們通過。

母親說道：「謝謝您了。」接著急忙往前趕。

我也緊走幾步，跟著母親走了過去。

這時那鏡子反射出刺眼的光芒，勾玉發出了叮噹的碰撞聲，男子口中發出陰沉而有力的聲音道：「六根清淨。」

我永遠忘不了那陰沉的聲音。在傍晚那寒冷的天氣裡，男子的呼吸凍成了白氣。我學著母親的樣子，低著頭從旁邊走了過去。男子大方地點頭致意，然後沿著我們來的路向前走去。我急忙趕到母親前面，好幾次回過頭來望著那男子，母親也是走幾步就回頭望一下。那個男子的白色衣服背後寫著幾個大字。望著望著，那男子漸漸走遠了。

「媽媽，那是個什麼人啊？」我問道。

「那個嗎？那是行者。」母親說道。

「行者是什麼？」

「就是徒步旅行的佛教徒。」母親解釋道。

憂鬱的天空一片昏暗。雪的表層凍成了灰色，舉目望去一片寂寥。那時我的母親四十歲，身材瘦小。我仍然深切地記得那時周圍憂傷的景色。

傍晚的天氣真是寒冷。西面的天空中，黃色的雲不知不覺消失了，鋸齒形的山巒緊緊抓住大地，看上去一片漆黑——我們兩人趁著暴雪沒來，泡了澡趕著回去。回去的路上天黑了下來，看不清道路，母親點了一只小燈籠，但即便如此，暴風雪一旦來臨，橋周圍的道路就會全部消失不見，難以分辨方向。另外冰雪下的河流很深，所以我們加快了腳步。這時也能隱約聽到遠處海浪的聲音。剛才的行者應該是從能聽到海浪聲的海邊村子的方向過來的。路上到處都是草鞋的痕跡，似乎是那個行者的腳印，偶爾會出現一些塌陷下去的地方。我問母親說，那個行者從那個能聽到海浪聲的鎮上過來，他打算今天晚上住在哪個村子呢？

「誰知道，他可能會在新井，或者是關山附近投宿吧。」母親答道。

之後我們兩個不說話地走了一段路。終於，在遠方看到了五六十間房屋，小鎮露出了它的面容。昏暗的天空升起裊裊的白煙，那裡就是澡堂。我停了下來，遠望著那邊。

我讀著某個北歐詩人讚美極光的詩句，偶然回想起兒時在北方故鄉的過往。黃色的雲、灰色的天空、白衣行者、海浪的聲音，這些景象都未從我心裡消失，到現在越發感到神秘。厭倦了多年都市生活的我，靈魂已經徘徊到北方幾百里之外那滿是奇跡的故鄉。

——原刊於《新小說》一九〇八年（明治四十一年）10月號

面容

寫於赫恩27老師逝世一周年祭

〈1〉

我常常一個人走在路上漫不經心地思考著，眼前浮現出寂寥的風景，心中一陣疼痛。有時是秋天傍晚的森林，有時是冬天乾枯的田野，所有陰鬱的景色都像幻影一般出現，又忽然消失。

那些景色消失後，我總是一個人呆呆地思考著。為什麼總能看到這些景色呢？我在惦記著什麼人嗎？我很是介意，思考著這個問題，心中一片茫然，既沒有感到悲傷，也沒有感到喜悅。待我平靜下來，便覺得，心底隱隱作痛，就像細微而又悲傷的耳語，眼前則清晰地浮現出傍晚陰沉寂寥的田園景色。

啊，為什麼我總是如此悲傷？我早就已經不想她了呀。我在心裡鼓勵著自己，可還是在不知不覺中落下了熾熱的淚水。感傷也不過如此了。我以前去雜司之谷參拜鬼子母神時曾經抽過籤，問的還是那些人生的前程，還有那虛無的戀情，或是因為不知道——沿著這條路走下去，就會到鬼子母神寺院裡。草木已經枯萎，田地也開始泛黃，不知不覺，她的面容又浮現在我眼前。說起來，在之前的秋天裡，我們曾一同走過這條路。

啊，不想了不想了，很傷感吧，這事令我如此焦慮，一定十分悲傷。不知不覺間，我的眼淚奪眶而出。

哎，去赫恩老師的墓前拜一拜吧……

《 2 》

回想起來，那正是前年初夏時節的事情。那個季節裡，無論是綠葉茂密的樹林，還是碧藍的天空，都使人心中泛起淡淡的苦楚與憂傷，就像在等待戀人的心情，又像是追憶往昔的傷感之情。

我透過學校的窗子，盯著院裡的羅漢松上冒出的新芽出了神，陷入了無限遐想。這

27. 小泉八雲（KOIZUMI YAKUMO，1850-1904）原名拉夫卡迪奧．赫恩（Lafcadio Hearn），1850年生於希臘，長於英法。

時，突然響起了上課鈴，赫恩老師來了。這是我第一次見到赫恩老師。

我先是猜想這個人出生在希臘，在西印度群島和其他地方流浪，然後來到了這裡。他個子不高，是個獨眼龍，長相老實，穿著灰色的衣服。他有幾個兄弟姐妹，父母不知在何處做什麼，也有認真地談過戀愛，但是沒能有個圓滿結局。我在腦海裡不斷幻想著。下課後，我來到操場上，坐在羅漢松樹蔭裡的草地上，眺望漫漫碧空中流動的白雲。我感到靈動的自然正主動與我親近起來，無底渾圓的天空、寂寥的白雲、袖邊的風聲。我突然覺得，老師翻山過海，漂泊到了舉目無親的異鄉，十分可憐。他講課時那溫柔、熱情洋溢、充滿節奏感的聲音，直到今天彷彿還會在耳邊響起。

緊接著，我又懷念起他那熟悉又和藹的面容。我突然感到自己雖然不像老師一樣，但也是個無處可歸的流浪之人，心中不免寂寞。

這位滿身榮耀的詩人，突然十分嚮往那永恆的樂園，消失在了沉寂的大海裡，紫色的，就像做夢一樣……你嚮往夏季永恆的淨土，縱身小島山陰的波濤間，艱難地前行，和你的悲傷一同消逝。

我們無比悲傷，懷念著你，越過回野，越過高山，越過森林，眺望西邊暗紅色的美麗天空。瘤寺附近松樹茂密，樹影重疊，我們在濕潤的墓邊燒香，縷縷青煙升入寂寞之境。只看著這細細的青煙在空中慢慢消失，我也覺得很難過，好幾次被鐘聲打斷思緒，不知不覺落下眼淚——每當不經意地回想起那些日子，眼前還是會清晰地浮現出當時的情景。

《 3 》

今年春天，我走在北方的小鎮上，見到一個乞丐撥著豎琴在討飯。這個乞丐的面容和《向日葵》某一章裡出現的乞丐很相似。我覺得莫名憂傷，聽著豎琴的旋律，陷入了沉思。忽然，那乞丐的樣子漸漸變遠，消失不見了。啊，他也是個流浪的人吧，這樣想著，我的眼中又泛起了熱淚。

赫恩老師的文章就像這琴聲一樣，細小而澄澈，有一種十分吸引人的力量，傳達著某種寂寞和哀愁——這種聲響，讓人不知為什麼感到十分痛心！十分哀傷！

人生充滿著淒慘。雖有春花、秋月、山山水水、姹紫嫣紅妝點著雙眼，但歸處哀傷痛苦的調子卻常伴左右，揮之不去。就像醉酒者終有一醒，享樂者、奢侈者、喜悅者、浮躁者，都免不了有傷痛、歎息、悔恨、憂愁的一天。

任何人沉醉於青春的美酒中都忍不住放歌，任何人在萬物凋零的秋天都不免心酸。

人生在世，沉醉時便放歌，清醒時便哭泣，尤其是那種孤苦伶仃的哀愁，每次襲來，都會使漂泊流浪之人心中倍感憂傷，湧出無限同情。

漂泊的人啊！為什麼你如此憂愁？看到流過的雲影，就不禁想起故鄉的山；晴朗的春日，看到山野的霧靄，就不禁懷念起過去孩提時代的面容。故鄉小河潺潺的流水浮現眼前，村裡的少女唱著情歌，伴著不知從哪裡吹來的風傳入耳中……這裡山地眾多，山上有山，離故鄉幾百里地，放眼望去藍天大海，一片茫茫。思念母親，思念父親，思念弟弟妹妹。這是一種怎樣的心境呢？

漂泊的人啊！為什麼你如此憂愁？男子漢既然立下大志，走上了生活的戰場，就決定這一生定要作出些貢獻，哪怕九轉回腸，渾身是血。雖是個在山野抑或街市都敢於用鋤子、用鐵鍬、用劍、用筆，有勇氣奮鬥的人，可還是不禁思索，那不堪浮世風波的如花女子，我的戀人今夜將如何度過？看看天空，雲影籠罩著明月，忽然那些勇氣都煙消雲散了……煩悶……懷疑……啊，為什麼漂泊的人，你如此的憂愁！

我想，赫恩老師也是一個漂泊之人。

放眼望去，春天的海面霧靄茫茫。風平浪靜，遠處青山依稀可見，如夢如幻。入海口的沙灘上有黃色的小船，還能看到灰色的街市。我又想起了老師的文章。

北方的春天，天空、碧海，海天相接，澄澈見底，天空與大海的藍色融為一體，濃淡相映。四周一片縹緲，地平線上綻放著銀白色的光輝，恍恍惚惚，像做夢一般。那浦島太郎浮現波濤間，看看故鄉的山影、夢幻般的景色，也就是這樣吧？讀了他的《夏日之夢》，至今只記得下面這一節。

Summer days were then as now. —— all drowsy and tender blue, with only some light pre white clouds hanging over the mirror of the sea.（夏天的日子都是那樣——都是陰沉而憂鬱的藍色，只有一點光透過的白雲，懸掛在如鏡的海面上。）

日本海的風迎面吹來，掀起了陣陣波濤，霞光滿天，也看不見雲彩。如此晴朗的日子，也曾就這樣在海邊徘徊，整日在遐想中度過，這時總會不禁想起老師的文章和經歷。赤、黃、綠、藍，用一些輪廓明顯的顏色，用哀傷的語調把悠悠自然和這靜默的神秘書寫下來，這便是老師的特長。

我並沒見過希臘的海，可我每當看到春日的海都會覺得十分懷念。啊，蔚藍的天空，看到那青藍色的海面，就會想起希臘的天空；看到那流動的白雲，就會想起漂泊的人；看到月光，就會感到哀愁；撿起貝殼，就會哭泣，在悲傷的風中為戀人的身世而煩惱。

《4》

我一個人走在樹林裡泛黃的小路上。濕漉漉的小路十分寂寥，可以看見藍天，一陣涼爽的秋風包圍全身，不知為什麼，心中隱隱作痛。我走進廣闊的田地，這小陽春裡，紅蜻蜓在空中輕盈地飛來飛去，時而停在腳邊枯萎的草葉上。淡淡的黑煙升起，像是融化在了藍天裡，但聽不到任何聲音。沿著小路向左拐，就來到了那個墓地。不經意地看了看，不知不覺中，靜謐的秋天已經快要離開了。我抬頭看看天空，不由地悲從中來。

有一天上課的時候，老師說道：Catching dragon-flies! I wonder where he has gone today!（捉蜻蜓！他今天去哪捉了？）」

這是他懷著詩人之感，用溫柔而又哀愁的語調說出來的。我的眼前清晰地浮現出炎熱的盛夏裡，孩提時代的自己懷著淡藍色的夢，在廣袤的桑田裡一個人徘徊著捉蜻蜓的樣子。

人的一生十分不可思議，誰也無法預知自己的命運……抬頭望去，漂泊之人長眠在隔著千萬里雲與海的異鄉冰冷土壤裡，不禁令人難過。我再也見不到那和藹的面容了，就連那文采飛揚的筆也已經失去了靈魂。

只有風一直在吹，送來了悲傷的氣息。

我一個人發呆，思考著人的一生，也感傷著自己的命運。我們嚮往著光明的地方，就像迷途的孤雲一般，散發著微弱的光芒，漂浮在西邊遼闊的天空中。黑暗、哀愁，最終都會去向何方？淡紫色的希望星光十分遙遠……去年秋天，從這條小路走過的時候，那令人懷念的身影還在身旁……漂泊的人，如今陷入回憶，憔悴不堪。

啊，就捧著這熱淚去造訪詩人的墓地吧……啊，這狂風！這地上的落葉多得遮住了路。

——原刊於《家庭新聞》一九〇五年（明治三十八年）9月

租房時的故事

〈 1 〉

恬靜的春日，籬笆裡梅花盛開。那天，我像平日一樣從學校出來，去找出租的房子。

我在小石川的台町附近邊走邊找，先是爬上坡，再沿著細細的小路，走過紅磚牆，又走過快壞的竹籬笆，看看右邊，又看看左邊。忽然，在左側路邊看到一間二層小樓，貼著「有房出租」的紙條。

我首先站在外面上下觀察了一下這間房子。這是一間很古舊的房子，呈方形，並不大。雖說是個二層小樓，但也很低，感覺伸長脖子就能在路上看到二樓裡面，想來這是座建在低地上的房子。不管怎麼說，那已經是將近二十年前的事了，是我當年上學時的事，雖然記得不是特別清楚，但也有些印象。梅花的樹枝從那壞掉的竹籬笆裡伸了出來，長到了外面，星星點點地開著幾朵白花。

我想看看房子環境，於是在門口打了聲招呼，然後探頭往裡望了望，一個白頭髮的老爺爺正在院子前不知在做什麼。

老爺爺說：「請進，房間在二樓。」我便走了進去，上二樓去看房。

那房間的地板很髒，天花板很低，有六張榻榻米大小，從外面看，因為南邊有簷廊，所以看起來很暖和，感覺採光挺好經常能曬到陽光。但走進房間卻不知為什麼，感覺又陰又暗，而且窗戶在東邊，讓人覺得有些提不起精神。

「我不想住這房子。」我的腦海裡只有這樣一個念頭。老爺爺不斷推薦著這間房，說這裡很安靜，日照好，離學校也不算遠。我聽著他的話，沉默著思考了一會。

「我再考慮考慮。」說著，我走了出去，又去四處詢問有沒有房屋出租了。

不過其他地方也沒什麼合適的房子，我考慮了一番，還是不想租那間二層小樓的房間。

有一次，我們幾個同學一起在B家聚會的時候說起了租房子的事。大家也正有找房子的需求。

燈光下，N的眼鏡反著光，他說道：「在台町有一間二層小樓，應該還在出租，沒有人能在那裡住太久。我有個朋友曾經租下那裡，結果剛搬過去那晚，半夜的時候，一睜眼發現有個女人正在屋裡。她臉色蒼白，低著頭，正走向牆角，沒有一點聲音。朋友還以為自己在做夢，清醒了一下，結果發現不是夢。他又想，自己是不是出現幻覺了？但他看得一清二楚。朋友嚇壞了，把頭蒙在被子裡，等著天亮。天亮後，朋友一天也不想在這房子裡多待了，於是準備收拾行李回之前寄宿的地方。他走下樓梯，打算打個招呼，卻不見老爺爺、老婆婆，只看到一個十二、三歲的女孩。沒辦法，他只好向女孩告別。女孩對他說『果然你也看到了吧？』朋友驚訝回答『看來不止我一個人看見！這房子裡鬧鬼啊！』女孩面無笑容，盯著朋友也不說話。後來朋友就趕緊搬離開了。」

聽完之後，我的眼前立刻浮現出了那間二層小樓。我心裡想，原來世上真有那種東西啊。一兩年後，我再從那裡經過時，那間二層小樓已經不見了，籬笆也翻新了。那間房子應該也被拆掉了吧。

《 2 》

我並不否認世上有「妖怪」，任何事物都不是憑空存在的；但我也沒有什麼實際體驗，足以讓我相信「妖怪」的存在。不過我也不是沒遇到過比「妖怪」更可怕的事。其中一件，就是我學生時代租屋時經歷的。那是在關口瀑布附近，有一間很舊的二層小樓，塗得漆黑的壁板上安著豎格子的窗戶，從外面看起來就有些陰森。這間房子前貼著「出租」紙條。

我彎下腰，趴在小門上敲敲門：「有人嗎？」

「有事嗎？」裡面傳出一個很不客氣的聲音，是個老婆婆，但沒有人出來開門。

我對這裡的第一印象一下就變得很不好，可是沒辦法，還是繼續敲門。

「我想看看空房。」我說。

「自己進來吧！」一個老爺爺用很不友好的語氣答應道。

我推開那有些卡住的門，踏過門口的橫框，進到了一間破爛的泥地屋子。屋裡有個看起來很有精神的白髮老婆婆，正用可怕的眼神死死地盯著我。

「請問是哪間房？」我已經覺得問不問都無所謂了，但感覺問也不是不問也不是，只好開口。

「二樓一間六張榻榻米大小的，自己看看吧。」老婆婆絲毫沒有要站起來的意思。

我走上了又窄又暗又陡的樓梯，二樓盡頭有一間六張榻榻米大小的房間，我想大概就是這間了，於是朝裡看了看。我覺得房間裡比外面看起來還要陰，牆面斑斑駁駁的，上面貼著很多舊報紙，顏色都發黃了，也不知榻榻米是多少年前換的。屋裡有一個隔扇，似乎還隔出一間房。另一間又是怎麼樣的屋子呢？因為就在走廊盡頭，所以我很想看看旁邊這間房。微弱的光線從高高的窗子射進來，我探頭往那間房裡窺去，這時突然傳來了痛苦的呻吟聲。

「啊……啊……」

大概三張榻榻米大小的空間裡，地上鋪著被子，一個女人躺在那裡，枕頭朝向走廊。看起來她已經躺了很久了，她黑色的頭髮已經沒了光澤，亂作一團。她的顴骨高高凸起，眼底凹陷，臉上沒有一點血色，就像白色的花瓣。女人露出牙齒，扭動著瘦削的身體，肋骨像是折了兩折，在薄薄的被子裡起伏搖晃。

這個病女人當然沒有注意到我在偷窺她，就這樣一個人痛苦地呻吟著。她的枕邊放著一個痰盂。

我趕緊下了樓，只想快點逃走。

臨走前，我突然問道：「出租的就是那間六塊榻榻米大小的房間嗎？」

老婆婆抬起頭，一臉冷漠，依舊坐在那裡。

「裡面那間三塊榻榻米大小的屋子也空著。」老婆婆說。

我沒說話，走了出去。我感到一陣昏沉，接著渾身打起了寒顫。

——原刊於《中央公論》一九二三年（大正十二年）5月號

夜之喜悅（代跋）

我讚美黑夜，我畏懼黑夜。

有時夜空湛藍，掛著月亮。這月夜一片沉寂，像是停止了呼吸，那顏色就好像撒了鹽的綠菜葉的顏色。也沒有什麼味道，如果非要說有什麼味道的話，不像流血的腥臭味，只覺得有一點很早前就有的味道。

有時夜空昏暗，不見星光，沒有風，也沒有雨，像一塊厚厚的鐵板一樣，沉重地壓在頭頂上，即使有很大的聲音也無法穿透。漸漸地，頭頂的夜幕像一塊黑色的盾牌貼近地面，彷彿要讓人窒息了。因此，這樣湛藍明亮的月夜和昏晴漆黑的暗夜，對於我來說，可以感受到不同的恐懼。

我媽媽曾說：「阿繁這陣子看上去越來越不行了，怕是活不久了。」

我站在家門口，眺望著風景。草木凋零失色，像是一片青白色的薄布覆蓋了整個世界。不知是不是心理作用，我覺得天空也變得模糊，月色讓人感覺十分不安，就像繃緊的繩結突然斷開。令人生厭的月光灑落在地上，既落寞又有些恐怖，彷彿被一個生病的女子，吐出幽怨孱弱的氣息，無力地擦拭過的鏡子一樣。

我總覺得，這樣的夜晚如果傳來烏鴉的啼鳴聲，一定是有人去世了，於是我在心裡期盼烏鴉不要啼叫。阿繁是個約莫三十三、四歲的瘦女人，兩三個月前，她因心臟病臥病在床，這幾天身體也每況愈下，周圍的人都在議論她，尤其是昨天和今天，一天裡請了兩三次醫生，親戚們在阿繁家頻繁出入。

我家和阿繁家只隔著一塊田，近得能看到她家的屋頂，還有映在窗戶上的燈火。月光灑遍了田地，流淌在茂密矮小的菜葉上，阿繁家的屋頂凸顯在一片灰濛濛中。通紅的燈火映在隔窗上，但與以往不同的是，我不禁覺得這燈火是在暗示要發生什麼事情似的，心裡感覺異樣。

我讚美這樣的黑夜，我畏懼這樣的黑夜。

西邊暗黃色的天空被染得更黃了，雲霧繚繞的太陽漸漸落下山。

窗外漆黑的樹木沒有一點聲音，從屋裡看起來就像是穿著喪服的尼姑。貧窮而憔悴的母親臉色蒼白，來到了女兒枕邊。她擔心地把手放在女兒額頭上，試著體溫，全神貫注地看著女兒。女兒閉著眼，看起來十分痛苦。母親臉色陰沉，擔心地看著女兒，突然樣子十分吃驚。她湊近了女兒，說：

「你已經快不行了。要是你到了半夜突然情況變糟也沒法去找醫生，要不我現在就去叫醫生吧……」

站在窗外沉默不語的尼姑似的樹木彷彿也聽到了阿繁母親那顫抖又有些膽怯的聲音，窗裡窗外一片寂靜，令人生厭。

「到了半夜……」這句話確實說出了這北方的黑夜有多麼沉寂、昏暗和可怕。黑夜裡，田間的小路上沒有一個人，蜿蜒過田地，蜿蜒過五六棵大樹，又經過兩三戶人家。要想到鎮上，必須要提著燈籠，就著火光，拖著沉重的步伐走一里多或者兩里地——到了深夜，可以聽到波濤聲。

我讚美這樣的黑夜，我畏懼這樣的黑夜。

死亡是人類苦痛的極限，世上沒有什麼比死亡更令人悲傷了。我感到，白天陽光炫目時，許多聲音、嘈雜的聲音、人們的樣子、移動的影子、被染上顏色的悲傷和痛苦都交織在一起；到了夜裡，周圍又變得一片沉寂，夜深人靜的時候，若是坐在一個垂死的親戚或是熟人的枕邊看著他，會不斷有不安和恐懼襲來，內心跳動不已。

我認為死亡是人類最後的悲痛，悲痛的終點即是死亡，無論什麼活物都無法逃離死亡的結局。因此，我開始想要更加親近死亡。

夜晚、死亡、黑暗，還有蒼白的明月，作為一個寫字的人，我想要把這些恐懼用浪漫的藝術手法寫成喜悅的事情。

——原刊於《早稻田文學》一九一一喜悅年（明治四十四年）9月號

高談文化 | 華滋出版 | 拾筆客 | 九韵文化 | 信實文化 |
CULTUSPEAK PUBLISHING CO., LTD

追蹤更多書籍分享、活動訊息，請上網搜尋 拾筆客

What's Words
世界忘了給你一顆糖：小川未明的恐怖童話選集

作　　者：小川未明
譯　　者：袁蒙
封面設計：曹雲淇
總 編 輯：許汝紘
編　　輯：孫中文
美術編輯：曹雲淇
總　　監：黃可家
發　　行：許麗雪
出版單位：九韵文化
發行公司：高談文化出版事業有限公司
地　　址：新北市汐止區新台五路一段99號15樓之5
電　　話：+886-2-2697-1391
傳　　真：+886-2-3393-0564
官方網站：www.cultuspeak.com.tw
客服信箱：service@cultuspeak.com
投稿信箱：news@cultuspeak.com

國家圖書館出版品預行編目（CIP）資料

世界忘了給你一顆糖：小川未明的恐怖童話選集 / 小川未明著；袁蒙譯. -- 初版. -- 新北市：高談文化, 2019.04
面；　公分. -- (What's words)

ISBN 978-986-7101-95-2(平裝)

861.59　　108004403

印　　　刷：上海印刷股份有限公司
總　經　銷：聯合發行股份有限公司
香港經銷商：香港聯合書刊物流有限公司

2019 年 4 月 初版
定價：新台幣 420 元

Sorry!

We're Sorry!

Sorry!